AVRIL
EST UN MOIS CRUEL

Claude Courchay

AVRIL EST UN MOIS CRUEL

Roman

France Loisirs
123, boulevard de Grenelle, Paris

Édition du Club France Loisirs, Paris,
avec l'autorisation des éditions Albin Michel

ISBN 2-7242-3497-9

Pour Pascaline Casile-Mourier.

En souvenir d'Artaud,
de Breton, de sa *Mère-Moire*
et du Raton-Laveur...

« Avril est un mois cruel… »

T. S. Eliot
The Waste Land, I,
« The burial of the dead ».

Mes camarades venaient de sauter à Beyrouth. Sans parachute. Ce jour-là, j'étais de garde à l'extérieur, on ne peut pas gagner à tous les coups. Un peu plus tard, l'armée m'a libéré. J'avais fini mon temps et je rentrais chez moi, comme dans la chanson.

Je ne sais pas pourquoi j'étais parti. Je sais pourquoi je revenais. Je voulais retrouver la paix, le calme, et surtout, surtout, Anne, ma sœur.

L'avion m'avait largué à Marignane, l'autorail à Veynes-en-Dévoluy. À présent, je me trouvais dans le bus pour Digne. Nous étions cinq, plus le chauffeur. Un couple de paysans, sur la première banquette. À côté, une femme entre deux âges. Derrière, un jeune. La femme entre deux parlait d'abondance au conducteur. Plutôt, elle monologuait. Elle prétendait que l'autre chauffeur de la ligne la draguait. Au bout d'un moment, sa victime a mis la radio. Publicité, puis une fille a chanté que, sans moi, la vie ne valait pas le coup. Qu'en savait-elle ? Et encore de la pub. Je ne connaissais pas la fille. Je n'ai pas reconnu les pubs.

La route, si. Nous étions tout début avril. Un temps radieux, déjà chaud. Ici les printemps sont souvent brefs, l'hiver s'accroche avec les dents puis il lâche d'un coup et tout éclate. Je retrouvais ce miracle des jeunes pousses. Un brouillard vert tendre, presque jaune, flottait autour des haies. À l'horizon, le dessin des collines s'inscrivait sur la transparence de ce ciel.

Par places, des taches de roux, pourtant. J'ai mieux regardé. C'étaient des lauriers, des rangées de plantes décoratives brûlés. Ah, c'est vrai, le gel… Le chauffeur a stoppé sa radio, la femme repris son émission. Elle n'avait pas vraiment cessé. Elle aussi avait remarqué les dégâts. D'après elle, sur la Côte, tous les mimosas étaient grillés. Puis elle s'est extasiée sur les pissenlits, une vraie salade.

Curieux que l'on puisse parler autant. Je me suis demandé si c'était chronique, ou simplement par crises, comme le palu. Une femme pareille serait un motif suffisant pour rempiler. Nous n'étions pas en voyage de noces.

Le car s'est arrêté à Sisteron. La femme est descendue, le chauffeur a soupiré, trois jeunes sont montés. L'un d'eux a fixé mon béret rouge d'un air laborieusement dégoûté. Sans doute un daltonien. Je lui ai fait un grand sourire. Désolé, mes fringues civiles m'attendaient à la ferme. S'il insistait, je pouvais toujours me mettre en slip. Il n'a pas insisté.

Les premières caravanes de touristes ont obligé le chauffeur à ralentir. Cela ne me gênait pas. Bizarre, tout de même, pas de barrages, pas de chicanes, pas de rafales. Les gens devaient manquer de distractions. Je me suis assoupi. Je n'avais pas dormi la nuit d'avant… Une secousse… Le bus freinait. J'ai ouvert l'œil. Le chauffeur m'a lancé :

— Terminus, militaire !

Erreur, j'étais civil, je n'ai pas épilogué. J'ai pris mon sac dans la soute à bagages et un taxi dans la foulée.

— Vous allez où comme ça ?

— Au Blanchard.

C'est à douze kilomètres de Digne, un petit village. Le chemin qui mène chez nous part d'un peu plus loin, je me suis fait déposer devant l'église, sur la place. Toujours ce calme, palpable. Un chat noir est venu se frotter contre mes jambes. Un rideau s'est soulevé. Réjouis-toi, peuple, tes fils sont de retour... Si le peuple s'est réjoui, il l'a fait discrètement. J'ai mis mon sac sur l'épaule et filé d'un bon pas.

Ils avaient élargi ce tronçon, goudronné, massacré de gros chênes. Je ne comprends pas... Cette route, personne ne la prend. Elle double la nationale, sur notre rive de la Bléone, au pied des collines. Elle dessert quelques exploitations, et basta. Quel intérêt ?

L'intérêt, c'est que, comme elle n'est pas relevée, le premier qui la prendra vite se retrouvera dans le décor. Je n'avais pas prévenu. Les projets, c'est ce qui ne se réalise pas. J'allais leur faire la surprise.

Sentier. Ils ne l'ont pas touché. À l'angle, un écriteau en forme de flèche, avec une inscription :

« LA RAVINE FROMAGES DE CHÈVRE »

Une idée de l'oncle. Qui donc s'offrirait deux kilomètres de chemin caillouteux pour son chèvre ? D'autant qu'il n'en fait pas des masses.

Une formation de perdreaux a décollé brutalement, sur ma gauche. Vol rasant... J'ai coupé à travers un pré envahi par des ajoncs. La maison de Moune, à droite, sur sa levée de terrain. Qui sait si elle est encore là ? Anne me le dira.

Anne... Elle vient d'avoir ses dix-huit ans. Très belle, très blonde, très sauvage. Elle aime les bêtes, la solitude, la rêverie. Cela ne l'empêche pas d'abattre son ouvrage. Trente-six brebis et douze chèvres, ce n'est pas rien. Cela ne vous prend jamais que toutes vos journées, dimanches compris. Anne a un don, les bêtes l'aiment. Elle parle peu. Elle sait écouter. Elle possède ce dosage de grâce et de force que je n'ai jamais rencontré ailleurs. Elle m'adore et je le lui rends bien.

Elle disait : « Je ne me marierai jamais. Je ne te quitterai jamais... » Elle le disait déjà toute petite. J'étais son grand frère. J'avais sept ans de mieux.

Je me suis retrouvé à l'internat, à Digne, dès la sixième. Ils n'allaient pas organiser un ramassage scolaire pour moi seul. Tonton ne se sentait pas de m'escorter tous les matins, avec sa patte folle.

Il nous restait les week-ends, les vacances. Elle disait : « Je ne veux pas que le monde change... »

La mort de papa l'avait terrifiée. Pauvre père... L'imbécile malheureux. Il était né vers la fin de la Grande Guerre, dans une France pour livres d'images, avec Empire et collection de grands hommes. Il y croyait. Il respectait ces mots que l'on brodait sur la soie des drapeaux : Honneur, Fidélité, Devoir, Discipline... Les jurés apprécieront. Il a eu vingt ans en 40, nous avions la première armée du monde. Pas pour longtemps. Il s'est retrouvé dans un stalag où il a rêvé de la relève qui lui rendrait famille et patrie, à l'ombre de la moustache blanche d'un très vieux maréchal.

Quand il est rentré, le Maréchal était un traître, et lui, l'histoire l'avait fait cocu. Sur ce chapitre, les Français sont blindés. Ils en ont vu d'autres... Pas mon père. À présent, la France lui restait en travers, il est parti refaire sa vie en Algérie française. Vous m'avez compris...

Je suis né là-bas, peu avant la débâcle. Ou la libération, c'est selon. Anne, de ce côté-ci de la Méditerranée. Papa, incapable de se réacclimater, est mort de chagrin en 68. Le joli mai... Il s'est servi d'un bout de corde. Anne marchait à peine.

Ma mère a choisi le cancer pour en finir. J'ai cru exorciser tous ces fantômes en sautant dans l'inconnu. Papa aimait tant les majuscules que j'ai voulu en voir quelques-unes de plus près.

Je suis tombé, pas de très haut, sur des jeunes plutôt gentils en rupture de chômage. Et sur des cadres qui ne voyaient guère plus loin que le bout de leur solde. Je croyais rencontrer le grand large, je n'ai trouvé que du vent. Autant pour moi. Fallait-il vraiment aller au Liban pour découvrir que les majuscules sont mortes ? Oui et non. Pour nous, peut-être. Mais là-bas, pardon, ils y croyaient. Pas forcément à la même chose, mais avec les mêmes Kalaches, et suffisamment d'enthousiasme pour s'étriper de grand cœur. Nous sommes arrivés en tampon, ils nous ont pris pour cibles.

J'ai attaqué la dernière montée. La ferme s'abritait derrière un rideau de vieux chênes, après un sacré lacet. Les chiens sont venus à ma rencontre en aboyant, comme des fous. Tutuss et Pidou...

Ils m'ont d'abord pris pour un épouvantail, puis ils m'ont reconnu, ils m'ont proprement couvert de poussière à force de se jeter sur moi pour me lécher. Anne n'était donc pas en train de garder ? Il n'est pas midi, l'herbe est encore humide dans les fonds... J'ai entendu les sonnailles. Le troupeau se trouvait dans l'enclos. Et elle ? En courses à Digne, ne t'affole pas.

Oncle Tonton fendait du bois sans se presser. Il ne m'a pas vu. Le tapage des chiens ne le gêne guère, il est sourd comme un toupin. Il est allé chercher un autre morceau, en traînant la jambe. Les séquelles d'un accident. Il conduisait son tracteur en méprisant superbement la notion de centre de gravité. L'engin a fait des cabrioles sur un talus, et Tonton a eu le bassin broyé.

La crème des braves types. Ses soixante ans, il les paraît, il ne fait rien pour les cacher. Mal rasé, il porte des frusques qu'un clochard décent refuserait. Râleur comme pas deux, bavard comme un cent de pies, il parle seul, par force.

Je l'entendais marmonner. Il expliquait à une bûche non seulement la sale gueule qu'elle avait et les tristes mœurs de ses ancêtres, mais aussi le sort qu'il lui réservait.

Il a un cœur énorme. Il nous a recueillis, Anne et moi, sans barguigner, ce n'était pas si évident pour ce vieux solitaire.

Il touche une retraite et s'est monté un troupeau, plus

par plaisir que par nécessité. Il trait ses bêtes, fait son fromage, vend les vieilles biques qui ne donnent plus et rêve de quitter la coopérative laitière qui d'après lui l'escroque comme au fond d'un bois. À le voir, il semble un rien gâteux. Frottez-vous-y, c'est un roublard.

Sa vieille 2CV était là, toujours aussi dépenaillée. J'ai entendu grogner les cochons. Il en élève trois, bon an mal an, dont un pour sa consommation, et les autres pour le plaisir de se chamailler avec les amateurs éventuels. Quelques poules coriaces rôdaillaient, les survivantes. Les autres, le renard se les paye. Tonton prétend qu'il va bâtir un poulailler, mais il préfère insulter l'ennemi et s'embusquer avec son fusil les nuits d'insomnie.

Et Anne ? Je m'attendais à la voir apparaître, puisque la voiture était là. Je n'ai pas bougé. Elle devait ramasser une salade, ou étendre du linge. Elle allait s'approcher doucement, poser ses mains sur mes yeux, me dire...

Oncle m'a vu. Il s'est redressé comme un compas rouillé, a posé sa main gauche sur ses reins, sans lâcher son outil. Il a dit :

— Oh Jean, te voilà ! Par exemple... Ça, c'est la surprise... Si je m'attendais...

— Et Anne ?

— Si ça va ? Oui, je te remercie, on fait aller. C'est pas que je rajeunis, mais je fais avec.

Cette fois, j'ai hurlé :

— Anne...

— Ne crie pas, malheureux, tu veux me rendre sourd ? Dis donc, tu n'as pas épaissi. Il va falloir te remplumer, neveu.

En galère. Je me suis dirigé vers la porte, vers la cuisine. Tonton a levé les bras.

— Te fâche pas, écoute. Ça me fait de la peine de te le dire, elle est à l'hôpital.

Je l'ai regardé, saisi.

— C'est arrivé dans la colline, ça fait deux jours. Elle a

dû tomber en gardant. Moune l'a ramenée. Elle était pas tant amochée, seulement elle avait un gros choc, voilà... Alors ils l'ont mise en observation à l'hôpital.

Il s'est frotté le menton.

— J'en sais pas plus, j'y suis pas encore allé. Moune m'a tout expliqué. Un choc. Si ça se trouve, c'est pas grand-chose.

— Tu as les clefs de la voiture ?

— Les clefs ? Il est fou ! Change-toi, rase-toi, lave-toi que tu as l'air d'un SS. Si elle te voit, ça va lui donner un autre choc. Et puis tu pourrais prendre le temps de dire bonjour, elle va pas se sauver, ta sœur. Je mets la daube à réchauffer, on mange un morceau comme des chrétiens, on parle un peu, depuis le temps, non ?

J'ai suivi son programme. La douche m'a requinqué. Tombée ? Comment ça ? Peut-être en voulant dégager une bête en mauvaise position...

Je me suis changé. Je n'avais pas grossi, je flottais dans mon pantalon de velours. J'ai mis une vieille chemise bleue, blanchie par le soleil et les lessives. Pour les cheveux, il faudra patienter.

Cette fois, j'avais la gueule d'un mercenaire, comme lorsqu'ils nous ont emmenés à Libreville, pour l'opération Manta. Deux cent cinquante touristes du même âge, affirmatif. Nous avions bonne mine. Ils nous ont offert le tour de l'Afrique dans le zinc d'une compagnie fantoche. Pas question de tomber en rideau en plein mitan d'un pays trop curieux. C'était avant Beyrouth...

Fameuse, la daube. Tonton ne m'a demandé qu'un millier de fois si elle me plaisait.

J'ai eu droit au café. Un vrai, hélas, une lavasse acide à vous faire regretter le Nes. J'ai refusé la goutte de gniole, encaissé l'histoire de son collègue bouilleur de cru :

— ... Le village entier était à l'enterrement, alors il en a profité pour faire une cuite ou deux, avec son fils, juste au moment où le contrôleur passait. Comme tout le monde se trouvait au cimetière, cet homme s'est dit : « Je vais en profiter pour voir l'alambic. »

» Mon collègue, quand il l'a vu arriver, il a prévenu son fils : "C'est l'heure d'aller traire..."

» Tu penses, il y avait la première cuite dans la voiture...

Je bouillais. Tonton jubilait. Il a fini par me donner les clefs avec deux tonnes de recommandations, et d'en profiter pour lui ramener du tabac, et aussi...

— Attends, je te fais la liste.

— Demain. Promis.

J'ai filé. Nous sommes vendredi. Si nous avions le téléphone à la ferme... Ça changerait quoi ?

La Deuche toussait comme une vieille bique, avec une forte tendance à embarquer à gauche. J'ai retraversé le Blanchard. Cet imbécile de chat noir se chauffait au milieu de la route. Cela m'a permis de constater la mollesse des freins. Le chat a dégagé sur trois pattes, une vieille est apparue dans le rétroviseur, une poêle à la main. Ils ne perdent pas de temps.

Digne. Le pont avait doublé. Ils avaient collé une ferraille verticale sur la place, après le monument aux morts. Avant, ces machins, on les réservait pour la casse.

J'essayais de penser à des trucs sympas. Je faisais pareil pendant les tours de garde, sinon tu deviens fou. À la première roquette, tu te sens visé.

Tous les hôpitaux se ressemblent. La fille Renseignements m'a dit que oui, c'était bien là, mais pas le moment des visites, et que...

— Je suis son frère, j'arrive du Liban.

Elle a palabré dans un interphone. Une infirmière m'a pris en charge. Premier étage. Une chambre dans la pénombre. Je cherchais la tache claire de la chevelure d'Anne. Rien. Je me suis approché. Elle semblait dormir. Un pansement lui enserrait le crâne. J'ai pris sa main. Elle n'a pas répondu à ma pression, ses yeux sont restés clos.

L'infirmière a dit :

— Nous attendons le résultat des radios, l'état général est bon, elle devrait surmonter.

Je n'écoutais pas. Je me suis agenouillé près d'Anne, j'ai posé la main sur son front, je l'ai sentie se raidir. J'ai retiré ma main, je me suis relevé. Attendre...

Des gens sont passés en riant dans le couloir. J'ai entendu comme un râle. Il y avait un autre lit, avec une dame âgée. Ma parole, elle va claquer... J'ai regardé l'infirmière :

— Ne vous inquiétez pas, c'est une post-opératoire. Nous allons l'installer ailleurs.

— C'est indispensable de garder ma sœur ici ?

Elle a haussé les épaules. Une femme carrée, au visage plat, sans relief, à part une paire de lunettes rondes. Je n'ai pas insisté. Ces gens-là possèdent le verbe. Je sentais le chagrin monter. L'infirmière a toussoté. Tu ne vas pas craquer devant ce dragon subalterne ? Ne sois pas injuste, elle fait son travail.

Visite terminée. Si je pouvais repasser demain ? De 15 à 17.

Voilà. Le vide, et ce terrible sentiment d'impuissance. Laisser au temps le temps... Facile à dire.

Je n'avais aucune envie de rentrer tout de suite affronter les ritournelles de Tonton. J'ai abandonné la 2CV, traversé le pont. L'ancien, pour changer. J'ai remonté le boulevard Gassendi.

À Digne, vous ne trouverez rien d'autre. Quand vous avez vu les vitrines dans un sens, vous pouvez compter les platanes dans l'autre. Et recommencer.

Rien à signaler. Tu voulais la paix, tu es servi. Des jeunes s'étalaient à la terrasse du Grand-Café. Toujours les mêmes. Comme voilà vingt ans. Comme dans cent ans. La jeunesse est un décor. À un moment donné, tu la laisses au vestiaire, tu pars faire le zouave. Tu rentres, ta vie sur les bras. Et tu en fais quoi ? Laisse tomber.

Je me suis installé prendre un demi. Le garçon ressemblait à un toréador dans un film muet. Amère, ta bière. Des filles riaient trop fort. Parade nuptiale. Une brune au visage mat m'a rappelé… Ah oui, permission de détente… Elle t'a souri. Pas moi. Elle a pris l'air excédé.

L'oral de rattrapage, plus tard. J'ai été faire des courses au Prisu, Tonton sera content. Toujours cette manie de placer les fromages dans des vitrines froides. J'ai pris du beurre, des pâtes, des sauces en boîte pour aller avec, d'autres machins, emboîtés aussi. Cela devait se manger, c'était là pour. On triera plus tard. Mon chariot se remplissait.

Je suis arrivé devant le secteur vinicole et alcoolisé. Les champagnes s'allongeaient en pente douce. Une étiquette orange m'a tiré l'œil : « Veuve-Clicquot »… Tu te souviens ? Avant que tu partes, Anne venait d'avoir ses treize ans, tu avais choisi cette marque. Nous n'avions pas de coupes, juste nos verres en pur cristal moutarde, comme disait Tonton, toujours drôle. Les yeux d'Anne brillaient. Elle s'est jetée à ton cou. Ses cheveux sentaient toute la jeunesse du monde. Tu as fermé les yeux…

C'est pour cela que tu partais, tu avais peur. Peur de cette sœur trop belle dans trop de solitude. Sans toi, elle allait s'intéresser au monde, à d'autres garçons, à la vie normale d'une très jeune fille.

Tu as vite compris que tu avais fui pour rien. Elle ne t'oubliait pas, toi non plus, à quoi bon s'éloigner quand l'autre demeure au plus profond de vous ? L'absence transforme en manque votre seule raison d'exister.

Tu as admis qu'il faut s'accepter, qu'il ne vous arrive que vos propres histoires. La mort vient assez tôt, à quoi bon refuser sa vie ?

Tu es rentré. Anne n'est pas là.

Tu as rattrapé de justesse la bouteille, la Veuve te glissait des mains. La dame de la caisse te regardait fixement. Combien de temps étais-tu resté planté ? Tu as mis la Veuve dans le chariot. Tu sais que ton argent est resté dans

ta tenue de choc ? Ce sera pour une autre fois. Tu as fait un sourire à la dame, tu es sorti. Il faudrait te recentrer.

Il voulait quoi, Tonton ? Du tabac. Tu en trouveras chez Ginette, au Blanchard. Elle tient le Bar-Tabac-Café-Restaurant-Téléphone et tout. Elle te fera crédit.

Tu as vu ce temps ? Les filles étrennaient des robes légères et une coquetterie qui l'était moins. Tu as croisé de jeunes punkettes fleurant bon l'étable.

Tu as repris la Deuche et la route du Blanchard. Ginette t'a reconnu. Elle s'est extasiée devant ta carrure et ta maigreur. Elle n'avait pas changé, toujours en train de faire six choses à la fois, servir le pastis, jeter un œil à la cuisine, essuyer une table, faire un café, répondre aux gens...

— Vous êtes revenu ? Mon Dieu, ça doit être terrible, ces pays, pas vrai ? Ils nous l'ont montré dans le poste l'autre jour, vous croyez pas que non...

C'est bien, elle faisait les demandes, les réponses, elle avait tout vu en direct. Je pouvais me reposer.

J'ai retrouvé l'infâme calendrier des tronçonneuses Machin. Une fille dépoitraillée brandissait une hache trop lourde. Civilisation de la viande.

Ginette t'a annoncé son fameux aïoli pour vendredi prochain, si ça t'intéressait. Il valait mieux réserver. J'ai dit que oui.

On ne trouve personne, au Blanchard, pourtant elle draine une solide clientèle, des représentants, des habitués, l'équipe du garage voisin... Elle s'en donne, du mal, Ginette... Et puis son bar s'aligne en face d'un pré, plein sud, au calme...

Elle t'a offert un pastis, si, si, elle y tenait. J'ai demandé le tabac de Tonton :

— Je vous paie demain, je suis parti sans un sou.

— Toi, tu es amoureux, mon petit, profite, va...

Elle s'est lancée dans des variations sur ce thème, en prenant à témoin les clients. Ils ont plaisanté gentiment, comme il se doit entre personnes de bonne compagnie. D'un coup, elle a dit :

— Ça m'était sorti de la tête... J'ai appris pour votre sœur. Comme ça, elle est à l'hôpital, la pauvre ? L'autre jour, Moune m'a mise au courant. Vous avez des nouvelles ?

— J'en viens.

J'ai raconté le peu que je savais. Les types se sont jeté un coup d'œil. Il m'a semblé que l'ambiance changeait. Pourquoi veux-tu ? Ou alors, ils te situent en tant qu'ancien militaire et... Tu te fais des idées.

Non. Ces gars-là ne sont pas de grands comédiens. De braves Bas-Alpins, à la caboche colorée. Des gavots qui pratiquent leur terroir depuis trois cents générations, qui savent qui est qui chez eux, qui fait quoi et pourquoi, et à qui on ne raconte pas d'histoires. Ils sont braves, certes, mais inutile de rêver. Ici, les étrangers le restent, ils n'en sont pas à quatre siècles près.

Ils ont pris un air mi-gêné mi-goguenard. Ne dramatise pas. Pour eux, ta sœur n'est sans doute qu'une bergère d'opérette... Je ne crois pas que ce soit cela... Je les connais assez, il doit y avoir autre chose...

Si seulement ils me lançaient une remarque, s'ils disaient un mot de trop... Pas eux. Ginette a changé de sujet, elle a enclenché sur un accident de la route. Dans deux trois mois, nous passerons aux incendies de forêt. L'ensemble est aussi varié que les plaisanteries de l'almanach Vermot.

Je suis sorti au bout d'un moment. Je me suis planté sur le pas de la porte, en retrait. Silence. Quelqu'un a lancé une remarque, il y a eu un éclat de rire, il m'a semblé que Ginette les grondait.

Ne fabule pas. Même s'il s'agit d'Anne, où est le miracle ? Une fille comme elle, seule dans un coin pareil, ça vous intéresse les populations à cent kilomètres à la ronde. Ils ne sont pas méchants. Ils s'ennuient. Si tu sors les dents, il faudra aussi sortir les poings, et n'oublie pas que c'est ici que vous souhaitiez vivre.

Je n'oublie rien. Je m'attendais à un peu de compassion. Tout ce qui les touche, c'est l'événement, le cinéma. Bon, puis ? C'est encore au désert que l'on est le moins seul.

Tu aurais dû t'adresser au docteur, tant que tu étais à l'hôpital. Savoir s'ils envisagent quelque chose... Tu ne vas pas leur apprendre leur métier ?

Je regrettais Beyrouth. Tes camarades ? Pas vraiment. Plutôt cette tension constante. Quand à tout moment tu peux te faire allumer, la vie prend une autre densité. J'aimais bien les nuits, cet arrière-fond constant de guerre, le rythme sourd des explosions, cette machine folle qui ne connaissait que d'incertains répits... On s'y habitue vite. Le reste semble fade, la guerre est une drogue dure, même si nous n'étions pas là pour nous battre... Des vacances au bord d'un volcan.

Le temps venait de se coincer. Je me retrouvais, stupide, avec cet élan interrompu vers Anne. Et ce fait d'être relâché...

Pendant toutes ces années, l'armée t'avait tenu par la main, minute après minute. C'est une bonne mère. Avec elle, aucun souci, tu sais toujours ce que tu dois faire, quand, où et comment le faire. Tu es pris en charge. Tout juste s'ils ne te talquent pas après la douche.

Ça me revient... Tu sais comment ils t'appelaient, ici, avant ? Le fou... C'est vrai. Pour pas grand-chose. À l'internat, il ne fallait pas me chercher longtemps pour me trouver. Je n'aimais pas les préludes. Je cognais d'abord. Sec.

J'étais tendu, je ne souriais jamais. Je ne comprenais pas ce que je faisais là, enfermé. Je lisais comme un enragé. Je m'échappais dans un brouillard de mots, toutes les histoires n'en faisaient qu'une, la fiction me soulevait, elle seule écartait de moi la froideur inutile de ce temps mort loin de ma sœur, loin de la Ravine, loin de ma vie.

Les autres me gênaient. Je ne leur reprochais rien, à part de ne pas exister. Ils étaient autant de barreaux, c'est stupide de cogner dans des barreaux, mais quoi ? Je rongeais ma peine.

Sur mes livrets, ils marquaient régulièrement : « Trop individualiste »... Je n'avais jamais demandé à être collectivisé. Certains copains s'excitaient pour la chose publique. Pas moi. La politique me faisait horreur. Il me suffisait de voir les trognes des candidats sur les affiches, quelles qu'elles soient, pour me conforter dans ce sentiment... Au mieux des rapaces, au pire des porcins. Voter pour ça ? Merci.

Je rêvais beaucoup. Au passé. À ces temps révolus où l'on pouvait encore s'imaginer un avenir radieux. Où le progrès n'était pas synonyme de catastrophe globale. Où quand on parlait de pain et de roses, ces mots gardaient leur poids. À présent, la moitié du pain finit à la poubelle, et les roses font la retape. C'est quoi, l'avenir ? Les pluies acides ?

Secoue-toi, il fait encore jour. Si tu passais voir Moune ?

J'ai stoppé au pied du raidillon qui conduit chez elle. Pas la peine de klaxonner, déjà elle me faisait signe.

C'est une nature, Moune. Cela ne fait pas tout à fait dix ans qu'elle est là. Elle se dit veuve. De l'argent, elle en possède, cela se voit. Une paye qu'elle prétend friser la cinquantaine.

Chez elle, c'est la maison du bon Dieu, elle tient table ouverte. Toujours prête à rendre service, elle vous fait aussi bien une tisane qu'une piqûre. La bonne humeur incarnée, et pas froid aux yeux. Elle ferait rougir un corps de garde. Un passé agité ? On la verrait mieux en maquerelle qu'en rosière.

Nous n'avons jamais eu de ces mesquines querelles de voisinage. Elle gardait religieusement son journal de la veille pour Tonton, qui préfère les nouvelles rassises.

Elle se montre un rien trop débordante, trop enveloppante. Elle fait partie de la grande famille des cataplasmes.

Elle m'attendait sur sa terrasse, dans un peignoir mauve trop lâche.

— Tu m'excuseras, Jean, je sors de la douche. Alors, tu te décides à passer ?

— J'arrive à peine.

— Je sais, je sais, je t'ai vu, figure-toi. Tu avais l'air d'un coquelicot avec ton béret rouge.

Elle a resserré d'une main l'échancrure du peignoir.

— Ne me dis pas que je ressemble à un bleuet, il n'y en a plus. Ils en sont venus à bout, avec leurs pesticides. Entre. Sers-toi à boire du temps que je me prépare.

Sa pièce de séjour n'avait pas changé. Face à la porte-fenêtre, le mur du fond crépi de blanc portait une panoplie de faucilles, fléaux et autres rustiques antiquailles. Les autres, tendus de toile de jute d'un rouge sombre, offraient des vues de Rio et de ports que je ne connais pas.

Moune est revenue, en jean et chandail trop serré, ses cheveux platine retenus par un catogan.

— Je te plais ? Qu'est-ce que tu admires, la vue d'Oran ? Ça, c'était une ville.

— C'est toi que j'admire, Moune, tu es la plus belle.

— Menteur, tu te moques bien de moi. Tu viens de l'hôpital ?

J'ai fait signe que oui.

— Tu n'as rien pris. Pastis ou whisky ?

— Ce que tu voudras.

Elle m'a tendu un whisky.

— Ton oncle a dû t'expliquer. C'était mercredi. Viens voir...

Je l'ai suivie sur la terrasse.

— Votre maison, on la distingue mal à cause des arbres. En ce moment, ta sœur va garder de l'autre côté du torrent, au-dessous de Remuze, c'est là que le soleil donne le plus.

Elle ne m'apprenait rien. Je distinguais le sentier qui part de chez nous et file jusqu'au hameau. Avant, le facteur passait par là, puis on l'a motorisé.

Je connaissais bien ce coin. On y est à l'abri du vent, et les rochers conservent la chaleur longtemps. Le torrent n'est pas dangereux. Il n'est guère alimenté qu'à la fonte des neiges. C'est un de ces larges ruisseaux alpins tapissés de galets. Avec Anne, nous y cherchions des empreintes fossiles des après-midi entiers.

— Les moutons restent toujours groupés, ça m'amusait de les observer. J'entendais les chiens. Ta sœur s'installait pour lire, des fois je ne la distinguais même pas. Elle rentrait dès que l'ombre gagnait, c'était réglé. J'aimais bien voir revenir le troupeau, c'est agréable, on dirait le début d'un film...

Elle a bu une solide lampée de whisky, s'est resservie.

— Mercredi, je venais de rentrer, j'ai regardé. L'ombre atteignait presque Remuze, les moutons ne bougeaient pas. Je me suis dit : Tu as la berlue, tu dois confondre avec les rochers... Ou alors, la petite fait la sieste. Va savoir, ça m'a inquiétée. J'ai eu comme un pressentiment. J'ai pris la voiture, je suis allée le plus loin que j'ai pu avec, j'ai continué à pied. Les chiens sont venus me trouver, ils n'étaient pas fiers, ils couinaient, ils m'ont menée vers ta sœur. Je l'ai trouvée au pied d'un rocher, comme un sac, la tête en sang. Je suis solide, elle n'est pas très lourde, je l'ai prise sur l'épaule, jusqu'à la voiture. Là, je me suis dit : Qu'est-ce que j'en fais ? La mener chez vous, discuter avec l'autre sourd, pour quoi faire ? Je l'ai collée sur la banquette arrière, et roule... J'ai laissé les chiens se débrouiller. Je suis revenue en vitesse.

» Une fois chez moi, j'ai commencé par lui donner un bon coup d'alcool. Ça l'a secouée. Elle était abasourdie, totalement, absente. Au bout d'un moment, elle a pu marcher, mais il fallait la diriger.

» Je l'ai installée sur le canapé. Elle avait une sale plaie au cuir chevelu, et sinon des ecchymoses, des écorchures. Je l'ai nettoyée, pansée. Je lui parlais en même temps, je lui posais des questions, elle ne semblait pas comprendre. Je lui ai fait une tisane, je l'ai couchée bien au chaud, je suis passée prévenir ton oncle. Il ne s'en faisait pas une miette, tranquille comme Baptiste : Tu t'imagines quoi ? je lui ai dit, qu'elle était aux fraises ? L'autre dépendeur d'andouilles faisait celui qui ne pouvait pas savoir.

» Dans la nuit, je me suis relevée plusieurs fois. Calme

plat. Le lendemain, je l'ai d'abord menée chez ton oncle, voir si sur place elle se reconnaîtrait. Non. Elle planait toujours dans son nuage. J'ai pris ses affaires, et en avant pour l'hôpital.

— Tu as bien fait.

— J'avais pensé appeler le docteur, ce serait revenu au même. Tu reprends quelque chose ?

Je n'avais pas entamé mon verre. J'ai fait signe que non.

— Et toi, Moune, qu'est-ce que tu deviens ?

— Je bricole, je lis, je vais à la bibliothèque de la ville, ils ont de bonnes choses finalement. Parce que les livres, ça chiffre vite. Tiens, l'autre jour, j'ai pris...

Elle m'a raconté je ne sais trop quel best-seller. Qu'ont-ils tous à parler autant ?

Cela m'arrangeait, je n'avais rien à dire. Parler de quoi ? J'avais acquis une technique : tuer. Ce n'est pas sorcier. Je n'en avais plus l'usage. C'est autre chose qu'il aurait fallu nous enseigner : comment vivre... Personne ne s'en mêle. Cela s'apprend sur le tas. Sur le tard.

Anne m'avait écrit. Elle souhaitait agrandir le troupeau, elle connaissait de nouvelles méthodes, des hangars en plastique, des procédés de traite automatique. Elle comptait sur moi. Et toi ? Tant qu'elle voulait. Elle pouvait désirer pour deux, je ne demandais que ça.

Moune s'est tue, j'avais perdu le fil, elle s'en est rendu compte :

— Tu ne m'écoutes pas... Je te comprends. Aussi, je suis là à te soûler... Écoute, tu veux rester dîner ?

— Tonton m'attend.

— Fais un saut et ramène-le.

— Une autre fois. Ce soir, je ne suis pas très en train.

De nouveau le silence. J'ai senti comme une gêne. Précisément du genre de celle que je venais d'éprouver chez Ginette. Tiens donc... Tu dérailles. Moune est une vieille amie, elle adore Anne, elle t'aime beaucoup, que vas-tu chercher ?

Rien. J'ai des antennes, je me trompe rarement. Moune m'a demandé mes projets.

— Ça dépend d'Anne, je n'ai pas de métier. Tu me vois me remettre aux études à mon âge ? Elle voulait agrandir l'exploitation, nous devions en parler.

— Ne te ronge pas, ça va s'arranger. Tu retournes la voir quand ?

— Demain.

— Tu me tiens au courant ?

— Oui. Merci pour tout.

Une fois chez nous, Tonton était révolutionné. Autre chanson. Avec sa patte folle, pas question pour lui de sortir les bêtes. Les lâcher près de la maison ? Il y a le potager, la luzerne, tout serait ratiboisé.

— Je leur ai donné du foin qui restait. Seulement, si tu commences de les mettre au sec au printemps, les fromages ils te reviennent cher. Tu sais ce que ça coûte le fourrage maintenant ?

Moi, l'intendance...

Je l'ai appris, en long et en large. Je lui ai donné son tabac sans le stopper. Il dressait un tableau grandiose des malheurs à venir. Une splendide apocalypse bas-alpine. Tonton garde le sens du gag par accumulation.

Cet âne rouge ne m'a pas demandé des nouvelles de sa nièce. Indifférence ? Même pas. Il croit ce qu'il voit, point. Chez lui, la solitude s'est solidifiée en égoïsme.

Je lui ai promis de sortir les moutons dès demain. J'allais bâtir un poulailler. Il désirait autre chose ?

Ses yeux se sont plissés.

— Ça te dirait, un petit coup de gniole, neveu ?

— Pourquoi pas ?

Il a pris deux tasses, une bouteille entamée.

— C'est du marc. Je t'ai causé de mon collègue le bouilleur de cru ? Celui qui reste du côté de Mézel ? Figure-toi que des jeunes, de cette bande de jobastres venus s'installer ces derniers temps...

Il nous a servis copieusement, s'est gratté le front.
— Où j'en suis ?
— Dans l'alambic.
— Ah oui... Ces jeunes, eux aussi ils en tâtent, forcément. L'automne dernier, un couple s'amène avec deux cents kilos de prunes... Mon collègue me disait : Je sais pas comment ils se débrouillent, ils ont laissé attacher, après ils ont gratté hardi petit, total la cuve elle est foutue.
— Ils ne peuvent pas l'étamer ?
— Pense-toi... C'est du cuivre battu à la main. Tu vois, dans ces combines, la bonne volonté ne suffit pas ! Le progrès, c'est bien beau, mais la bonne gniole, il n'y a pas de progrès qui tienne, non monsieur, non. Tiens, reprends-en une lichette.
— Il m'en reste, merci.
— Et ça se prétend des hommes ? Enfin...
Il s'est resservi lourdement. Espérons que son collègue lui fait un prix.
— Alors, tu as vu Moune ?
— J'en viens.
— Ça, c'est une femme... Brave qu'elle en peut plus. Pourtant, les femmes, je suis pas tellement pour. Parce que, écoute bien...
Il a vidé sa tasse, hoché la tête.
— Retiens bien ça, neveu : si les femmes étaient des hommes, ça se saurait, depuis le temps. Aussi, c'est notre faute. Nous, les hommes, on a eu deux torts...
Il a levé l'index bien haut, comme s'il cherchait la direction du vent.
— Premièrement, c'est de leur donner le droit de vote. Tu penserais qu'elles se cassent la tête ? Pour qui crois-tu qu'elles votent ? Pour le plus beau, recta. Et voilà pourquoi nous sommes gouvernés par un tas d'enviandés. Tu me suis ?
— Tout à fait.

— Et deuxièmement...

Cette fois, il a fait un V, index et majeur, qu'il a balancé en parlant :

— Deuxièmement, jamais on n'aurait dû leur donner une âme... Une âme, je te demande un peu ! Est-ce qu'elles avaient besoin de ça pour faire des petits et la cuisine, hein ?

Je suis entré dans son jeu.

— Et pour l'église ?

Il s'est arrêté. Sa mâchoire inférieure a moulu un moment dans le vide.

— Là, je reconnais... Remarque, on aurait pu leur faire des églises sans Dieu... Ou alors, avec un Dieu de rien du tout rien que pour elles...

— Une vierge ?

— Parfaitement. On les laissait entre soi. Parce que tu ne me retireras pas ça de l'idée, les femmes, ce n'est pas des bonshommes. Et tu sais pourquoi ?

J'allais m'instruire. Il s'est resservi. Son regard devenait aussi poisseux que sa dialectique. Puis il a bifurqué, est revenu sur les mérites de Moune...

Je me suis levé pour lui souhaiter la bonne nuit. Je l'ai laissé à son soliloque imbibé. Pauvre Tonton...

Je suis sorti écouter la nuit. J'ai retrouvé ces bruits naguère familiers, l'appel mélancolique de la hulotte, la voix des grenouilles dans le bassin, tous ces crissements d'insectes dans l'herbe. La lune abordait son premier quartier.

Il faisait frais. La région est humide. Un fond argileux retient une nappe marécageuse au pied des collines dénudées, sur la droite, en amont du torrent. Des roseaux y poussent. C'est une zone de parcours médiocre. Les sangliers venaient s'y vautrer quand nous étions gosses. Avec Anne, nous avions pris des moulages de leurs empreintes.

Un hiver, des chasseurs ont organisé une battue, on

entendait hurler leurs chiens. Anne en était malade. Elle ne supporte pas la violence.

Bon. Camarade, il va te falloir adopter un programme simple : visiter ta sœur le matin. Faire les courses. T'occuper des bêtes l'après-midi. Et prier le ciel que l'entracte s'achève vite.

Quand je suis sorti, ce matin, le soleil n'avait pas encore franchi l'épaulement de la colline. Une légère brume couvrait le vallon. Les chiens sont venus me saluer. Tutuss, le plus vieux, poils dans les yeux, semblait me demander des nouvelles.

— Plus tard, Tutuss, plus tard mon bon chien.

La rosée saupoudrait les touffes d'herbe, découpait l'architecture des toiles d'araignée. J'ai retrouvé cette incroyable légèreté de l'air, respiré plusieurs fois à fond, fait quelques mouvements d'échauffement. Un couple de merles m'a fixé avec perplexité de leurs yeux ronds et jaunes. Ils en ont interrompu leur querelle. Une écharpe de pigeons a traversé le ciel. Des ramiers. Pas un nuage.

Ce n'est pas grand-chose, chez nous... Le sommet d'un vallon. Un sol qu'il a fallu purger de ses caillasses. C'est davantage une cachette qu'un belvédère, mais je m'y sens chez moi. Je ne rêve pas d'espaces à perte de vue, d'immenses décrochements en Cinémascope. Je veux juste savoir la terre, cette terre, sous mes semelles, et alentour une vie familière.

Les cochons grognaient. Collègues, il faudra attendre votre maître. Tonton déboulait en toussant, l'air d'un hérisson tombé du nid. Il est allé pisser contre le tronc du mûrier.

— Déjà debout, Jeannot ? Tu as bu le café ?

— Pas encore.

— Je m'en occupe. Te fâche pas, mais je te préviens : le matin, je n'ai pas envie de parler.

Comment donc... je l'ai entendu ferrailler dans la cuisine. Il prépare le jus ou un C.A.P. de chaudronnier ? Il m'a appelé. Bon Dieu, toujours aussi acide... Ne pas oublier d'en prendre du meilleur.

À quelle heure peut-on se pointer décemment dans leur hôpital le matin ? 10 heures ? Dans tous les cas, ce ne sera pas le moment des visites. Nous négocierons.

Cette fois, le soleil donnait. Les moutons protestaient en masse dans la bergerie. Je suis allé leur ouvrir le battant supérieur de la porte. Respirez, mes jolis, un peu de patience.

Trois heures à tuer. Tu as vu les poules ? Elles se perchent vraiment n'importe où. J'en ai trouvé toute une grappe sur l'échelle du fenil. On va s'occuper de vous, cocottes.

Le renard, c'est doué pour la guerre des tranchées, avec sapes, tunnels et le reste. J'ai demandé à Tonton où il le souhaitait, son abri à volailles.

— Le mieux, neveu, viens voir...

Nous avons dépassé l'angle de la maison du côté opposé au chemin.

— Si tu me l'installais à vingt mètres, en contrebas sous le marronnier, on pourrait le surveiller de la grande pièce, parce qu'à mon sens le renard s'amène par les hauts. Ça te donne un beau dégagement.

Il a fait le geste d'épauler.

— Pour combien de bestioles ?

— Autant prévoir large... Disons trois douzaines de poules, trois ou quatre oies, des canards, un couple de Barbarie...

— C'est tout ?

— Attends... Des petites poules naines aussi, pour le

plaisir de l'œil... J'ai un collègue qui m'a promis un bébé paon, ça ferait plaisir à ta sœur. Ah, et des pintades...

Cela tournait à la volière. J'ai récapitulé. En comptant les portées, on arrivait à douze douzaines. Tout ça nous grimpera le soir sur les genoux. Tenir compte de l'espace pour une cabane, un point d'eau... Trente mètres sur vingt... Correct ? Correct.

L'espace ne manquait pas, autant ne pas le plaindre. J'ai débusqué une pioche, une pelle, et hardi petit. Pas trop près de l'arbre, quand même, à cause des racines.

J'ai pris une sacrée suée. Tu comptes les mener profond, tes fondations ? C'est à la barre à mine qu'il va te falloir continuer. La terre, tu en as vite vu le bout.

Imbécile... Cela vaut pour le renard. Tu le vois avec un casque de mineur et un marteau-piqueur ? Le mieux, c'était de se contenter d'atteindre le dur, et de couler un petit muret de ciment, de quoi installer des piquets de fer, un grillage... Bien. J'avais de quoi m'amuser.

Je n'ai pas vu filer le temps. J'ai pris une douche en vitesse. Je me sentais mieux. La pioche est l'avenir de l'homme.

Ah, l'argent... Passer à la banque et leur demander un chéquier. J'avais viré le plus clair de ma solde sur Digne. Tu prendras du ciment ? Plus tard. D'abord l'hôpital.

En route. Cette Deuche n'est pas une voiture, c'est un miracle permanent. J'ai atteint la capitale. Les gens roulent dans de grosses voitures satinées. Pas une raison pour me toiser comme si j'étais un tas de fumier à roulettes. Demain, je m'amène avec une fourche plantée dans la capote. Hôpital...

Parking... Allons-y.

Je suis tombé sur le barrage maison. Ce n'était pas un hôtel, ici. On devait procéder aux toilettes, aux soins, patin et couffin... Elles s'y sont mises à trois, Accueil et deux infirmières, pour me chapitrer. J'avais juste envie de les tuer. Pour le plaisir ? Pour l'exemple.

— Écoutez, je ne peux pas venir à un autre moment. J'ai les moutons à sortir. Le matin, c'est trop mouillé.

— Vous prétendez nous faire croire que vous êtes berger ?

C'était la soubrette des Entrées.

— Je ne vous prétends rien. Du moment que les moutons me croient...

— Vous vous trouvez malin ?

— De quoi parlons-nous ? Nous perdons notre temps. Il s'agit de ma sœur, restez entre vous, sa toilette, je m'en charge.

Je me suis dirigé vers la chambre d'Anne. Elles ont couru pour me doubler et me barrer le chemin. Nous avons conclu un armistice. D'accord pour le matin, à condition de ne pas l'ébruiter.

— Enfin, monsieur, vous comprenez, si nous commençons à créer des précédents...

Je leur ai juré la mutité de la tombe. Ce qui m'effondre, c'est l'énergie perdue à se battre pour des riens. Sans parler du temps. De là vient la supériorité définitive de l'ermite.

Chez Anne, on avait retiré la râleuse. Il traînait une vague odeur de médicaments qui en cachait mal une autre... Celle-là, je la reconnaissais. Celle de l'humiliation... Bête brute, j'aurais dû apporter des fleurs. Sous la fenêtre de notre cuisine, les iris sont magnifiques en ce moment... Les iris ne tiennent pas.

— Anne ?

Je l'ai appelée doucement. Elle n'a pas réagi. Elle flottait dans tu ne sais quel rêve. J'ai posé doucement une chaise à son chevet, pour me trouver à sa hauteur. J'ai pris sa main. De nouveau ce frémissement de refus... Je n'ai pas insisté.

Sous son bandage sa nuque paraissait fragile. Nous étions là, dans cette chambre, cette cabine de ce vaisseau immobile, navire-hôpital échoué dans de mornes Sargasses... Tu étais là, toi. Et elle ? Il me fallait voir quelqu'un, un docteur... J'avais laissé la porte entrebâillée. Dans le couloir, le train-train familier, bruits de chariots, cliquetis... Une voix d'homme a lancé :

— Paul !

Anne s'est raidie. Son corps s'est arqué, elle a hurlé, s'est débattue. Je l'ai maintenue par les épaules. Une infirmière est arrivée. Piqûre... Anne s'est apaisée.

J'étais vidé. L'infirmière est restée un moment. Gentille. Oui, elle était au courant. Les radios du crâne n'indiquaient aucune lésion. Il fallait encore chercher, augmenter les doses de tranquillisants en attendant. Sinon, on risquait des crises épileptoïdes comme celle que tu venais de voir...

— Mais pourquoi ?

— Nous aimerions bien le savoir. Il ne s'agit pas d'une tumeur, si cela peut vous rassurer. Il y aurait d'autres signes, une paralysie partielle. Cela se rapproche davantage d'un état délirant. Pour le moment, nous n'en sommes qu'aux hypothèses.

J'ai remercié.

Au parking, un type m'attendait, les poings tout faits. Tu lui avais piqué sa place, paraît-il, et ça n'allait pas se passer comme ça.

— Vous vous croyez où ? Votre tas de ferraille n'a rien à faire là. C'est pourtant marqué que cet emplacement est réservé.

Tu lui as enfoncé l'index dans l'estomac.

— Pas pour longtemps petit père, ton hôpital va être privatisé. La Sécu, terminé, on va vous rentabiliser. Profite de ton reste.

Tu l'as laissé perplexe. Dis donc, les civils, cette année...

Machinalement, j'avais repris la route du Blanchard. Le ciment ? Et merde... Une autre fois. État délirant, pas de lésions, cela signifie quoi ? Qu'est-ce qui se passe ?

Il s'est passé cet appel dans le couloir... Paul. La voix ?

Rien de spécial, une voix de par ici, l'accent marseillais... Tu connais un Paul ? Non, et quel rapport ? C'est une coïncidence.

Tu crois ? La même que lorsqu'on appuie sur un détonateur, si tu veux mon avis... De Dieu, les freins... Au rouge, j'ai manqué emplafonner une Toyota. Restons calme.

Un détail m'est revenu... Tonton, hier, quand il a fait l'apologie de Moune... En ramenant Anne chez nous, le matin suivant l'accident, elle lui avait passé une de ses robes. Et alors ? Allons voir.

Cette fois, j'ai eu droit à un peignoir orange. Moune paraissait pâteuse. Elle m'a demandé de rentrer :

— Ce n'est pas tant le soleil, c'est que je suis affreuse. Il y a des jours où je ne me lèverais pas. J'ai du café frais, tu en veux ?

— Volontiers.

— En quel honneur ta visite ? Ne me dis pas que c'est le plaisir de m'admirer.

Pourquoi ce ton amer ? Je l'ai regardée, elle a eu un rire bref.

— Mon joli, quand tu auras mon âge... Tu t'en moques, tu n'es pas une femme, tu ne peux pas réaliser ce que c'est que de se transformer en épouvantail. Et encore... Les corbeaux, je les ferais plutôt rigoler.

J'ai bu mon café. Quand il n'y a rien à dire, le silence, ce n'est pas si mal.

— Excuse-moi, Jean, tu n'y es pour rien. J'ai mené la vie que j'ai voulue, j'ai la fin que je mérite et nous allons changer de disque. Alors, ta sœur ?

— Pas de changement. Ils l'assomment de calmants.

— Tu as vu quelqu'un ?

— Une infirmière. Les salades habituelles. Ils cherchent...

— Je n'ose pas t'inviter maintenant, je suis trop moche. Ça te dirait de passer ce soir ?

— Volontiers, je garde et je suis à toi. Ah, je voulais te demander…

— Quoi donc ?

— Oh, un détail… Tonton m'a dit que tu avais ramené Anne avec une de tes robes…

— Bien sûr, si tu veux savoir, elle s'était pissé dessus. Je ne te parle pas de la terre et des déchirures. C'est tout pour ton service ?

— Oui, je me sauve, à ce soir.

— Tu veux la vieille robe ?

— Pas la peine.

— Une chance, parce que je l'ai brûlée. Elle n'était plus bonne à faire un chiffon.

Détail réglé. Chez nous, les moutons s'étaient résignés. Les cochons continuaient à protester. J'ai alerté Tonton.

— Leur soupe ? Tu rigoles, Anatole… Tant tu leur en donnes, tant il leur en faut. Si je les écoutais, des mammouths ça deviendrait, il faudrait pousser les murs, tu crois pas que non ? Et d'abord, de quoi je me mêle ? Viens manger, c'est prêt.

J'ai avalé un morceau en vitesse, refusé le café. Une fois suffisait. On plaint les malheureux, pas les imbéciles. J'ai bondi délivrer les biquettes et nous sommes partis comme un peuple en marche vers les dessous de Remuze.

Drôles d'engins, les moutons. Toujours la tête baissée, à mâchonner, à tirailler tout ce qui se présente à portée de bec. Pidou et Tutuss rameutaient les traînards… Zut, j'avais oublié de prendre un livre… Tu as suffisamment à ruminer sans ça.

En partant, Tonton t'avait donné le compte : vingt-quatre moutons et treize chèvres, cela faisait trente-sept. Sauf erreur. J'ai dénombré l'escouade en marchant. Ben y a erreur. Remarque, avec ces chèvres folles, tu peux te tromper.

Une fois rendu, je m'y suis remis plus posément. Les chèvres, O.K... Ce sont les autres. M'en manque un. Il ne serait pas resté en carafe ? Pas avec les chiens.

Les bêtes avaient leurs habitudes. Je les ai laissées vaquer. De quel rocher Anne avait-elle bien pu... Difficile à dire, partout l'herbe était tondue, piétinée. J'ai battu le terrain sans succès.

Le sentier continuait vers Remuze, envahi par les ronces et les genêts. Je l'ai remonté un moment. On dirait qu'il est fréquenté, regarde, ces empreintes de semelles... Ces brindilles cassées... Oui, bon, puis ? J'ai vite abandonné, inutile de m'écarter des bêtes.

Remuze est un de ces hameaux écartés, désertés, réinvestis par les vacanciers. L'été, quelques Marseillais viennent au bon air, du moins, c'était l'usage de mon temps. Pas de raison que cela ait changé. Tonton ou Moune t'en parleront.

Bizarre, nous sommes le 3 avril, tu es rentré d'hier, et il te semble n'avoir jamais quitté la Ravine. L'homme est un animal malléable.

Les ombres s'étiraient. L'air restait vif. Une buse a tourné au-dessus de nous un bon moment, puis s'est déplacée, s'est abattue plus loin, en amont.

Demander à Tonton s'il connaît un Paul ? À quoi bon ? Il va te dresser le pedigree de ses collègues bouilleurs de cru.

Et Moune ? Pourquoi veux-tu ? Ce n'était pas forcément ce nom, peut-être simplement le son, la vibration, va savoir...

J'étais bien. Personne sur mon dos. J'apercevais la maison de notre voisine. Je guettais les bruits de la route, au-dessus. S'il est passé deux voitures de tout ce temps, c'est le bout du monde. Un samedi, tu imagines ?

En continuant au-delà de Remuze, on rejoint la vallée de l'Asse par des espaces déserts.

Je n'ai pas vu le temps filer. Simplement ce calme, ce

calme impensable... Je me suis dit : « Dommage qu'Anne... »

Écoute, elle est jeune, elle est en pleine santé, elle ne peut pas ne pas surmonter ce... Ce quoi ?

L'ombre est venue me lécher les pieds. J'ai grimpé un peu, histoire de gagner dix minutes, puis j'ai rassemblé la bande, en avant les mignons... Ils sont rentrés sans se faire prier, je les ai laissés boire leur content au ruisseau. J'ai enfermé les moutons, dirigé les chèvres vers l'enclos attenant où Tonton procède à la traite. Il a la technique. Je l'ai regardé un moment. Si je voulais m'y mettre ? Une autre fois.

Un chat est venu, un gros matou robuste aux oreilles en dentelles. Après la traite, Tonton écume son seau et lui offre la mousse, c'est une tradition entre eux. Ah oui :

— Oncle, il manque un mouton.

— Qu'est-ce que tu me chantes ? Tu es sûr ?

— Certain. Je les ai comptés.

— Attends... Est-ce qu'il y a un petiton tout blanc, avec juste le museau noir ?

— Plus petit que les autres ?

— C'est ce que je te dis.

— Non.

— C'était le préféré de ta sœur. Sa mère est morte, elle l'a élevé au biberon, il ne la quittait pas. Ça par exemple... Peut-être qu'il la cherche...

— Je regarderai demain.

— Elle était bien plaisante cette titoune, je me demande... Ça te dirait une soupe aux poireaux et une omelette au lard ?

— Sûr. Mais Moune m'a invité.

— Oh alors, si tu vas dans le grand monde...

Je suis rentré me mettre propre. Curieux, je n'avais pas hurlé, pourtant Oncle m'entendait sans hésiter... Surdité sélective, probablement...

Moune portait un jean, un tee-shirt rouge avec tête de mort, fourchette et couteau croisés, et l'inscription :

« EAT THE RICH »

Amusant… J'avais vu le même à Beyrouth. Sa face énergique prenait bien la lumière, incroyable ce qu'elle a rajeuni depuis ce matin… Mais non, simple ravalement de façade.

Elle m'a reçu bras tendus :

— L'ami Jeannot ! Viens me faire la bise, viens ! Alors, avec l'oncle, toujours la lune de miel ?

— Si on peut dire. À l'usage, il est tolérable, il radote un peu…

— Il fait encore frais pour manger dehors. Tu t'occupes des braises, j'ai pris des côtelettes d'agneau, ça te va ?

— Extra.

J'ai préparé un feu le temps que Moune mette en train des pommes sautées. Tu imagines, une femme entière à ton service…

J'ai pris de vieux sarments, cela donne bon goût. Elle est venue m'offrir un whisky. Pour elle, ce n'était nettement pas le premier. Je ne disais pas grand-chose. La conversation, je n'en raffole pas. Quitte à tuer le temps, je préfère jouer aux boules. L'air m'avait soûlé.

Nous avons dîné face au couchant. Du pourpre, du mauve, juste un nuage effilé, pour la garniture... Moune m'a parlé de son boucher qui se faisait vieux, du marchand de pâtes parti avec sa vendeuse... Pour meubler, elle meublait.

— Il te plaît ce jambon cru, tu en reveux ?

— Volontiers.

— Ici, tu ne trouveras pas de jambon de Parme. Tu n'es pas bavard...

— Juste abruti.

— Tu pourrais me raconter ta guerre. C'était comment ?

— Comme toutes, j'imagine. Tu attends que le temps passe. Sauf que là nous étions censés éviter la bagarre entre les autres, c'est encore moins drôle.

— Et alors ?

— Ils en profitaient pour nous cartonner. Tu te crois chasseur, tu te retrouves lapin. Remarque, je préfère, quand tu rentres, personne ne te traite d'assassin.

— C'est tout l'effet que ça te laisse !

— Tu sais, Moune, ces choses ou tu les connais ou tu parles pour ne rien dire.

— Merci bien.

— Ne te vexe pas, c'est pareil pour n'importe quoi. Tu prends les chèvres, une fois les petits allaités, leur lait tarit, normal. Et les fromages du même coup. Mais au marché, les gens s'étonnent, ils te demandent pourquoi, ils s'imaginent que les biquettes possèdent un robinet qu'il suffit de tourner. Encore, nous, nous vivons en pleine zone rurale, alors imagine ailleurs.

— Tu as raison. Tu t'occupes des côtelettes ?

Du temps, elle a grillé une cigarette, ouvert une autre bouteille de rosé.

— Tu les aimes comment, Moune ?

— Moyen... Dis-moi, pourquoi es-tu parti, finalement ?

— Pour voir autre chose.

— Il n'y a pas que l'armée.

— Tu connais beaucoup d'organisations qui t'offrent le voyage, la nourriture, l'hôtel et la rigolade ?

— Je n'ai pas cherché. Pourquoi n'es-tu pas resté si c'est si bien ?

— Trop de promiscuité. Il faut avoir le caractère.

— Excuse-moi, mais tu pouvais t'en douter avant d'y aller ?

— Non. Je suis parti pour partir.

Elle vidait verre sur verre, l'air absent. Elle a ouvert une troisième bouteille, changé les assiettes. Salade, fromages... Elle suivait son idée :

— Tu comptes rester ici ? Je trouve surprenant qu'un jeune pas bête s'enterre vivant alors que c'est une époque où on peut bouger, tout de même...

J'ai haussé les épaules.

— Tu me fais rire. Bouger pour prouver quoi ? Puisque je suis bien ici. Pour vérifier qu'ailleurs je ne me plairais pas ? J'ai un caractère de sauvage, il est temps que j'en tienne compte.

Elle a eu un geste de la main, comme pour écarter une mouche :

— Tu as raison, je ne discute pas... Et t'offrir un voyage ? Tu n'es pas curieux de voir le monde ?

L'imagination la tuera. Maman, le pont des Soupirs...

— Moune, laisse le monde où il est. Je n'ai ni l'envie ni les moyens de courir. Les biquettes, c'est un sport à temps complet. Les collections de cartes postales, merci.

— Ce que j'adore chez toi, c'est ta souplesse.

— Pas mal comme autocritique.

Elle a ri. Son rire sonnait triste. Elle s'est levée.

— Rien que pour ça, tu auras du gâteau, Jeannot. Je t'ai préparé une tarte aux pommes. Tu veux de la crème fraîche avec ?

— Surtout pas.

— Tu ouvriras le champagne, il est au frigo.

— Du champagne... En quel honneur ?

— En l'honneur du retour du héros, mon cher. Je ne peux pas jouer de la harpe, mais je vais allumer des bougies.

Bonne vieille veuve Clicquot... Le hasard se met en quatre... Dans la grande salle, les flammes des bougies faisaient trembler le cœur des ombres. Seul restait fixe le rouge noyau des braises. Moune m'a servi, je suis allé m'adosser au manteau de la cheminée. Cette femme... Ses traits s'étaient creusés. On aurait dit une de ces divinités guerrières qui soulevaient les tribus nordiques.

— Ça va, Moune ?

— On ne peut plus mal, mon petit. Ne te sens pas obligé de me faire la conversation.

— Ne sois pas injuste. Je ne suis pas bavard, c'est tout.

— C'est un de tes charmes.

Elle est allée s'allonger sur le canapé.

— La soirée commence à peine, Jean, tu imagines toutes ces heures, seule ?

— Qui t'oblige ?

— Bonne réponse... Dès demain, je cours mettre une annonce dans *Le Chasseur français*... « Vieille peau argentée et désabusée cherche... » Cherche quoi ? J'ai tout trouvé. Sers-moi, veux-tu ?

J'ai rempli sa flûte.

— Et ne te sauve pas. Sois tranquille, je n'en veux pas à ta vertu, mais se parler à travers la pièce, ça me refroidit.

Je me suis assis, adossé contre le canapé. Bon... Assistance à personne en danger... Moune s'est remise à rire :

— Ah, Jean, les hommes... Leur enthousiasme au fil des ans... Je suis mal placée pour m'en plaindre, après tout j'en ai vécu. La belle vie... Je ne vais pas me ruiner en Kleenex.

— Tu as peur de me choquer ?

— Non, tu as dû déjà voir ça cent fois au cinéma, c'est tellement banal. Aussi banal que votre hypocrisie. Ne le prends pas en mauvaise part, je ne fais pas de personnalités. Je sais bien qu'au village ils sont tous à saliver, à se demander d'où je sors, depuis le temps, avec ma dégaine et mon fric.

Elle m'a tendu son verre.

— Si la bouteille est vide, il y en a une autre au frigo. Merci beau militaire, enfin, beau civil... Tu vois, Jean, j'étais tout le contraire de toi. Je voulais voir le monde, j'ai vu ses bordels. Comme j'avais de la tête, très vite je me suis retrouvée dans... Comment appelle-t-on ça à présent ? Ah oui, le management... Une gentille organisatrice... Tu en as bientôt fait le tour, il n'y a rien à dramatiser. L'offre et la demande... Ça t'intéresse ?

Pas vraiment. J'ai fait un effort :

— Ça ne te gênait pas !

— De faire du commerce ? Pas du tout. J'avais un copain, un type charmant, lui, c'était le trafic d'armes. Il disait : « Quitte à faire un sale boulot, autant le faire salement... » Ce n'était qu'une boutade. Je faisais en sorte que cela se passe le mieux possible. Je parle d'hygiène et de confort...

— Et les filles qui s'imaginent aller dans des cabarets et qui...

— Je ne dis pas que ça n'existe pas, j'avais affaire à des adultes qui savaient ce qu'elles voulaient. Des pros. Et ne commence pas à me parler morale. Parce que vendre du cancer et de la folie, du tabac et de l'alcool, c'est parfait, l'État s'en charge. Assurer le premier des besoins après le lait maternel, c'est l'horreur...

— Je n'y ai jamais tellement réfléchi.

— Tu fais partie de ces végétariens qui n'ont rien contre une bonne grillade ?

— Je ne sais pas, Moune.

— Excuse-moi, tu as raison, je n'insiste pas. D'ordinaire, je n'en parle jamais. À quoi bon ? C'est exactement ce que tu disais tout à l'heure...

— Quoi donc ?

— Que la guerre, il est préférable d'en revenir si on souhaite mettre son grain de sel. Tu as ouvert l'autre bouteille ?

— Tu crois que c'est raisonnable ?

— J'espère bien que non.

Je nous ai resservis, au diable l'avarice. Moune a remarqué :

— C'est surprenant que tout te soit indifférent. Tu n'as vraiment aucun point de vue ?

— Mais j'en ai un. Je veux la paix. Rester dans mon coin avec ma sœur, c'est tout. Si je suis bien comme ça, où est le mal ?

— Tu en es déjà à l'équivalence de toutes choses ? Qu'est-ce que ça voulait dire ?

— Je n'en sais rien, Moune, je ne suis pas un intellectuel. Je ne suis rien, même pas un paysan. Un berger, peut-être, si les moutons veulent bien de moi.

Elle est allée mettre un disque. Une voix pure. Des chants anglais... J'ai écouté. Ce que c'était beau... À la fin, j'ai demandé :

— C'est qui, cette femme ?

— Un homme, Jean, une haute-contre. Tu veux autre chose ?

— Tu as du Joan Baez ?

C'était davantage mon rayon. De la country-music. J'ai reconnu *Banks of the Ohio*... Anne adorait cet air.

Ça m'est revenu. Paul... Demander à Moune si... Ça n'a aucun sens.

Curieuse soirée. Elle avait cherché à m'accrocher, à me voir faire un drame de son ancien métier. Le sujet ne me touchait pas. Le réel est le réel, chacun se détruit comme il l'entend. Je veux dire, je ne peux saliver sur commande sur n'importe quel sujet. Cela me fait penser aux titres imbéciles des magazines, à leurs enquêtes en carton à propos de n'importe quoi. Les questions inutiles me laissent froid.

C'était l'aube... Je me suis retrouvé sur le canapé, sous une couverture. J'ai senti une odeur de café, je me suis levé. Moune m'a entendu. De la cuisine, elle a lancé :

— Berger, le déjeuner vous attend.

Beurre et miel et tartines... Je lui ai fait la bise.

— Tu sais que tu dors comme un bébé, mon grand ?

— Tu as prévenu Oncle ?

— Pour quoi faire ? Il sait où tu es. Tu crains pour ta réputation ?

— Et la tienne ?

— Flatteur... Je ne souhaite pas revenir sur notre conversation d'hier, si on peut appeler ça une conversation, mais il y a tout de même quelque chose que je regrette...

— Quoi donc, ma belle ?

— Je ne devrais pas te le dire, ça fait trop tarte, genre vieille pute qui se lamente, tu vois... J'ai eu trop d'hommes, et pas un seul petit à moi... En avant les fontaines. Mais c'est vrai, j'aurais voulu un fils comme toi. Tu ne m'en veux pas ?

— Tu es bête... C'est simple, adopte-moi.

— C'est ça, et ton digne Tonton avec. Vous feriez la paire... Sauve-toi.

— Salut, Moune, merci.

J'ai rejoint la ferme en courant.

Ce matin, je ne me suis pas rendu à l'hôpital. Du mal à encaisser… J'ai poursuivi mes fondations. C'est bien, se jeter contre un travail, transformer son angoisse ou sa haine en autre chose… Et si tu entreprenais un blockhaus, sur ta lancée ?

Oncle virait autour de moi tel un bourdon autour d'un buisson de chèvrefeuille. Du retard à rattraper, pauvre Tonton… Il raconte quoi ? Ce qui lui passe par la tête. Il suit son idée, quant à savoir laquelle… Attends, il veut…

— Si j'ai trouvé quoi, Tonton ?

— La cabane d'Anne.

— Où ça ?

— Où elle gardait, pardi. Elle se l'était faite en cas de coup de gros temps. Elle avait même pris tes cornes de bélier pour décorer.

Ah oui, un énorme bucrane…

— Je chercherai, Tonton.

Il est parti s'occuper de ses cochons, avec sa jambe qu'il traîne comme un fagot de bois mort. Les cochons, hosanna ! Seulement, entre l'odeur et les mouches, ils deviennent un rien envahissants, tout en restant sur place. Vivement le saloir… Demain, il va te falloir songer sérieusement au ciment.

Oncle est revenu me lire le journal à haute voix.

Accidents, agressions, attentats et à suivre... Exaltant, mais monotone. D'habitude, il doit le lire aux cochons, j'imagine. C'est ça qui les rend de mauvais poil. D'ici à ce qu'ils passent à l'autodéfense...

Il a filé faire les courses. Je lui ai proposé d'y aller. Non, il tient à ses habitudes, à son circuit.

Ouf... Je l'aime encore plus quand il n'est pas là... Pas étonnant qu'Anne ait voulu se faire bergère. Dame de compagnie, avec lui ce n'est pas de tout repos.

Je me suis étiré un bon coup. Les poules grattaient la terre fraîchement remuée. J'aime leur air sérieux. Dommage qu'elles ne possèdent pas deux petits bras sous les ailes, ce serait plus pratique.

Une bande de corneilles criaillait à la lisière du bois. La saison des nids... Les mésanges s'en donnaient dans les buissons. Les premières alouettes ont escaladé le ciel au-dessus de la pièce de luzerne. Et... regarde... deux buses. Elles se dirigent vers le secteur d'hier, on dirait... Normal. Elles ont réunion syndicale.

Pas la peine de te tuer, tu as tout ton temps. Les girandoles des marronniers commençaient à s'ouvrir. Ce n'est pas un peu tôt ? Pour qui ? Bientôt, ces arbres seront comme autant de gros gâteaux de mariage, j'espère qu'Anne...

Je suis allé vérifier les outils. Oncle les serre dans un cagibi, sous le hangar. Un magnifique foutoir... Il prétend qu'il s'y retrouve, il est le seul, de quoi décourager un ferrailleur... Dans le lot, j'ai déniché un casque allemand. Et si tu y plantais du muguet, c'est bientôt la saison ! N'y touche pas, Tonton en ferait une jaunisse. Il est maniaque comme un indicateur des chemins de fer.

Voilà, le monde est en ordre. J'ai fermé les volets de ma chambre pour empêcher les mouches d'entrer. Elle ne donne pas sur la façade, mais sur le chemin, elle ne prend donc le soleil que le soir. Par là, je peux voir arriver l'ennemi, ils ne m'auront pas par surprise.

J'ai mis quelques patates à bouillir, pour m'occuper, lavé de la vaisselle qui traînait, mis à tremper une lessive. Tonton est revenu tout guilleret, avec son contingent de ragots frais, du boudin et un camembert en plâtre garanti.

— Tu as prévu des pommes de terre ? C'est bien. Fais-moi une vinaigrette, du temps je... Tu sais ce qui est arrivé à l'Antonin ? Attention, pas celui de la Bégude, celui de la Cornerie...

Oncle s'est lancé dans une de ses histoires filandreuses, compliquées comme le vol d'un lièvre. Il s'emmêle à plaisir, se perd, se noie, se dépatouille et arrive à tirer une épopée confuse d'un éternuement de limace. Nous avons déjeuné posément.

Dommage qu'il soit resté vieux garçon, il aurait fait le bonheur d'une quarantaine de gosses. Pour un seul neveu, cela frisait la surcharge.

J'ai essayé de lui toucher un mot des mouches. Il a joué les interloqués. Les mouches, il était paré. Il en pinçait pour ces affectueux tortillons de glu baveuse qui tentent de retenir cette engeance. J'ai précisé :

— La question, ce n'est pas tant les mouches, ce sont tes cochons.

— Par exemple ! Tu leur reproches quoi ?

— D'attirer les mouches.

— Ça prouve qu'ils sont en bonne santé, Jeannot.

J'ai abandonné. Bon sang de bois, le café...

— Non, Tonton, merci, il est délicieux, seulement il me donne des palpitations.

J'ai filé retrouver mes moutons.

Tutuss et Pidou m'attendaient devant la bergerie. Salut, fidèles compagnons de devoir. Je leur ai offert un croûton de pain, par pure démagogie. C'est Tonton qui s'occupe de leur pâtée. Il est contre les aliments en sac, il les trouve tristes. Lui, il n'en mangerait pas, alors pas de raison...

Les chèvres ont filé comme des ressorts. Rester bouclé

par ces temps, c'est dur. Les chiens ont remis de la discipline, et en avant.

C'est beau, les bestioles. Ça a quelque chose de nécessaire. Tu ne verras jamais une chèvre boire trois bouteilles de rosé à la file. Sans compter la veuve… Avant, les troupeaux vous nettoyaient les sous-bois. Tu avais moins d'incendies… Tu oublies que la chèvre est un ravageur. Certes… Pour ce qu'il reste à ravager…

Je me suis basé au même endroit. À partir de là, les bêtes organisent leur train. Je suis parti à la recherche de la cabane.

Tu la mettrais où ? La réponse est simple : voir sans être vu. Donc, un endroit surveillant le sentier. Du côté de cette barre rocheuse, par exemple…

Je n'ai pas cherché longtemps. C'était une grotte, pas une cabane. Une faille dans le calcaire, sous un surplomb. Anne en avait masqué l'entrée par des branches de pin, doublées à l'intérieur de toile à sac. Quelqu'un a tout arraché, tout foutu en l'air, les quelques planches qui devaient servir d'étagères, le peu de vaisselle, la poignée de livres de poche… Un gamin ? On ne trouve pas de gamins à Remuze.

C'est facile d'accès, par où tu viens. Mais si tu tires vers la gauche, non. De quoi faire un plongeon convenable. Regarde… accrochée à mi-pente, cette tache blanc et noir…

Je suis descendu en m'accrochant aux buissons. Ton bucrane. Ce qu'il en reste, il manque une corne. C'est pourtant difficile à briser… Un peu plus bas, j'ai trouvé un parapluie massacré, un grand beau parapluie vert de berger. Et une veste déchirée, cette vieille veste de laine couleur rouille qu'Anne affectionnait.

J'ai rassemblé ces quelques épaves, rejoint le troupeau.

— Ça va les chiens ? Bougez pas, je reviens.

Voyons, une bête affolée cherche quoi ? Un refuge connu.

J'ai regagné la grotte, piqué droit vers la ferme. Terrain accidenté, rochers, ronciers... Au bout de cinq cents mètres, j'ai pilé. C'est quoi, ce cirque ? Un couple de buses décollait. Nous y sommes.

C'était là, un pauvre jouet jeté. Les mouches, et cette fade odeur que tu pensais ne pas retrouver de sitôt. Je me suis accroupi près de l'agneau.

Tu vois cette entaille ? Il est proprement éventré. Du travail de boucher, pas de rapace. Les buses avaient tiré tout ce qu'elles avaient pu de la cavité abdominale. La tête restait à demi dissimulée par une touffe de thym. Je l'ai dégagée. Orbites vides...

Regarde ce sang... Ce n'est pas du sang. De la peinture, alors ? Non plus. Un grotesque barbouillage s'étalait sur le museau et les dents, un maquillage en forme de cœur, comme dans les dessins animés. Du rouge à lèvres, d'un rouge tirant sur le violet.

Je me suis redressé. J'avais froid, un coup de vertige. Quelques pas, et j'ai vomi... Ça va ? Fantastique.

Regarde, à quelques pas de la carcasse, cette racine. J'ai respiré un grand coup avant de récupérer la corne manquante, souillée de sang et de rouge.

Je suis reparti lentement vers la grotte, en décrivant des zigzags. Une tache orange. Deux... Des cartouches de fusil de chasse. Récentes, elles n'étaient pas décolorées. Inutile de les ramasser, on en trouve à foison dans les bois.

Retourner à la ferme, chercher une pioche ? Cela peut attendre à demain.

J'ai rejoint les bêtes. Tutuss m'a flairé sans me faire fête, il a filé l'échine basse. Pidou ne s'est rendu compte de rien.

Toujours cette impression de froid. Le soleil ne me réchauffait pas. Une simple chute... Sur de drôles d'oiseaux...

J'ai pensé à l'infirmière. Ils cherchent... Ils se posent des questions. Moi aussi. Pas les mêmes.

Cette sensation de nausée... Nous disons deux coups de

fusil, au moins. L'oncle se prétend sourd. Et Moune ? Elle aurait dû les entendre, mais qui prête attention à ça ? Elle écoutait peut-être sa haute-contre. Alors ?

Inutile de rêver. Ton chasseur — à supposer qu'il soit seul — n'est pas arrivé par la ferme. Cela représente une trop longue trotte, à pied. S'il était venu en voiture, Tonton l'aurait vu. Donc il a dû se garer vers Remuze et emprunter le sentier.

On y va ? Quel intérêt ? Mieux vaut te renseigner d'abord. Imagine, tu es Anne, une petite fille. Tu gardes tes bêtes près de ce sentier. Des chasseurs chassent. Dieu est au ciel, chacun son métier. Puis tu es une fille plus grande. Et les chasseurs te chassent ? Pas encore... Tu t'éloignes, tu bricoles un abri-sous-roche, pour surveiller ce chemin, précisément.

Le temps passe. Ton frère qui devrait te protéger est parti à la guerre. Tu espères son retour. C'est un grand, tu peux compter sur lui...

J'ai eu envie de me tuer. Bonne idée, ensuite ? Mon canard, calme-toi. Tu ne sais rien. Tu n'as rien vu. Tu attends que ta sœur aille mieux. Dans l'intervalle, tu poses quelques questions, pour baliser le paysage.

Tout se tient. Ou je suis fou, ou la sale ambiance de chez Ginette a quelque chose à voir avec la saloperie qui s'est passée ici.

De la discrétion... Tu n'es pas très malin, n'oublie pas. Juste un ancien para un rien fêlé comme il se doit. Cela ne t'empêche pas de prendre un Opinel avec toi, c'est l'époque des asperges sauvages.

Les buses ont plané un moment, puis sont retournées à leur repas.

En parler à Tonton ? Pas question, autant poser des affiches. Et Moune ? C'est une amie, tu admets ?

Mon ami, un secret qui se partage n'en est plus un. Ne parle pas. Ne te presse pas. N'oublie pas : tu ne sais rien. D'autres savent. Ils t'observent, ils se demandent si tu sais.

Tu débloques ? Il s'agit d'un fait ponctuel, pas d'une conspiration... Réveille-toi, tu es chez toi, entouré de braves gens. Bravissimes. Ta sœur a fait une simple chute et nous n'en sortons pas.

Un pas après l'autre. Renseigne-toi sur Remuze, pour commencer. Une histoire a toujours un fil, ce n'est pas compliqué, il suffit de trouver le bout. Et de tirer.

Je n'ai pas joué les prolongations, j'ai ramené les bêtes. J'ai fait le tri, Tonton la traite.

— Remuze, Tonton, ça te dit quelque chose ?

— Sûr, pourquoi tu me poses des questions aussi niaises ?

— On trouve des chasseurs, là-haut ?

— Ce n'est pas ce qui manque, les chasseurs, tu marches dessus, à Remuze comme partout. Sauf ici parce que moi je les vire. Ils sont tellement miro qu'ils te prendraient un ours blanc pour un cabri.

— Tu les vires ?

— J'ai plus à les virer, j'ai prévenu le maire qu'il ne fallait pas se pointer à la Ravine. De toute façon, il n'y a rien à chasser. À part mon renard, mais celui-là je me le réserve.

— Et les étrangers, les Marseillais ?

— Oh, pauvre, eux, ils s'organisent, ils ont des chasses gardées, ils y sèment de la perdrix, du lièvre, de tout. Ils se font des battues au sanglier terribles. Mais pas par ici. Parce qu'à eux il leur faut des endroits d'où tu puisses tirer depuis ta voiture. Bientôt, ils se mettront une mitrailleuse derrière le volant, comme les avions. On n'a encore rien vu.

— Et Anne ?

— Si elle s'intéressait à la chasse ? Risque pas. Ta sœur, les gens, le moins elle en voyait, le plus ça lui plaisait, chasseurs ou pas. Ah, ça me revient... Je t'avais parlé de mon collègue de la Cornerie, pas vrai ? Je suis allé le voir ce tantôt, tu croiras jamais ce qu'il m'a raconté. Figure-toi qu'ils ont un panneau, sur la route, avec marqué : « LA CORNERIE », en blanc sur fond bleu. Comme partout, quoi... Ça fait des années qu'ils inventent d'effacer le R. Attention, pas le deuxième, le premier... Les Ponts et Chaussées, ils arrivent, ils repeignent le R, bien propre. Pas plus tôt ils ont le dos tourné, mes rigolos viennent l'effacer. Des années que ça dure... C'est qu'elle est passante, cette route, des millions de voitures la prennent pour aller à la neige. Qu'est-ce qu'ils doivent penser, les gens, je te le demande ?

Ce qu'ils veulent. J'ai laissé Tonton délirer. Je suis allé prendre une douche. Je me sentais sali.

Ginette est une lève-tôt. Je ne tenais pas à rencontrer les habitués de l'autre jour, j'y suis donc passé sur le coup des 7 heures. Elle avait disposé les chaises sur les tables et pourchassait de la sciure à grands coups de balai.

— Oh Jean, tu es tombé du lit ?

— Bonjour Ginette, même le dimanche tu ne souffles pas un peu ?

— Où ça dimanche ? C'est lundi, mon beau.

— Lundi ? Tu vois, loin de toi le temps ne passe pas. Tu me le fais, ce café ?

— De suite, casse-pieds. Je t'en donne du mien, le perco n'est pas encore chaud.

Je me suis accoudé au comptoir, elle est passée dans la cuisine. J'aime cette odeur de sciure. Tu te souviens, les petits matins à l'internat ?

Ginette t'a secoué :

— Pas possible, vous dormez encore. Passez-moi cette tasse... Vous avez des nouvelles de votre sœur ? Buvez pendant que c'est chaud.

— Je bois ou je parle ?

— Allez, ne faites pas le malin, racontez-moi l'hôpital.

— L'infirmière m'a dit qu'ils cherchaient. Ça irait, sauf qu'elle est restée choquée. Voilà... Et ici, quoi de neuf ?

— Tout de vieux. Je travaille, je travaille, vous me

connaissez. J'avais demandé à ma nièce si ça l'intéresserait de s'y mettre un peu avec moi, pour plus tard, elle pourrait reprendre avec son fiancé... Vous savez ce qu'elle m'a répondu ?

— Qu'elle n'était pas folle ?

— Vous m'ôtez les mots de la bouche. Tu crois pas que non ? Oh, l'argent, elle ne crache pas dessus, mais c'est la recette qu'elle veut, pas le reste.

— Comme tous les gangsters...

— Exactement. Tu trouves ça normal, toi ?

Jésus... Restons les pieds sur terre. J'ai dit :

— Fameux, votre café, Ginette. Hier, je me posais la question... Qu'est-ce que ça devient, Remuze ?

Elle s'est installée en face de moi, accoudée au comptoir.

— Figurez-vous, ceux des résidences, ils se sont fait voler...

— Déjà de mon temps...

— C'était du bricolage, mon pauvre. Maintenant, ils s'amènent avec le camion, ils te déménagent carrément. Un jour vous allez voir qu'ils tireront les tuiles. Ils ont embarqué des portes et des fenêtres.

— À ce point ?

Elle a pincé la bouche.

— Je ne vous raconte pas d'histoires. Les propriétaires se sont décidés à installer des gardiens, un jeune et sa petite amie. Ils sont montés cet automne. Passer l'hiver là-haut, il faut en avoir envie.

— Vous les connaissez ?

— Je pense bien, ils descendent souvent, prendre le café, faire les courses. Lui, ça m'étonnerait qu'il ait inventé la poudre, c'est pas pour ça non plus qu'on le paie. D'ailleurs, on doit pas leur donner très lourd. Remarque, ils sont logés, ils ont tout le bois qu'ils veulent... Quand tu es jeune, pas vrai... Je serais d'eux, tant qu'à vivre là-haut, je me monterais un petit élevage, quelque chose... Mais tu sais, la jeunesse, maintenant...

— Tu nous ressers un café, Ginette ?

Un coup on se dit vous, un coup on se dit tu... Personne dans la rue. Pas un gosse, pas une âme. Si, pourtant, un tracteur. Normal, il n'est pas 8 heures.

— Dis-moi, des chasseurs, il en reste ?

— Pour ça oui, moins il y a de bêtes, plus tu en trouves. Justement, puisqu'on en parle, une bande de Marseillais montait régulièrement à Remuze, ils s'entendaient bien avec les gardiens, je les ai vus plusieurs fois ensemble. Ils passaient prendre un repas de temps en temps. Ou alors ils restaient là-haut, ce n'est pas les maisons qui manquent.

— Et les propriétaires ?

— Eux, plus il y a de monde l'hiver, plus ils sont contents, ça leur fait de la surveillance gratuite. C'est la fille qui me l'a raconté. Un soir, ils étaient à court de vin, je l'ai dépannée. Ça tombait un dimanche, tout était fermé. Je reconnais qu'elle a du courage, faire cette route en vélo...

Elle s'est penchée vers moi en baissant la voix.

— J'aimais pas trop son genre.

— Comment ça ?

— La façon de s'habiller qu'elle avait, tu vois, ces robes trop longues qui ressemblent à rien. Et puis de se maquiller avec tout ce noir, de loin tu aurais dit une tête de mort. Attention, je ne dis pas que ce n'était pas la bonne petite, entendons-nous bien. Mais à ces âges, traîner loin de ses parents, moi, qu'est-ce que tu veux...

— Qu'est-ce qu'elle fait de tout son temps ?

— Rien. Je ne peux pas le comprendre, Jeannot. Tu as des gosses, maintenant ils peuvent rester des mois plantés comme des souches, ils n'ont même pas l'air de s'ennuyer. On dirait un sport, pour eux, de ne rien faire. Moi, tu me retires le travail, j'en suis malade. Dis, et mon parterre, j'ai pas encore fini...

— Tu as le temps d'ici midi, non ?

— Et mes paupiettes, c'est toi qui vas les préparer ?

Pourquoi tu ne passerais pas vers une heure ? Je les fais bonnes, tu t'en souviens ?

— Ce serait volontiers, mais je dois tenir compagnie à Tonton et je garde...

Changement de ton. Ginette prend un petit air de dignité pincé :

— Je comprends... Et l'autre grande dame ?

— Qui veux-tu dire ?

— Votre voisine...

— Moune ? Qu'est-ce que tu lui reproches ?

— Rien, Dieu garde, disons surtout pas de mal des absents. À part qu'elle n'a pas l'air de se prendre pour rien, celle-là. Pourtant, à ce qu'on raconte, son argent, ce n'est pas debout qu'elle l'aurait gagné...

— Allons, Ginette, allons, tu voulais qu'elle vive à genoux ? Tu la prends pour une bonne sœur ?

— Surtout pas, toi alors... Non, les gens font ce qu'ils veulent, mais c'est ce coup de vouloir paraître supérieur, tu saisis ?

Brave Ginette... Je ne sais plus où en était la lutte des classes, mais dans nos solitudes, nous conservons encore le sens de la dignité.

— Je me sauve, je t'ai assez dérangée. Combien je te dois ?

— Laisse, ça m'a fait plaisir de te voir. Tâche de repasser, tu veux ?

— Promis.

En sortant, j'ai croisé le facteur. Ils ont des R4 jaunes, à présent. J'ai regagné la Ravine.

Donc, un jeune couple se trouvait à Remuze. Discrets, je ne les ai encore pas vus. Pas une silhouette, pas une fumée, pas un bruit, rien...

Tonton guettait mon retour.

— D'où tu viens ?

— De boire le café chez Ginette.

— Tu m'as remonté le journal ?

— J'ai complètement oublié. Tu sais, pour les nouvelles qu'il y a, tu peux aussi bien prendre celui d'hier.

— Je m'en fous bien pas mal de tes nouvelles. C'est les avis de décès qui m'intéressent, parce que j'ai un collègue, du côté de Saint-Auban, en ce moment il ne va pas très fort...

Ah, le collègue de Saint-Auban... J'ai attendu une embellie.

— De toute façon, demain tu auras celui de Moune. Dis-moi, tu as entendu parler du couple installé à Remuze ?

— Forcément. Ces farceurs, ce n'est pas mon genre. Quand ça leur prend, ils font des feux terribles, mon ami, un de ces jours ils vont griller la colline. Ta sœur les aimait pas bien non plus. Et quand est-ce qu'elle revient ?

— Je n'en sais rien. J'irai faire un saut à l'hôpital tout à l'heure, j'en profiterai pour ramener du ciment.

— Pour quoi faire ? J'en ai. Je l'ai mis sous une bâche, pour l'humidité.

Parfait. J'ai repris la pioche. L'hôpital ? Je n'en avais guère le cœur. Je donnerai un coup de fil de chez Ginette.

Tutuss est venu me regarder travailler. Toute la bonté du monde tenait dans son regard triste de vieux chien. Sa présence m'a fait du bien, parce que... Rien de spécial... Un passage à vide. Je revenais d'une sorte d'enfer. Tu risquais ta peau, tout ce temps tu pensais à la Ravine, tu croyais que ta vie allait enfin commencer... Tu as débarqué dans un drôle de paradis.

Je me suis arrêté un moment, j'étais en nage. Depuis mon retour, je transpire comme une gargoulette au moindre effort. J'ai pris une serviette sèche, je me suis bouchonné. Belle journée, oui, et ça change quoi ? Le ciel clair, c'est d'abord dans la tête.

Tu étais là, seul entre un vieux chien flapi et un vieil oncle traîne-savates... Un fil s'était rompu. Ce fil des générations qui fait qu'une famille se perpétue à travers les temps. Et nous... Mon père a cédé. Il a changé de continent, rien n'y a fait. Il avait perdu la foi. Cette espèce d'état miraculeux qui fait que vous appartenez à un sol, à un peuple, à un pays... Amen.

Tu oses proférer ça ? C'est vrai, ces mots sont devenus obscènes. Les valeurs se sont inversées. Ton père en est mort. Et toi ? Que veux-tu que je te dise ? Si tu veux entendre parler de patrie, rengage-toi, il reste la Légion étrangère.

J'ai essayé d'y voir clair. Je n'ai envie de hurler avec personne. Je suis quoi ? Je parle une langue, c'est vrai. Elle s'appelle encore le français. Je dors la nuit, je travaille le jour. Cela ne suffit pas. J'ai besoin de chaleur, de fraternité. Pas n'importe laquelle. J'ai une histoire, j'ai un passé. Mon père m'a transmis son virus. Je voudrais retrouver... Quoi donc ?

Revenons en arrière. Pourtant, ça a existé... À une époque, des gens se sont sentis ensemble, sur cette terre. Quelles gens, quelle terre ? Ton histoire n'est qu'une suite d'injustices, d'infamies et de reniements, écrite par les vainqueurs pour les esclaves. C'est ça ta nostalgie ? Tu devrais vomir, pas pleurer. Réveille-toi, Bécassine, c'est fini. En place pour Disneyland.

Je ne sais pas... J'ai l'impression que tout s'éparpille, tu vois ? Il ne reste qu'ironie, dérision, ricanement. Et pourtant j'ai besoin de croire et d'appartenir.

Je sais, ce n'est plus d'époque, circulez, il n'y a rien à croire, rien n'appartient plus à personne, mais au moins, quand tu sautais, que ton pépin s'ouvre ou pas, tu étais sûr de rencontrer le sol, et maintenant...

À quoi les gens se rattachent-ils donc ? Ginette à ses paupiettes, Moune à ses rides, Tutuss à son rôle. Ils ne se posent pas de questions, tout le bonheur du monde est à cette condition. Tu t'es trompé d'époque, fils. Tu peux toujours discuter de l'air du temps avec tes moutons.

Voilà... Je n'ai rien vécu, ou si peu. Je n'ai rien à dire.

Je n'ai que le regret d'un temps qui n'a sans doute jamais existé. Le reflet d'une identité incertaine. Ça se soigne. Au calme... Entre tes quatre collines, les mois vont passer. Anne reviendra. Dans quel état ?

Impossible de faire encore aucun projet, je dois attendre qu'elle s'en sorte. Sinon ? Je ne vais pas la laisser croupir dans cet hôpital, elle sera aussi bien chez nous.

Tu sens ce soleil ? Les hirondelles ne devraient plus tarder. Tonton m'a surpris en plein farniente. Ça lui a plu.

— Tu veux que je te dise, neveu ? Je préfère te voir un peu content, parce qu'à force... C'est l'idée de ta sœur qui te travaille ? Ça va s'arranger, va...

Brave Tonton. Il a hésité entre lentilles aux saucisses et omelette au jambon, et qu'est-ce que j'en pensais ? Un bien fou. Et un petit pastis, ça me dirait ?

— J'ai un collègue qui en fabrique, mais alors, du solide. Tu me diras, il a pas bien le goût de l'anis. Goûte quand même.

Nous goûtâmes... On ne peut pas tout avoir. C'est la vie dangereuse. J'ai vidé discrètement mon verre sur le sol.

Je me sentais mieux. Tu vois, l'insupportable, c'est de garder toute cette énergie, tout ce besoin de se battre, et de rester cloué...

Patience. Une matinée de plus. Et les moutons, tontaine, à emmener. Cette fois, j'ai pris la pioche.

L'inspecteur Tonton ne m'a pas raté :

— Pour quoi c'est faire, ton outil ?

J'ai expliqué. J'avais retrouvé l'agneau perdu et j'allais l'enterrer.

— Ta sœur aimait bien d'enterrer les bestioles, plus gamine...

Tous les gosses aiment ça, ils aiment à jouer à la vie. Et la vie joue à quoi ?

Les bêtes ont filé. Je les ai laissées continuer seules, j'ai piqué droit sur ma découverte macabre, et... Enfin, je ne rêve pas, c'était bien dans ce coin ?

J'ai cherché, lentement... J'ai retrouvé mes traces. Tu vois, c'est là, l'herbe est foulée, des mouches s'attachent encore à des touffes souillées. Mais c'est tout. La carcasse, envolée...

Je n'ai pas compris. Qui aurait l'usage de cette charogne ? Personne ne m'a vu, quand je l'ai découverte. Alors ?

J'ai examiné les environs. Tu es dans un repli de terrain, impossible de te voir, ni de Remuze ni de chez Moune. Et je n'ai rien dit. Avec Ginette je suis resté dans le vague.

Il doit y avoir une explication très simple. L'amateur de compost du Blanchard a encore frappé.

Demain, je vais faire un tour à Remuze.

Tonton se tenait sur ses gardes, de bon matin.

Quand il m'a vu prendre la voiture, il m'a lancé :

— Surtout, n'oublie pas le journal !

À quand la feuille spéciale pour avis de décès, avec publicités pour pompes funèbres et BD nécro : « LE JOYEUX FOSSOYEUR BAS-ALPIN » ?

Le joyeux berger a pris la route de Remuze. Elle ne s'arrange pas. De sacrées ornières… Elle grimpe en lacets irréguliers. J'ai garé près de la bifurcation qui conduit au village.

Ici la route souffle un moment avant de redescendre par paliers successifs vers la vallée de l'Asse. Elle a de l'espace, de quoi faire une placette, avec une fontaine et un bassin. Un mufle de lion crache de l'eau par un tuyau. Un peu plus loin se dresse un oratoire, vieux pilier de terre rendu gris par le temps, surmonté d'une niche. D'ordinaire, les oratoires sont déserts, les saints sont partis retrouver les vieilles lunes. Pas ici. Un Saint-Just tout frais regardait le ciel, son cloporte préféré à ses pieds. Joli ciel, ma foi, repeint en bleu lessive, avec des étoiles d'or.

L'ensemble se couronne de tôle ondulée. Du néobaroque, en fin de compte… En face de l'oratoire, de l'autre côté du chemin, un énorme cep au singulier prenait appui sur un mûrier et formait à lui seul une sorte de tonnelle. Il doit être ancien comme la pluie.

Remuze se dresse sur une plate-forme de cette roche jaune tendre que l'on peut rayer de l'ongle. D'où j'étais placé, on domine la vallée qui rejoint celle de la Bléone. J'ai reconnu les bâtiments de la Ravine, la maison de Moune... Tiens, regarde, Tonton soi-même clopine vers le futur poulailler. Au fusil à lunette, tu ne peux pas le rater. Ni le troupeau quand il s'aventure vers le torrent.

Sur ma droite, le tertre jaune, prolongé par des restes de murs, vous prenait des airs de citadelle. La ruine d'un moulin jouait les donjons.

J'ai suivi le chemin. Assez long, à l'ombre, il s'élève en pente douce. De là, on aperçoit l'autre versant, les vallées au pied du Cousson, avec les stries bien peignées de quelques champs de lavande et des amandiers en disgrâce à moitié morts.

L'entrée du village s'étrangle entre l'école, à présent déserte, et le mur du cimetière. Ils avaient installé une cabine téléphonique. Saccagée. Jouxtant le cimetière, la petite église, gracieuse comme une miniature et close comme une huître. Et puis des maisons au petit bonheur.

Dans les temps, deux ou trois ruelles se dessinaient. On devinait encore leur emplacement ponctué de ruines, de caves béantes. Quelques constructions neuves ne respectaient pas l'ancien alignement. L'harmonie passée avait disparu.

Pas de voiture. Aucune trace de vie. Pas de chiens. J'ai procédé à un tour de piste sans me presser. Inutile d'être pris par surprise. Je suis allé jusqu'à l'ancien moulin. Bel endroit, d'où l'on distinguait la Bléone, serpentant, grise, à côté du ruban noir de la route. Dans les lointains, s'étalait la masse usée de la montagne de Lure. Cela doit souffler, l'hiver... Pour les déménageurs, c'est le rêve.

J'avais vite repéré les quelques maisons neuves à usage secondaire. Celle-là, regarde... Une poubelle en plastique traînait. Des traces de boue sur le racloir, près de la porte... Des canettes de bière, vides, dans l'herbe...

On entre comment ? Tu vois cette pierre plate, à côté du racloir ? Je l'ai soulevée. J'ai trouvé une clef, entortillée dans un chiffon.

J'ai ouvert la porte en grand, repoussé les volets. Cela sentait le feu de bois, le tabac froid, la bauge, cette tenace odeur de corps négligés. C'était le classique séjour à tout faire, avec une cuisine derrière une sorte de comptoir.

Les meubles, léger. Une table de camping, des chaises pliantes. Dans l'âtre, des cartons à demi brûlés. Des bouteilles vides, dans les coins. De la vaisselle cassée. Bref, la Maison de Marie-Claire.

Deux marches menaient à un couloir. Cette manie de décrocher les plans. Trois portes : les toilettes, la chasse d'eau pleurnichait, les usagers faisaient confiance à la presse locale. Puis une chambre à usage de débarras, encore des cartons vides et des bouteilles et en prime une bonbonne de Butane.

Enfin la chambre à usage de chambre. Au sol, un matelas en mousse. Une table chaise de nuit. Une penderie en plastique. Et des fringues par terre, jeans terreux, nippes crasseuses, sandales... Appuyé au mur, au chevet du lit défait, un solide manche de pioche. Des mégots dans des soucoupes. Des piles usagées. Ni sacs ni valises...

Cela sentait le départ. Précipité ? Va savoir. Mais avec possibilité de retour puisqu'ils ont laissé la clef.

J'ai regardé quelques posters, de ceux que l'on trouve encartés dans les revues de rock. Des chanteurs...

Agréable, dans l'ensemble, non ? Probablement le boudoir des jeunes. Et si tu étais une jouvencelle, où te maquillerais-tu ? Lourdement, d'après Ginette. Voyons... Dans les toilettes on trouve un lavabo, mais pas de glace. Restait l'évier de la cuisine.

Tu vois ce clou ? Si tu y accroches un miroir, tu es à bonne hauteur. Tiens, un carton, sous l'évier. Je l'ai renversé. Kleenex en boules, bouts de coton noircis... Coton-tige... Une bouteille de lait démaquillant, vide... Des lames de rasoir, deux tubes usagés... Un, c'est ce produit gras que l'on se met sur les lèvres contre le froid. L'autre, un tube de rouge... J'ai essayé, sur le dos de la main. Cela donnait une belle trace violacée...

Des bandes dessinées traînaient. Genre violence, monstres et génisses à face humaine, les adeptes de la gonflette. Pas un livre. Quel âge mental peuvent-ils avoir ? Difficile de dire, avec des mutants.

Tu n'oublies rien ? Je suis retourné aux toilettes. Ils ont gardé la chasse d'eau perchée, sans doute une récupération. J'ai vérifié du pied la solidité de la cuvette. Une fois dessus, j'ai exploré le dessus de la chasse. Ce n'était pas poussiéreux. Mes doigts ont rencontré une enveloppe.

Voyons voir... Au toucher, elle contenait de l'herbe. Exact. La France s'est remise au chanvre, en attendant le lin.

Rien d'autre ? Rien... Ils ne placent sans doute pas tous leurs œufs dans les mêmes W.-C.

J'ai insisté. Au fin fond, contre le mur, une boîte. Avec une seringue et son aiguille. Ça c'est la pharmacie d'urgence...

Alors, ce départ, toujours précipité ? Bâclé. Si des chasseurs logeaient au village, ce n'était pas dans cette baraque. J'ai laissé les lieux en l'état. Refermé. La clef ? J'en ferai faire un double demain.

C'est bien, l'herbe. Vous la foulez six fois, vous avez un sentier. J'ai suivi celui qui menait à la maison voisine.

Plus grande, plus ancienne, recrépie, elle gardait belle allure, avec ses grilles en fer forgé et sa génoise. Des traces de voiture, devant. Et pour entrer ? Ils ont placé un cadenas, un mastoc, du solide. Difficile d'en dire autant des pitons.

Là aussi j'ai ouvert les volets. Dis donc, c'est le cran au-dessus. La cheminée avait de la gueule, elle était vraiment là pour chauffer, pas pour décorer. Devant, quelques vieux fauteuils en cuir, défoncés... Comme table, une porte sur des tréteaux. Et comme odeur ? Davantage le corps de garde. Le cuir. Le mâle... Un peu fort, ton mâle, il embaume la charogne.

Immense, la pièce. Ils en avaient fait un dortoir, à en juger par les trois matelas en mousse, roulés, posés dans un angle. À côté, des duvets. Au portemanteau, quelques vieilles vestes kaki, une casquette, des bonnets de laine, et de curieux gilets orange vif, comme ceux des cantonniers. Dans une caisse, près de la cheminée, des bouteilles, intactes ou entamées. Vin, alcool...

Sur le dessus de la cheminée, deux vieux bougeoirs, une pipe, un casse-noix. Et un écriteau :

« CHASSE INTERDITE »

Des revues, en pile. C'est tout de même moins bordélique. De vieux *Chasseur français,* des *Lui,* des *Match.* Les *Lui* avaient été mis à contribution pour décorer les murs.

J'ai fait un tour à la cuisine. Un réchaud à gaz, une réserve de pâtes et de conserves. Un cubi de rouge. Des condiments, des épices, de quoi se faire une bouffe, entre copains.

Un escalier montait au premier. Quatre chambres, vides et froides. Ils avaient intérêt à camper en bas.

Sous l'escalier, un cagibi. Je l'ai ouvert. Ça schlinguait. Alors ? Deux jantes, un pneu abîmé, tout ça gros modèle. Une caisse à outils, des chiffons. Et une planche, posée debout.

D'où peut venir cette odeur ? J'ai tiré la planche au jour. Des trophées... Trois rangées de pattes, clouées. J'ai reconnu le poil rêche et le sabot fendu du sanglier. Des pattes de biche, aussi, graciles... Le tout dans un état de décharnement plus ou moins avancé. Pourquoi ne laissent-ils pas cette saloperie dehors ? Ils y tiennent. Et quelle idée de clouer cette loque ?

J'ai mieux regardé. C'était une culotte de femme...

J'ai lâché la planche, je me suis retrouvé près de la cheminée, j'ai empoigné une bouteille. J'ai bu. Pour chasser ce goût de mort. Puis je l'ai balancée contre le mur d'en face. Pareil pour les autres, vides ou pleines. Intérieur sur fond de verre... Ça m'a soulagé.

Je me suis assis sur le seuil. Réfléchis, merde. Un mouton mort, plus un tube de rouge, plus une culotte, tu as beau ajouter et secouer, cela ne fait jamais que trois objets hétéroclites. Ça ne vaut pas un clou. D'ailleurs, un de tes souvenirs est en cavale. Tu mets le tube dans la culotte, et tu vas voir qui, hein ? Pour demander quoi ? On va te rire à la face, pauvre niais.

Exact. Nous n'en sortons pas. Il faudrait qu'Anne puisse parler... Et l'herbe, et la seringue ? Il y a des flics pour ça, je n'ai pas à faire leur travail.

Nous sommes quel jour ? Mardi 6. Inutile de s'affoler, ce n'est pas un début de grand week-end. On fait le ménage ? Quelle idée ! Quand les gardiens sont absents, le vandale vandalise. Nous laissons ouvert, tel quel.

Ce calme... Tu entends les oiseaux ? Si. Exactement ce dont tu rêvais, pas vrai ? Attends...

Je suis allé examiner les jantes. C'est du tout-terrain, style Land-Rover. En plus gros.

Avant de sortir, j'ai pris la culotte, je l'ai enfouie au fond de ma poche. J'ai ratissé les vestes. Maigre butin. Un ticket de tiercé, un de métro. Quel ? Marseille. Une feuille arrachée à un journal de courses.

Il te faudrait en savoir un peu plus long sur ces chasseurs et ces gardiens. J'ai comme l'impression que leur absence va se prolonger. Il serait bon aussi que le gentil neveu aille prendre le journal de son Tonton et qu'il essaie de ne pas tirer une gueule de six empans. Et si tu cessais de me demander l'impossible ?

La fontaine babillait toujours. Un lézard se chauffait sur la pierre, près de l'eau. Sa gorge palpitait. Deux papillons dansaient comme un yo-yo... Tu es sûr de n'avoir rien oublié, dans les baraques ? Je ne suis sûr de rien. Et je ne vais pas le supporter longtemps.

Je n'ai croisé personne en redescendant. Au village j'ai pris le journal, et des graines sur un présentoir, carottes, laitue, oseille, tout ça... Quoi d'autre ? Ah, le café...

Attends, malheureux, c'est là que Tonton se sert. J'ai reconnu la redoutable étiquette verte de celui qu'il utilise. J'ai donc choisi la rouge, ce ne sera pas pire. J'ai ajouté un cake, il adore les douceurs. De la confiture de fraises, du chocolat noir, des boîtes de crème caramel...

La mémé à la caisse m'a fixé d'un œil soupçonneux :

— Dites, c'est pas vous qui avez essayé d'écraser mon chat, l'autre jour ?

— Si madame.

— Pourquoi ? Vous êtes fou ? Ça ne se fait pas, des choses pareilles ! C'est un monde !

— Avez-vous pris connaissance de l'arrêté préfectoral, madame ?

— Lequel ?

— Madame, la rage approche. Elle a pour vecteur principal le renard, et pour vecteurs secondaires les bêtes errantes de types divers, dont votre matou, madame, dont votre matou... Vous êtes supposée le conduire dès que possible chez le plus proche vétérinaire, à toutes fins utiles.

— C'est pas possible ! Kiki, la rage ! Vous êtes sérieux ?

— Renseignez-vous auprès de vos édiles, madame.

Et chtok... En sortant, j'ai caressé Kiki, allongé sur le paillasson. Kiki, à ta place, je choisirais le grand large.

Je suis passé téléphoner chez Ginette. Du monde déjà, c'était l'heure de l'apéritif. Pas de cabine, l'appareil est à portée, sur le comptoir, qui aurait quoi que ce soit à cacher, au Blanchard ? J'ai obtenu l'hôpital. L'infirmière de garde. État stationnaire. Sur le front de l'Ouest, tout est calme.

Parfait. Demain, je vois le docteur, je demande à ramener Anne chez nous. Elle y stationnera aussi bien...

Ginette m'a fait un clin d'œil, elle n'avait pas le temps de bavarder. J'aimais autant.

Retour à la base. Tonton s'est extasié devant ton butin, puis s'est rabattu sur ses chroniques nécro. Il les épluche commune par commune. Aujourd'hui la récolte était bonne, trois collègues, pauvres de nous, dont un adjoint au maire de Mallefougasse, un redoutable, celui-là, le rosé, il ne fallait pas lui en promettre. Et toujours le premier à rire.

— Pourtant, si tu cherches bien, je crois que c'était le gros malheureux. Il avait une fille qui s'appelait Sylvie...

Dis donc, s'il s'attaque à la génération au-dessous, nous n'avons pas fini.

Au moment de passer à table, nous avons entendu le bruit d'une Mobylette dans le chemin. Tu es sorti voir. C'était un jeune postier modèle réglementaire avec cheveux longs. Il t'a tendu un papier bleu, est reparti en dérapant.

Télégramme. « Nous avons le regret de… état critique… Prière entrer en contact le plus tôt… » L'hôpital… Oncle m'a rejoint. Il a demandé :

— C'est pour Anne ?

J'ai fait signe que oui. Je lui ai tendu le papier.

J'ai dit :

— J'y vais.

État critique est un euphémisme… Pour la dernière fois je roulais vers ma sœur. Pourtant, elle allait bien… On ne peut mieux.

La fille de l'accueil s'était plaqué un air de circonstance. Le médecin traitant venait de partir déjeuner, mais elle pouvait… Enfin, voilà : dans le courant de la nuit, Anne était montée au troisième étage et s'était jetée dans le vide. On avait découvert son corps à 5 heures du matin. Elle n'avait pas souffert. Elle se trouvait au dépositoire, si je voulais la voir…

Merci, je n'y tenais pas. L'infirmière est arrivée, celle de la fois dernière. Elle ne comprenait pas :

— Votre sœur paraissait émerger, vous savez, comme lorsque quelqu'un est près de se réveiller. Nous pensions que le mieux allait se déclencher.

Les mots... Elle s'exprimait avec sympathie. Le bout de son nez remuait quand elle parlait.

L'autre m'a proposé de nouveau de me rendre près de la dépouille. Non. Je me suis excusé, j'ai pris la fuite. Ça n'allait pas.

J'ai conduit... Enfin, quelqu'un a conduit. C'était moi et ce n'était pas moi. J'étais absent. Comme ma sœur. Avec elle...

Retrouver un repas froid et Tonton ? Tu n'y tenais pas. Il va vouloir se rendre à ce dépositoire, lui, l'amateur de nécros...

Ne sois pas injuste... Qui parle de justice ? Je me suis réfugié chez Moune, elle traitait ses rosiers avec une quelconque saleté chimique. Sale temps pour les pucerons. Elle n'a eu qu'à voir ta tête pour comprendre.

— Installe-toi, Jean, je te prépare un verre.

Ce n'était pas possible, cette pièce en tranches... On était mieux dehors. Tu t'es adossé au mur. Soleil. Tu as fermé les yeux, l'alcool t'a apaisé. Bon. Arrête ton cinéma...

Tu as expliqué à Moune la... la chute. Courte histoire. Elle a demandé :

— Et pour les obsèques ?

— Je n'y ai pas pensé.

— Les pompes funèbres municipales vont se mettre en contact avec vous. Je m'en charge.

Elle a été parfaite. Elle t'a raccompagné, tu l'as laissée avec Tonton. Tu t'es assis près du mûrier. Tutuss est venu te tenir compagnie. Il jappait, s'éloignait, revenait... Ah oui, les moutons.

— Un moment, Tutuss, un moment.

Moune a filé avec Tonton. J'ai regardé la R5 rouge cahoter en s'éloignant. Je ne ressentais rien.

Pidou a rejoint son camarade. Ils insistent, ces chiens... Et toi ? Le troupeau, tu veux dire ? Je n'y tiens pas vraiment, mais Anne l'aimait.

Allons-y, il faut s'occuper. Pour un peu, le temps passerait... Il passera. Il y a les lumières, tu sais. Elles s'éteignent, au fil des vies. Un jour ne demeurera que leur souvenir dans les miroirs. Et quand à leur tour les miroirs disparaîtront...

J'ai suivi les bêtes. Tutuss faisait du zèle. Une chèvre l'a rembarré d'un coup de corne. Les moutons avaient une tête à se rendre au massacre, avec leur cou tendu, leurs oreilles inclinées. Sûr, ce ne sont pas des loups.

Une fois sur place, j'ai cherché un Kleenex, j'ai retrouvé cette culotte trouvée à Remuze...

Tu as réuni quelques pignes de pin, trois branchettes. Tu as fait un minuscule bûcher. Le chiffon s'est embrasé d'un coup.

On tire un trait, on fait l'addition ? Tu restes, tu t'en vas ? Impossible de partir à sec, Tonton a besoin de moi avec ces bestioles sur le dos. Ce troupeau ne justifie pas l'engagement d'un vrai berger. Lui, ça lui permet de bricoler ses fromages, de se raccrocher à sa vie. N'oublie pas que c'est tout de même ce type qui vous a pris en charge...

Sinon, tu chercherais quoi ? Oh, un boulot dur. Couper des arbres au Canada ? Quelque chose dans cette ligne. Se crever un bon coup...

Et ton... enquête ? Non-lieu. Il n'y a plus de témoin, et le corps du délit, si délit il y a, va se retrouver tantôt trois pieds sous terre. Tu renonces ? Je n'avais pas vraiment commencé. Le coup de l'agneau qui disparaît, tu ne trouves pas ça énorme ? Aux yeux de la parano, oui. Sinon, les agneaux, ça va ça vient, il doit y avoir un wagon d'explications bêtes comme de la choucroute.

Et tes chasseurs ? De braves bougres comme tout un chacun. Seule Anne aurait pu t'éclairer.

Tout de même, l'envol des gardiens, là-haut... Ils se

trouvent à la noce d'une cousine, à Romorantin. Ou à Digoin. On ne s'évanouit pas comme ça.

Tu te vois rester ici vingt ans ? Et débiter des arbres vingt ans ? Ici ou ailleurs, je ne me vois nulle part. Ce n'est pas pour la Ravine que je venais, c'est pour Anne.

La séance continue. L'avantage de la Ravine, ce n'est pas tant que ça existe, c'est que j'y suis. Donc tu restes ? Ya. Jusqu'à ce que la mort me sépare.

Un détail... La chambre d'Anne. Tu n'y as pas mis les pieds. Parce que je n'avais aucune raison. Bravo. À présent, tu peux. Qu'espères-tu trouver ? Qui parle de trouver ? C'est ta sœur, c'est tout ce qu'il en reste. Il vaut mieux que ce soit toi.

Je me sentais remarquablement stupide. J'étais tendu, le ressort venait de casser.

Une question encore, pourquoi a-t-elle sauté ? Tu n'as pas plus con en rayon ? Elle a sauté, point. Les fous ont des coups de folie... Un accident n'a jamais été une raison de suicide. Elle n'était même pas défigurée...

Je ne détiens aucune réponse. Anne, je l'ai quittée voilà cinq ans, elle en avait treize. Je peux te parler d'une gamine que j'aimais très fort, pas de la jeune femme que je voulais rencontrer.

Je suis allé inspecter les brebis. Elles tondaient mécaniquement. Les chèvres scalpaient tout ce qui ressemblait à un arbuste. Et la R5 était garée devant chez Moune.

Je me demande quel va être l'impact sur Tonton... Aucun. Il est fataliste. Puis tu es là, donc la machine tourne. Un rouage en remplace un autre, c'est ça la vie sociale.

Plusieurs femelles paraissaient pleines. Anne voulait accroître ce troupeau, c'est une des rares choses que je puisse dire à propos de ma sœur.

Si tu restes, il te faudra meubler ton temps. Te mettre à la lecture, à la marche, à ce que tu voudras. Ne pas rester planté comme un épouvantail sur ce pan de colline...

Pas d'inquiétude. L'intérêt de la vie rurale, c'est que ça n'en finit jamais. Tu as ton poulailler en rade, un potager à mettre en train. Pour commencer ce sont les heures qui te feront défaut, pas les tâches.

Tu ne t'es pas rasé. À quoi bon ? Juste pour te tenir net. Ah, l'Empire, le poste dans la jungle, et la tenue impeccable de l'homme blanc face aux Asies insondables et multiples... Une discipline, ce n'est pas évident à se forger. Une pente, cela se dévale sans problèmes. Si, papa... Tu es mûr pour l'Armée du Salut.

Temps de rentrer. Biquettes et biquetons, ralliez-vous, nous regagnons notre douar.

Les chiens se sont activés, j'ai fermé la marche. C'est gris et négligé, un mouton. Comme un pilote qui porterait son vieux blouson à l'envers. Ne leur manquait qu'une casquette. Et tu serais chef d'escadrille...

Qui donc élevait des moutons et les affublait de touloupes ? Un vieux grognard renégat, Marmont, duc de Raguse... Les pauvres bêtes crevaient de chaleur. Coller des canadiennes à des moutons, fallait y penser...

La vie continue. Pidou s'est mis à creuser un terrier. Déontologiquement incorrect. Tutuss l'a rappelé à l'ordre.

Les bêtes ont bu un moment au torrent. Les touffes de thym s'éclairaient de jeunes pousses pâles. Dans un mois, il sera en fleur.

En arrivant à la ferme, autre cirque. Les chiens se sont précipités en hurlant à fond la gorge. Les cosaques ? Pas encore. Les cochons.

Ils étaient deux à se prélasser au mitan du chemin. Les chiens se sont jetés dessus. Les autres ont fait front, puis sont partis en galopant autour des bâtiments. Panique chez les moutons...

Procédons par ordre. D'abord stopper les clébards. Je les ai enfermés dans la cuisine. Les copains, pour les moutons, parfait. Pour le cochon, non.

J'ai rameuté nos ovins. Ils en avaient profité pour entamer un stage dans la luzerne. Bouclés.

Restait cette redoutable cochonnerie bas-alpine. C'est que ce sont des mastards, et ils ont de la vitalité. À revendre. Où sont-ils passés ?

Ils avaient coincé une vieille poule sous la grange et se la partageaient en tirant chacun sur une aile. J'ai pris une trique. J'ai dégagé ce qui restait de la poule, échappé à coup de dents, et me suis dirigé vers la soue en leur tendant la loque sanglante. Ils m'ont talonné. J'ai balancé le bout de barbaque à domicile. Ils se sont précipités chez eux. Bouclés aussi.

Ils foutaient quoi, dehors ? Tonton aura mal refermé, il est pertubé. Dis donc, et le troisième ? Il a pris le maquis. Allons bon...

Au fait, et Tonton ? J'ai appelé. Rien. Cette blague, la voiture n'est pas là. Cela devient l'anarchie totale. Il est peut-être parti aux trousses du goret ? En Deuche ? Ou alors, il s'est fait la malle avec. L'équipée sauvage...

Imagine les titres : « Un cochon et un boiteux en 2CV terrorisent les agences du Crédit agricole. Que font les forces de l'ordre ? »

Tu as entendu revenir la voiture. Tonton a débarqué. Avec une drôle de tête... Il ressemble à Paul Léautaud...

— Ça s'est bien passé, Oncle ?

Réponse inaudible. Qu'est-ce qu'il mâchouille ?

— Tu t'es mis au chewing-gum ?

Cette fois, il prend l'air furibard. Il parle, main devant la bouche. Parler, c'est beaucoup dire. J'essaie de décrypter... Il prétend qu'il a oublié son dentier chez Moune... Il y est retourné sans le retrouver.

Alors là, j'éclate de rire. L'animal le prend mal. Il t'insulte, enfin, il essaie. Te traite de sans-cœur, de pas-grand-chose, de... J'en pleure... Je m'essuie les yeux.

Inutile de le pressurer davantage, sa bouillie n'est pas potable. L'incohérence avant le langage.

Je le mets malgré tout au courant pour les cochons.

— Et il en reste un dans la nature. Ton dentier, je vais te le retrouver.

Tu files chez Moune. Elle t'attendait, installée sur sa terrasse dans une chaise longue en osier. À côté, sur une table basse, magazines, whisky, amandes grillées, la classe... Et en arrière-fond, un splendide coucher de soleil en Technicolor. Un vrai dépliant pour promoteur, on se serait cru à des années-lumière de notre fondouk de la Ravine. Comment pouvons-nous vivre de la sorte ?

J'ai salué Moune, j'ai eu droit à un grand sourire.

— Un verre, Jeannot du soir ?

— Oh oui.

— Glaçons ?

— Non... Oui... Merci... Qu'est-ce que c'est que cette histoire de dentier ?

Elle m'a montré un sac en papier, sur la table :

— Le voici.

— Alors mon oncle sème ses râteliers chez toi ?

— Pas vraiment. Détends-toi.

Je me suis installé en face d'elle.

— Ça va mieux, Jean ? Ce dentier, ton oncle l'a quitté un moment pour le nettoyer dans la salle d'eau. Je l'ai appelé pour lui demander de me débloquer la nouvelle bouteille de gaz. Du temps, j'ai caché son appareil. Voilà l'histoire.

— Mais enfin, Moune, quel intérêt ?

— J'avais envie que tu viennes prendre un verre.

— Tu n'avais qu'à le dire, pas la peine de kidnapper les dents à Tonton.

— Et comment ? J'envoyais des signaux de fumée ? Vous n'avez pas le téléphone.

— Tu pouvais passer. Tu as quelque chose à me dire ?

— Nada.

— Moune, tu me tues...

— Où est le mal ? Je voulais voir si ça marchait. Ça marche, puisque tu es là. Tu n'es pas bien ?

Certes... J'ai fini mon whisky, j'en ai pris un autre. Une torpeur agréable s'installait. Au fond du fond, Moune a raison. Deux doigts d'alcool... Non, quatre... Un couchant aux yeux cernés... Changer de rythme, et mort aux cochons. Nous autres, solitaires, devons faire les choses dévotement et avec satisfaction. À quoi bon vivre au paradis si c'est pour y mener un train d'enfer ? Au diable...

J'ai répété :

— Moune, tu me tues...

C'est gros, cette méthode d'appel... Tu vois, tu recommences. Laisse-toi vivre.

— Tu restes manger, Jean ?

— J'ai charge d'âme, et une âme édentée, en plus. Mais tu peux t'installer chez nous si tu rêves de tenir un ménage, ça en vaut la peine...

— Sans façons. Pas votre genre de ménage. Bon, sauve-toi, bâton de vieillesse.

J'ai pris le sac à dents, fait la bise à Moune.

Dis donc, les phares... Cette voiture est à la fois borgne et myope, et le whisky m'avait donné de l'ampleur dans la conduite, j'ai navigué d'un fossé l'autre.

Tonton boudait à la cuisine. Il a enfourné ses dents avec voracité.

— Et ce cochon, Oncle ?

— Je l'ai repris, tu penses... Il ne faut pas me la faire...

Bref, il avait placé la marmite de soupe à l'extérieur du cochonnier. Les cochons frustrés ont rugi comme des tigres. Le fugitif s'est précipité sur l'occasion.

— Des morts-de-faim, mon ami, pour un peu ils se mangeraient entre eux.

Il a ouvert deux boîtes, nous a torché un repas. J'ai attendu qu'il regagne sa chambre pour visiter celle d'Anne.

Anne s'était installée au premier dans une pièce d'angle. La rigueur de l'endroit m'a saisi. Murs blanchis, un petit lit de fer à courtepointe bleue, une table, deux chaises, et, face à la porte, seule concession frivole, une grande jarre vernissée offrait la flambée d'une brassée de branches de sumac.

Curieux : pas une affiche avec Gérard Philipe, le vrai ou l'une des quelconques moutures actuelles… Ou un de ces objets fétiches de la famille des nounours. Sur la table, dans un petit cadre ovale, la photo d'un gamin à l'air buté. Je me suis reconnu.

Des livres garnissaient des rayonnages improvisés, faits de planches et de billots de bois. Beaucoup de format poche, une bible, un atlas… Sur la planche du dessus, des galets garnis d'empreintes fossiles, trouvés au cours de ses longues heures de garde.

C'était une chambre de moine sans bondieuseries. Ou de soldat sans pin-up. Pourquoi ce dépouillement ? L'œil se laisse distraire par les objets, l'esprit suit. Anne ne devait pas vouloir vagabonder.

Je me suis allongé sur le lit. La lune donnait. Sa clarté baignait la pièce, éclairait le sumac, faisait luire doucement la tranche des livres. Une pâle lueur semblait sourdre des murs. La pièce paraissait suspendue dans la nuit comme une nacelle. Dans le calme… avec simplement les bruits familiers de la campagne, l'appel d'un chien dans les lointains.

C'était un lieu pour se rassembler, pas pour s'évader. Si tu vis seul, il te faut conserver ta cohésion.

Regarde… À demi caché par le vase, un électrophone. À côté, quelques disques. Du classique. Un groupe français aussi… Et c'est tout ? Attends, sur la planche du bas, une rangée de livres paraissait légèrement décalée. Je me suis accroupi, j'ai fait basculer quelques bouquins. Derrière eux reposait un épais cahier à couverture noire.

J'ai allumé une lampe sur la table. Les pages étaient couvertes d'une écriture serrée, sans marge. Des dates soulignées… Le journal de ma sœur.

Le cahier était presque fini. La première notation remontait à plus de trois ans. Anne disait simplement : « Ce matin il fait beau, je suis heureuse… » J'ai regardé la dernière phrase. Elle ne datait que de huit jours, du dernier mardi de mars. Elle était brève : « Je voudrais que ce soit fini, que Jean soit là. J'ai peur. »

J'ai pris le cahier, je suis allé le lire dans ma chambre.

Ta sœur te parlait. Elle disait sa vie au jour le jour, les saisons, les bêtes, l'épaisseur du temps… C'est à ton intention qu'elle avait commencé à écrire cette longue lettre quotidienne. La dernière année, elle avait laissé tomber l'école. Être dactylo ou secrétaire ne l'attirait pas. Ce qu'elle voulait, c'est retrouver ces temps où nous étions ensemble, avant l'internat… Le monde nous appartenait. Il avait la forme de nos collines et la couleur du bonheur.

Elle t'attendait. Tu étais parti, tu reviendrais. Sa vie avait un sens. Dès ton retour, vous ne vous quitteriez plus. Elle ne se sentait pas seule, tu étais là, ton absence n'était que la forme provisoire de ta présence essentielle. Elle était heureuse d'attendre, sa solitude lui suffisait. Elle avait bien assez à qui parler avec Tonton. Les gens ne l'intéressaient pas.

Tu retrouvais ses joies à la venue du printemps, ses émerveillements à chaque naissance d'agneau. Elle ne se lassait pas d'écouter la voix des collines. Elle respirait à l'unisson de cette terre âpre, ingrate, dont la beauté n'apparaît qu'à ceux qui savent la mériter.

Tu as tourné les pages… Tu feuilletais… Nous y sommes. Elle s'aperçoit que des gens vivent à Remuze. Un couple… Tonton est au courant, il lui explique la nécessité du gardiennage. C'était à l'automne…

Un peu plus tard, Remuze s'est animé. Elle a d'abord cru à une fête. Drôle de fête où des chants d'ivrognes se mêlaient aux aboiements des chiens… Elle s'est sentie mal à l'aise. C'était comme une première tache dans son paradis. Et puis…

Et puis ils sont descendus. D'abord le couple. Le type, quelconque, la fille, rouquine, trop maquillée. Ils venaient, comme ça, puisque nous sommes voisins, pas vrai ? Elle n'avait rien à leur dire. Ils n'ont pas insisté. Ils ont tenté de sympathiser avec Tonton, sans succès.

Les chasseurs ont suivi. Ce n'était pas la première fois qu'elle en rencontrait, bien sûr. Mais ceux-là, c'était différent. Ils étaient trois, des Marseillais, des types aimables, la plaisanterie à la bouche, des compliments plein leur gibecière. Ils se sont extasiés sur son compte. Ce qu'elle était mignonne… Et elle avait quel âge ? Dix-sept ans ! Elle ne s'ennuyait pas, toute seule ? Elle avait bien un petit ami, par là ? Non ! C'est pas vrai…

Heureusement, ils ne venaient que les week-ends. Parce qu'ils se sont vite montrés familiers. Ils cherchaient à lui prendre le menton, à lui donner de petites tapes amicales. C'est qu'elle est sauvage… Voyez-moi ça, il ne faut pas être timide, ma belle demoiselle… Elle nous prend pour le loup, c'est tout le contraire, nous sommes des chasseurs… Et de rire… Bon, on vous laisse, soyez sage…

Ils s'éloignaient enfin. Pour cette fois. Ils revenaient. Elle n'aimait pas la façon qu'ils avaient de la détailler.

Leurs regards traînaient sur elle comme des limaces. Elle en venait à porter les pulls le plus épais possible. Elle ne supportait ni leurs voix, ni leurs éternelles gaudrioles, ni leur odeur de carnassiers, ni leur lourde présence.

Elle avait tâché de les éviter, mais le moyen ?

Il lui fallait bien aller où se trouvait l'herbe. Elle s'était écartée pourtant, ils avaient eu tôt fait de la retrouver, ses moutons la trahissaient.

À présent ils se moquaient d'elle. Leurs railleries grinçaient. C'est qu'elle nous fuit ! Pourquoi elle nous fuirait ? Nous ne sommes peut-être pas assez bons pour elle ? Ce n'est pas gentil, ça...

Leur bêtise lui répugnait, leur vulgarité. Un jeu se mettait en place dont elle était l'enjeu. Prévenir Tonton ? Ce terrain n'était pas privé, les autres avaient le droit de passer. De plus, Tonton ne pouvait se déplacer... Elle vivait toute la semaine dans la crainte de leur apparition. Elle en était venue à se ronger les ongles.

Elle connaissait un vieux berger qui demeurait de l'autre côté des collines, en tirant vers la vallée de l'Asse. Ils s'étaient rencontrés plusieurs fois, l'été. Le vieux aimait vagabonder, avec son troupeau. Il connaissait d'anciennes bergeries abandonnées.

Elle lui avait parlé de ces chasseurs. Il les avait rencontrés. Qu'elle se méfie, à son avis c'étaient des malfaisants. L'idéal serait que quelqu'un l'accompagne. Son frère devait revenir de l'armée ? Parfait, le plus tôt le mieux.

Le berger avait mesuré sa peur, tenté de la rassurer. Rien n'y faisait... Je sentais monter l'angoisse. Ce vieux avait raison, il aurait fallu un homme, frère ou amant, peu importe sa chemise, mais quelqu'un... Sinon tous les mâles pouvaient venir rôder autour d'elle comme des chiens. Ils n'ont pas besoin d'une chienne en chasse, eux le sont en permanence...

Anne se demandait ce qu'ils voulaient. Ils n'avaient pas

l'air pressé. On aurait dit qu'ils attendaient quelque chose, mais quoi ?

Je la vois, fixée à la Ravine, au troupeau, à l'écoute de ses tourmenteurs, clouée là comme une agnelle à l'attache…

Les larmes ont brouillé ma vue. Je n'avais pas le cœur à poursuivre. Je me suis allongé, le cahier serré contre moi. J'ai attendu l'aurore.

Tonton s'est ébroué. J'ai évité de le croiser, je suis resté dans la chambre d'Anne. Un disque était sur l'électrophone. J'ai mis l'appareil en marche. Il y a d'abord eu un air de vielle. J'ai baissé le son… Puis une chanson très courte. Les paroles disaient :

C'est demain le temps
De vos dix-huit ans, la belle,
C'est demain le temps
De vos dix-huit ans…
Mais il viendra le temps
Où vous n'aurez plus d'amants…
C'est demain le temps, demoiselle
de vos dix-huit ans…

Oh, mon Dieu… Tu savais à présent ce qu'ils attendaient…

J'ai arrêté le disque, repris le journal… Regarde ces allusions à son âge… À son anniversaire qui approche. Elle leur en avait parlé, naïvement, au cours de l'une de leurs premières rencontres.

Cet anniversaire, ils comptaient le lui souhaiter à leur façon. L'un d'eux avait lancé : « Ça va être sa fête… » Ils avaient ri… Cette fois-là, elle n'avait pas attendu que ce soit l'heure pour détaler avec ses bêtes, poursuivie par leurs rires.

Elle les a eus, ses dix-huit ans. Ses premiers amants… Elle en est morte.

Pendant ce temps, tu étais sur le départ. Elle n'en pouvait plus. Son cauchemar allait prendre fin. Bientôt tu serais près d'elle, avec elle. Les ricaneurs devraient filer. Bientôt...

Il s'en est fallu de peu... J'ai repris les dernières pages. La peur et l'espoir se tenaient par la main. Anne sentait l'espoir l'emporter. Ma proche venue lui donnait de l'assurance. Elle s'était rebiffée. Elle leur avait dit de la laisser tranquille, son frère...

Ça les a bien amusés, cette jeune fille qui réagissait comme une gamine dans une cour de récré. Son frère, hein ? Tant qu'à faire, qu'elle leur envoie plutôt sa sœur, il y en aurait pour tout le monde... Tutuss qui avait montré les dents s'était pris un coup de botte. Là encore elle avait cédé le terrain, fait un grand détour avec le troupeau pour ne pas rentrer plus tôt.

Cette dernière note, écrite avant sa dernière garde... D'ordinaire, elle attendait le répit de la nuit. Cette fois, elle était montée prendre un livre, elle avait jeté rapidement deux lignes en passant. Ta vue s'est brouillée... « Il me faut y retourner. Je voudrais que ce soit fini, que Jean soit là. J'ai peur. »

J'ai descendu le cahier dans ma chambre. Oncle m'attendait pour le café :

— Tu en as une tête, Jean ! Tu es allé au bal, cette nuit ?

Je n'ai pas répondu. Il a soupiré :

— Tu aurais dû, parce que tu te prends un caractère, mon ami... De mon temps, quand on quittait l'armée, on n'en pouvait plus de ce qu'on était content. Toi on jurerait qu'elle te manque.

— Ce n'est pas l'armée, Tonton, j'ai mal dormi.

— Pourquoi tu le dis pas ? Ce soir, je te ferai un bon tilleul, tu dormiras comme un ange.

Du tilleul... Il a repris :

— Ah, je t'ai pas dit ? Il va falloir que tu te fasses beau, ta sœur on l'enterre demain. Tu as un costume propre, au moins ?

— J'ai mon uniforme.

— Enfin... Ça te fera toujours l'occasion de le remettre. Excuse-moi, je sais plus ce que je dis, ne va pas croire, mais ça m'a fait le gros chagrin, la mort de ta sœur. C'est pas parce que j'essaie de pas trop le montrer que... C'était une brave petite, tu sais. J'ai jamais compris ce qu'elle trouvait à vouloir tant rester derrière ces chèvres. Si j'avais su, je te prie de croire que ce troupeau, je l'aurais bazardé.

Son vieux visage mangé de barbe s'est plissé, il s'est mis à pleurer. Il s'est essuyé du revers de la main.

— Mon pauvre Jean, j'ai de la peine, tu peux pas savoir...

Je me suis levé, nous nous sommes étreints. Ce n'est pas notre genre pourtant, mais ça ne se commande pas. Nous avons pleuré ensemble.

Tu t'es repris. Il n'est plus temps pour les larmes.

J'ai mal dormi. J'aurais voulu que ma sœur passe sa dernière nuit à la ferme. C'était trop de complications, paraît-il... Je n'ai pas eu envie d'en discuter.

J'aurais souhaité qu'on l'enterre à Remuze. Le cimetière n'est qu'une étroite bande de terrain, accrochée au rocher, derrière l'église. On y trouve dès janvier les premières violettes. Nous y grimpions quand nous étions gosses. Les tombes noyées dans les ronces et l'herbe nous apparaissaient alors comme les vestiges d'une cité perdue...

Tu as pensé aux chasseurs ? Ce n'était pas possible. Pas leur proximité. Anne reposera au Blanchard. Tonton a décidé que ce serait le plus simple. Il s'y est offert un caveau, voilà beau temps.

— Tu comprends, neveu, au moins tu n'es pas seul comme un chien noyé, tu as la route pas trop loin, les gens passent, et de chez ta collègue Ginette on peut même voir le mur. Qu'est-ce que tu veux de mieux ?

Le fourgon nous attendait au village sur les 9 heures. Je n'avais pas endossé mon uniforme. Pas moyen. J'étais resté en tous les jours.

Tôt le matin, j'ai ouvert notre porte. Je sentais la présence d'Anne sous la pureté déchirante du ciel. Je suis resté un moment sur le seuil qu'elle ne franchirait plus.

J'entendais la rumeur des moutons dans la bergerie. Une poule a trouvé un scarabée, les autres se sont jetées à sa poursuite. Les chiens sont venus nous saluer. Un petit monde sans histoires au milieu de la paix des collines.

Nous avons pris la guimbarde. Tonton demeurait silencieux. Chez lui, ça en dit long.

C'était là, sur cette place banale. L'église, le monument aux morts, le terrain pour le jeu de boules, le lavoir, avec, accroché au mur, le panneau d'affichage municipal.

Le fourgon patientait à l'ombre d'un châtaignier, noir et terne comme un vieil insecte, à côté de la tache vive de la R5. Moune est venue à notre rencontre, un bouquet de jonquilles à la main. À part elle, personne.

Les gens ne sont peut-être pas au courant ? Penses-tu... Nous n'avons pas si souvent des enterrements. Cette mort ne leur appartient pas.

L'oncle n'avait pas refusé les secours de la religion pour sa nièce. Personne ne les lui a proposés. Il y a beau temps que l'église du Blanchard n'a plus de desservant. Et puis Anne s'est suicidée.

Et les vieilles, les habituées ? Pas de vieilles. Anne partait comme elle avait vécu.

Grincement de roulettes. Les hommes en noir venaient d'extraire la caisse. Il n'y a pas d'allée carrossable. Ils ont chargé le cercueil sur leurs épaules. L'un d'eux a buté contre une racine, il a juré, la caisse a tangué... Tonton s'est retenu pour ne pas les insulter. Il aime le travail bien fait. Ces braves gens n'avaient pas l'air de porter le saint sacrement.

Moune suivait. Le cimetière a la forme d'un L, accolé à l'église. Nous avons traversé la base, en biais. Le caveau de Tonton se trouve tout au bout de la plus longue branche, près du mur. Une rangée de vieux cyprès ébréchés par le temps monte la garde. Derrière s'étend un pré en pente douce. Des chevaux broutaient sans se presser. Ils ont levé la tête à notre approche.

Nous n'avons jamais tant vu de chevaux par ici. Les gens s'y sont mis, tant pour les clubs que pour la boucherie.

Nous étions rendus. La dalle, appuyée contre le mur, la fosse cimentée... Et des cordes. Les croque-morts ont posé le cercueil au sol, soufflé un coup pour la forme. Leur chef nous a demandé si nous voulions... Il l'a fait sans conviction. Non, nous ne voulions rien.

Ils possèdent leur technique. Les cordes ont glissé sous la caisse, la caisse dans la fosse, Moune s'est penchée pour déposer ses jonquilles. J'avais fourré mon béret rouge dans ma poche. Je l'ai jeté sur le bois verni.

Les bonshommes ont bataillé un moment pour replacer la dalle. Ils la scelleraient plus tard. Avec Tonton, nous les regardions procéder. Il a posé sa main sur ton épaule. Terminé. Pour elle. Pour moi, la partie n'a pas même commencé.

Nous nous sommes derechef dirigés vers la place. Moune avait déjà filé. Ah bon... Oncle allait en profiter pour voir un collègue.

— Je te laisse la voiture, Tonton ?

— Pas la peine, il me ramènera. Si tu dois trafiquer, trafique.

Les croque-morts attendaient près de leur char funèbre. Il leur a glissé la pièce, m'a fait signe de la main, s'est éloigné en godillant. Le fourgon a décrit un large demi-tour sur la place. Ils ne rentrent pas sur Digne ? Pas tout de suite, ils s'arrêtent boire un coup chez Ginette.

Autant pour moi. Dans ces conditions, pas question d'y aller. Je suis retourné près d'Anne. Ta première visite.

Tonton avait déjà fait graver son nom, et même les dates. Il ne manquait que deux chiffres, et s'il atteint l'an 2000, il lui faudra reprendre son inscription. Étonnant qu'il n'ait pas réfléchi à ce détail... Voilà deux mille ans, un innocent était martyrisé. Depuis, ça n'a pas tellement chômé. Le massacre des innocents continue...

Je me suis assis sur le sol, adossé à un cyprès. Bientôt, tu pourras lire le nom de ta sœur, sous celui de Tonton. Cette fois, la date sera complète.

Cette mort n'avait pas de sens... Tu en connais beaucoup qui en ont ? Une corneille a atterri lourdement à dix pas, suivie par une autre. Elles ne m'avaient pas détecté. Elles ont déambulé prudemment entre les pierres et les grilles en fonte. La terre remuée les attirait, elles se sont approchées. La crainte des chats les tenait sur le qui-vive.

La première m'a aperçu, a jeté un appel rauque. Je ne semblais pas menaçant, mais j'étais trop près. Elles se sont éloignées en me gardant à l'œil.

J'étais vidé. Tout est à faire, et par où commencer ? J'avais du mal à me recentrer au milieu de ce décor. J'ai regagné la voiture. En profiter pour faire des courses ? Si ça se trouve, Tonton s'en occupe.

Le fourgon n'était plus devant chez Ginette. Je ne me suis tout de même pas arrêté. J'ai repris notre chemin. Juste avant le sentier de Moune, j'ai aperçu la R5 en travers... Tiens... J'ai commencé à ralentir. J'étais à cent mètres. Moune a surgi à côté de sa voiture, elle tenait une carabine, elle a épaulé...

J'ai balancé la Deuche à droite, freiné... Le temps de bouler dans le fossé, j'ai entendu le départ du coup, l'impact dans la tôle. Je me suis ramassé. Filer ? À découvert, tu te ferais plomber. J'ai pris une pierre, on verra bien... Plié en deux, j'ai gagné l'arrière de la 2CV. Comme blindage, ce n'est pas le rêve...

J'ai entendu le rire de Moune, risqué un œil. Cette grande folle avait balancé le fusil sur ses épaules, derrière la nuque, elle le tenait des deux mains et elle se marrait. Je me suis redressé lentement, tendu, prêt à replonger si... Elle a posé l'arme au sol, a levé les bras dans le geste classique du Christ janséniste.

— Excuse-moi, Jeannot du matin, mais ce que tu peux être drôle...

— Pas toi. Ça te prend souvent ?

— Non, et c'est dommage, parce que tu valais le coup d'œil. Allez, ce n'est pas si tragique, viens prendre un verre, je t'expliquerai...

Tu n'as pas rêvé. Une balle de petit calibre venait de perforer la tôle. J'ai dégagé mon veau, suivi le bolide rouge. Elle a intérêt à s'expliquer, sinon... Sinon quoi ? Tu la gifles ? Sur le coup ce n'est pas l'envie qui me manquait, tu parles d'une engeance. Ça ne lui suffit pas de piquer le dentier à Tonton ?

En me tendant un verre, elle riait encore. Je me suis retenu pour ne pas le lui rendre. Dans les gencives. Elle s'est écroulée dans son fauteuil.

— Mets-toi à l'aise, Jean. Tu ne vas pas nous jouer les tragiques...

Je suis resté debout.

— J'attends tes explications.

— Maman, les hommes... Dès qu'ils ne tiennent plus le manche, les voilà vexés comme des poux... Tu me déçois...

— Navré. Des plaisanteries dans ce style, je sors d'en prendre.

— Justement.

Elle s'amusait à fixer le soleil à travers son verre.

— Justement quoi ? Décide-toi, je n'ai pas envie de jouer aux devinettes.

— Je voulais vérifier si tu étais bien le valeureux guerrier de retour des Croisades, ou un minable imposteur. Pour cela, il fallait bien te mettre à l'épreuve, non ?

— Tu te fous de moi ?

— Jean, je rends hommage à tes réflexes, je ne suis pas frustrée, tu as bien réagi, très bien, même, un vrai western...

Elle ne riait plus, c'était déjà ça. Parfait. Je me suis assis.

— Tu prétends que tu me... testais ?

— C'est le mot.
— Tu te rends compte de ce que tu racontes ?
— Tout à fait. Ta surprise me sidère. Une voiture se juge en circuit, un homme dans un lit et un para sur le terrain. Plains-toi, c'est de la garrigue qui sent bon, pas de la rizière puante.
— Je dois te remercier, si je comprends ?
— Inutile, Jeannot, tout le plaisir était pour moi comme on dit.
— Tu as d'autres idées de ce calibre en réserve ?
— Ne m'insulte pas, j'improvise, vois-tu, je ne planifie pas.
Prometteur... Au point de vue logique, cela se tenait. J'ai bu. C'est bon, après la tension. Je me suis laissé gagner par un début d'engourdissement. J'avais l'impression qu'elle me... guettait ? C'est peut-être un peu fort. Qu'elle attendait... Quoi donc ? Que je lui expose mes projets, si je partais, si je restais, tout ça ?
Mes vrais projets n'étaient pas là. Je ne lui en parlerais que si j'avais besoin d'elle. Rien ne presse. Anne est au-delà de tout danger.
Qu'est-ce qu'elle raconte ? Elle parle de la région :
— Parce que je finis par connaître, à force, Jean. Je circule, je suis liante, les gens se déboutonnent, surtout après une piqûre. Ça impressionne encore, tout ce qui touche à la médecine.
— Toi être grand sorcier blanc ?
— Il y a de ça... Ce que je voulais te dire, c'est que tu rencontres encore de curieux phénomènes, dans nos collines. Un étranger te dirait que ces solitudes sont peuplées de tarés. Ce ne sont pas des tarés. Comment te dire... L'endroit est différent, c'est comme s'il possédait une autre gravitation...
Elle ne me regardait plus, elle fixait ses mains.
— Je ne te parle pas des indigènes ordinaires, le sujet n'est pas là. Eux, rien ne peut les étonner, mais enfin, ils

se tiennent. Je pense à ceux qui ont lâché... Il faudrait tenir la chronique des crimes commis par des bergers à la dérive, sur ces plateaux. On en trouve de très étranges...

Ça m'a échappé. J'ai dit :

— Tu commençais l'entraînement ?

— Je suis venue pour les mêmes raisons que toi, Jean.

Je n'ai pas compris. Pas grave... J'ai entendu passer une voiture. Tonton... Déjà midi.

— Moune, je me sauve, merci pour tout...

— Reviens quand tu veux.

En passant, j'ai jeté un coup d'œil à la R5. La carabine traînait sur la banquette arrière. Une 22 LR.

J'ai croisé le collègue de Tonton qui descendait dans une 403, planqué derrière de grosses moustaches à la Lyautey. Au juste, quel était le prénom du Maréchal ?

J'ai trouvé Oncle dans la cuisine, en tête à tête avec une dame-jeanne de rosé. Il n'en était visiblement pas à son premier verre.

— Sers-toi, neveu, il est fruité, je te promets. Tu vas te régaler.

Tu t'es servi. Pas assez frais. Cela donne un joli glouglou, ces bonbonnes... Tonton m'a imité.

— Tu ne crois pas que tu forces un peu, Tonton ?

— Je vais te dire, je suis contre l'alcool, mais alors, à fond. Celui qui te soutiendra le contraire, c'est un Judas.

— Vraiment ?

— À fond les casseroles... L'alcool, il n'y a rien de plus traître, mon petit. C'est ça qui nous a perdus en 40 et en Algérie et de partout... Tu comprends ?

— C'est de cette façon que tu comptes lutter contre ?

Il a brandi son verre.

— Exactement... Tu m'as compris, Jeannot. Le plus sûr moyen de détruire l'alcool, c'est de le boire. C'est radical... Au moins, tu es sûr qu'on n'en fera pas un mauvais usage... Non monsieur.

Il a levé le coude. Au point de vue gratiné, sa logique

valait celle de Moune. Ils se sont donné le mot ou quoi ? La saison s'annonçait sèche.

Tonton avait bien fait des provisions. Je l'ai laissé en tête à tête avec son rosé. Que le meilleur détruise l'autre. J'ai préparé le repas. Jambon salade camembert. Et un morceau de pissaladière pour commencer, que j'ai mis à réchauffer.

Le vacarme m'a tiré du sommeil en sursaut. Verre brisé, jurons… J'ai reconnu le répertoire de Tonton. Quelle heure ? Pas possible, j'ai dormi tout ça ?

J'ai sauté dans mes frusques, je suis allé voir le carnage. Dans la cuisine jonchée de débris de bouteilles brisées, Oncle n'avait pas une égratignure. Il se tenait là, penaud.

— C'est rien, Jean, je me suis embronché en remontant de la cave avec des bouteilles. Ce rosé, si tu le laisses, il va tourner, je voulais y mettre du thym en décoction, mon ami, ça te réveillerait un mort…

Sans parler des vivants. Je l'ai aidé à nettoyer.

— Tu comprends, il faut bien que je m'occupe en attendant que tu te réveilles. Je dis pas que c'est de ta faute, remarque… Le café est prêt.

Tiédasse… Le réchauffer ? J'ai eu la flemme. Pain rassis, beurre rance, tout ça va fort bien ensemble. Une vraie pub pour gîtes ruraux. Qu'est-ce qu'il veut ?

— C'est pas tant pour moi que je te le dis, Jean, c'est pour toi. Tu devrais te raser, tu ressembles à une bogue de châtaigne. À force, tu marques mal.

— Je me laisse pousser la barbe.

— Ah bon ? D'un côté, ça te va… J'avais un collègue, il en avait une, il pouvait s'en faire un cache-col… Un jour…

Tonton et ses collègues. Et il n'a même pas commencé à se répéter. Tu le prenais pour un vieux sanglier, c'est une gare de triage.

J'avais taillé de jolis poteaux. J'ai préparé du ciment et commencé à couler mes fondations. Tutuss est passé surveiller les travaux. Tonton insultait ses cochons. La routine...

J'avais presque terminé quand Moune est arrivée en coup de vent. Désarmée, à première vue... Elle s'est approchée du chantier :

— Bravo, Jean, un vrai légionnaire romain.

— C'est pour dire ça que tu te déranges ?

— Pas tout à fait. Je viens de recevoir un coup de fil de l'hôpital. Je leur avais laissé mon numéro en cas de besoin. Un docteur souhaite te voir.

— Qui ça ?

— Un certain Petit, il t'attend à midi sur le parking.

— Il veut quoi ?

— Il te le dira.

Elle est entrée discuter avec Tonton. J'ai rangé mon fourbi. 11 heures... J'ai entendu la cloche du Blanchard. Ils ont des sonneries automatiques à présent... Je me suis changé, rasé. Nous sommes... ? Samedi, je crois.

J'ai prévenu Tonton. Moune se démenait dans la cuisine.

— Tu nous prépares un clafoutis, chère voisine ?

— Je nettoie, c'est plus fort que moi.

— Tant que tu y es, n'oublie pas ma chambre.

Je me suis baissé à temps, une tasse s'est écrasée contre le mur.

— File, mécréant !

L'Oncle ricanait. Un rien l'amuse.

La route, c'est du petit calibre. J'ai patienté derrière un tracteur qui tractait une plate-forme chargée de fumier. Pas chien, le gars, il en semait comme il en semait. J'avais prévu large, j'ai pilé sur le parking à midi sonnant.

Un type m'attendait. Costume gris, lunettes, serviette... Il s'est dirigé vers la Deuche. Je suis sorti.

— Docteur Petit ?

— Moi-même. Je vous connais, je vous ai vu dans mon service. J'ai quelque chose à vous dire, mais pas ici.

— Vous voulez que nous allions à Digne, dans un bar ?

— Je n'y tiens pas non plus.

Il ne me restait qu'à lui proposer Ginette. En route, il s'est intéressé à moi. Ce que je faisais.

— Ah bon, vous venez seulement de rentrer... Votre sœur était déjà à l'hôpital, c'est ça ? Et avant cet accident, comment vivait-elle ?

C'est un flic ou quoi ? Laisse venir. La vie de ta sœur n'avait rien de secret.

Au Blanchard, Ginette s'est inquiétée :

— Vous venez pour quoi, Jean, pour manger ?

Elle s'est collé la main sur la bouche, signe de confusion intense, puis a levé les bras.

— C'est que j'ai plus rien ! Le samedi, des fois, je tiens pas le restaurant, tu comprends ? Remarquez, hier, c'était l'aïoli, pour une fois il m'en reste. Si ça vous dit...

Nous nous sommes installés au fond, face à l'ennemi. Deux paysans causaient adjudication en buvant du pastis. Ginette s'est précipitée avec de la charcuterie et du rouge, en attendant que son plat réchauffe.

Méthodique, le toubib. Il progressait sur la pointe des pieds mais il savait où il allait. Étude de milieu... J'ai abrégé :

— Écoutez, docteur, mon oncle n'aurait jamais fait de mal à ma sœur, où voulez-vous en venir ?

Ginette déboulait avec du rôti froid et une jardinière de légumes. J'ai protesté :

— Vous nous avez promis de l'aïoli !

— Ça marche, c'est pour vous faire patienter.

Nous avons attendu qu'elle s'éloigne. Ce type sentait l'after-shave. Il a tiré sur ses manchettes. Il hésitait encore :

— Ne le prenez pas en mauvaise part, je ne suis pas ici à titre officiel, ce que j'ai à vous dire... N'allons pas trop vite... Votre sœur avait un fiancé ?

— Non.

— Comment pouvez-vous en être sûr, vous n'étiez pas là ?

— J'ai trouvé son journal intime.

— Ah bon...

Il a retiré ses lunettes, les a essuyées soigneusement. Cette fois, l'aïoli arrivait, tout fumant. Ginette s'est indignée :

— Comment ? Vous n'avez pas fini votre rôti ? Mais qu'est-ce qui nous arrive ?

— Nous ne sommes que deux, Ginette, vous servez toujours pour douze.

Elle s'est récriée, a changé les assiettes. Les paysans haussaient le ton. Elle les a rembarrés. Inutile de tergiverser davantage.

— Docteur, ces derniers temps, ma sœur était importunée par des étrangers.

Il m'a fixé.

— Jusqu'à quel point ?

— Un harcèlement stupide, des plaisanteries, vous voyez le genre. Mais elle avait peur...

Il a disposé un peu de mayonnaise sur un morceau de chou-fleur.

— Dites donc, c'est très bien, ici, je ne connaissais pas...

Ginette nous surveillait, il fallait manger. Le docteur a baissé la voix.

— Je me suis intéressé à votre sœur. Elle avait... Enfin, elle attirait l'attention. Les infirmières m'ont signalé des traces de sang dans les urines. J'ai d'abord pensé à une lésion rénale.

Il a bu, a fait la grimace. Le rouge maison, c'est de la grosse cavalerie.

— Enfin, mon vieux, je vous épargne les détails... Ses reins n'avaient rien. Il nous a fallu attendre l'autopsie... Votre sœur a été violée. Salement. Dans ces cas-là... Vous saisissez ? Nous n'avions pas affaire à une agression caractérisée, mais à un accident.

Je n'ai pas réagi.

— On ne lance pas une accusation aussi grave avant de s'assurer... Je sais ce que vous éprouvez, monsieur, j'ai une sœur également. J'ai préféré vous voir...

Le bon docteur souhaitait se rendre compte... Voir s'il ne s'agissait pas d'une bonne vieille histoire d'inceste en milieu bouseux. Rustiques en vase clos, tout pour la famille...

J'ai demandé :

— Vous ne signalez pas ce genre de faits ?

Il a souri.

— Il n'y a que des cas particuliers. À quoi bon prendre le risque de lâcher la meute sur des innocents ? Cela ne ressusciterait pas votre sœur. Je souhaitais avant tout me faire une opinion. Inutile de remuer de la boue pour rien, n'est-ce pas ? Mais si vous désirez porter plainte, je tiens le rapport d'autopsie à votre disposition.

— Je vous remercie. J'aime autant pas.

Ça l'a surpris.

— Je ne vous comprends pas. Après tout, ce sont vos affaires, mais... Vous ne voulez pas d'histoires, c'est ça ?

Changement de ton. Il te prend pour un lâche.

— Docteur, il faut que je réfléchisse.

Ginette nous a proposé du fromage. Merci, non. Alors un flan ?

— Merci, Ginette, c'était parfait. On pourrait avoir un café ?

Le docteur a consulté sa montre. Pas le temps. Il a voulu régler. Pas question.

— Vous mettrez ça sur mon compte, Ginette. Et merci.

J'ai raccompagné le monsieur. Je le sentais déçu. Il réfléchissait. Il a fini par constater :

— Cela vous regarde, c'est vous qui vivez ici. Le problème, c'est que les violeurs sont souvent des gens qui font carrière, si je puis dire.

— Je n'ai aucune preuve, contre qui voulez-vous que je me retourne ?

Nous étions arrivés. Il m'a serré la main.

— Si jamais vous changez d'avis...

— Merci, docteur, j'y penserai.

Retour au Blanchard. Voilà, tu es fixé. Sans vouloir te désobliger, tu ne t'es pas tellement remué jusqu'à présent. Tu attends quoi ? Que ces salopards meurent de vieillesse ?

J'ai essayé de retrouver cette phrase sur les hussards... « Un hussard qui n'est pas mort à trente ans est un jean-foutre. » Ça va, tu as encore le temps... Qui a dit ça ? Un jean-foutre centenaire.

Les moutons t'espèrent. Comme les jours s'allongent, ils sortiraient volontiers dès le matin. Qu'ils sortent. Les moutons sont des cons.

Je suis passé prendre un autre café chez Ginette. Elle s'est extasiée sur le docteur.

— Dites, ce qu'il a l'air poli, cet homme, il doit avoir de la bonne éducation, ça se sent, pas vrai ? Il fait quoi, comme métier ?

— Représentant.

— Ah oui ? Et en quoi ?

— En papiers de caramels.

— Ça existe, ça ?

— Et comment ! Et même, ça se développe. À présent, la tendance c'est de vous livrer d'un côté les caramels tout nus, et de l'autre l'emballage. De façon à permettre au consommateur de participer.

Elle t'a envoyé une bourrade.

— Qu'il est bête... Il me fait marcher !

À la Ravine, j'ai trouvé Moune qui attendait. Elle veut

quoi ? Savoir, pardi. Pas question. Inventer une blague ? Mentir fatigue.

— Tu es encore là, Moune ? Et le ménage, c'est nickel ?

Tonton a surgi comme un fou.

— Dis, c'est à cette heure-ci que tu rentres ? La prochaine fois, je t'attendrai pas pour manger. Qu'est-ce qu'il te voulait, ce docteur ?

— Une histoire de paperasses. Il en restait un wagon à signer.

— Pourquoi pas à moi ? Je suis le tuteur.

— Tu étais. Maintenant, c'est moi le plus proche parent.

— C'est juste, c'est juste...

Moune ne paraissait pas convaincue.

— Ce n'est pas le rayon des médecins, ça.

— Écoute, va lui demander. C'est peut-être son violon d'Ingres, à cet homme... Amusez-vous entre vous, les petits, j'ai les bêtes qui m'attendent.

Amère, ma Moune :

— Je te remercie pour ton amabilité, Jean.

— De rien. Et pour le ménage, passe plutôt l'après-midi, tu dérangeras moins.

Si les regards pouvaient tuer... Moune a sauté dans sa R5, est partie en trombe.

J'ai retrouvé les bêtes avec plaisir... Le mouton pose rarement des questions stupides. Les chèvres ont filé en tête. Une d'elles a réussi à cramponner une branche de cerisier. Les autres ont profité de l'aubaine. J'ai lâché Pidou sur les délinquantes. Elles sont vives...

Et j'ai décidé de changer de terrain, d'aller plus haut... Tu penses à ce berger, celui d'Anne, le vieux ? Oui. C'est peut-être encore un peu tôt dans la saison...

L'aïoli, question crapahut, c'est l'erreur absolue. Je me suis arrêté pour boire au torrent. Puis nous avons escaladé une pente assez raide. La terre, mal retenue, s'éboulait malgré les quelques chênes rouvres semés en débandade. Au-dessus s'étalait une belle petite terrasse. L'herbe foulée embaumait. Les bêtes se sont jetées dessus avec leur voracité coutumière.

Tu as oublié de prendre un livre, comme toujours. Il s'agit bien de lire...

Pidou taquinait les biquettes. Tutuss s'est installé à mes côtés, langue pendante, yeux clos...

— Tu te fais vieille, pauvre bête...

Il a dressé la tête, m'a tendu la patte.

Amusant, ce docteur. Il prétend avoir une sœur, et il parle de porter plainte. Les gens me fatiguent. Cette histoire, personne ne me la volera.

Dimanche. Si tu vois une différence… Le matin, ce n'est pas évident de démarrer. Pas la mécanique, non, mais l'intérêt de replonger.

Partir plus tôt avec les bêtes ? Tu peux t'emporter un casse-croûte et manger sur place. Avec une outre en cuir de bouc pour boire à la régalade ? J'ai prétexté à l'oncle que j'allais lui chercher son journal. Au village, j'ai garé près de l'église. Je suis resté là un moment, planté, mains dans les poches. Comment font les gens pour leur messe à présent ? Ils doivent l'avoir en boîte.

Le vide m'a saisi. Personne. C'est calme comme la mort, ces campagnes. De grands cœurs pompent la vie, la réexpédient à dates fixes. Ben oui. Si tu veux rester stable sur ton lopin, il faut en payer le prix.

Tu plaisantes, pour moi, la sanction serait de vivre en ville. Tiens, mon chat noir… Il se prélassait près du monument aux morts. Il est venu se frotter contre mes jambes. Matous, vous avez la mémoire courte.

J'ai pénétré dans le cimetière. Une vieille chambre à air s'avachissait sur la croix d'une tombe. Je l'ai ôtée. Ce lieu ne me plaisait pas. Trop plat, trop près de la route. Tu vois la différence, pour Anne ? On commence par accepter n'importe quelle mort, et… et quoi ? On vole un œuf ?

Tu la déménageras dès que tu en auras les moyens. En

attendant, ils ont scellé la dalle, le ciment est encore frais.

Un grand laurier poussait son pinceau sombre et renflé contre l'église. J'ai prélevé quelques branches, je les ai placées au pied de la tombe. La dernière fois que j'ai vu ma sœur, elle se tenait sur notre chemin, elle... Le solo de dulcimer, une autre fois. Il ne s'agit pas de s'apitoyer.

Par où commencer ? Une file de fourmis serpentait à la base du mur. Bon. Les oiseaux sont partis de Remuze. Et qui les connaît ? Ginette ? Elle t'a dit tout ce qu'elle en savait. Tonton, rien à en tirer. Avec ça, tu es arrivé avant d'être parti.

Reste ce vieux berger dont parlait Anne. Voyons, s'il garde du côté de l'Asse, il doit bien vivre quelque part. On ne trouve pas trente-six villages dans le secteur. Il y a Darse... C'est à combien ? En passant par Remuze, guère plus d'une douzaine de kilomètres.

J'ai repris la route. Les amandiers en fleur semaient leurs bouquets le long des restanques. Tu vois la maison de Moune ? Regarde, elle sort... Regarde plutôt la route. Difficile de passer inaperçu, ici. La fontaine et son pied de vigne... L'oratoire. J'ai stoppé, je suis descendu un moment. Tout paraissait calme au village. On jette un œil ? Inutile, regarde, le chemin ne porte aucune trace récente.

J'ai continué. Ce n'est pas vraiment un plateau, juste un col qui s'étire en longueur, puis la route redescend en pente douce vers l'autre vallée. Avant d'arriver à Darse, j'ai vu le troupeau, un grand, ma foi, à main droite, dans un pré retourné en friche parsemé de buissons d'aubépine. À vol d'oiseau, nous ne sommes pas très loin de la Ravine.

J'ai garé sur le bas-côté. Trois chiens sont venus à ma rencontre en aboyant. Et le berger ? Maldonne... C'est un jeune, tu as décroché le mauvais lot.

Je me suis approché du blanc-bec. Il n'a pas l'air futé, non. Mais il tient un grand bâton. Commençons par une question stupide :

— Bonjour, c'est toi qui gardes ?

— C'est moi.

— Il n'y en a pas d'autre à Darse, de troupeau ?

— À Darse, non.

— Parce que je cherche un vieux berger, on m'avait dit qu'il y en a un chez vous.

Le gars me regardait de biais, bouche bée. Si ce n'est pas un simulateur, il est très fort. Pourquoi ne répond-il pas ? Parce que tu n'as rien demandé, crétin. Reprenons.

— Il y a un vieux berger, à Darse ?

Ça marche… Il ouvre la bouche franchement :

— Il y a pépé.

Estimable enfant, honnête fils du peuple, la République t'apportera ses lumières. Si ce n'est pas pour ta génération, ce sera pour les suivantes, espère. À présent, il se dandine. Insistons :

— Il est où, ce pépé ?

Il pivote, tend le bâton vers son village :

— L'est au mas.

Splendide. On remercie et on s'en va. Attends. Le jeunot déglutit :

— L'a été opéré. Maintenant, l'est au mas.

— Salut…

Les chiens t'escortent. Le jeune rattrape ses brebis qui en ont profité pour filer. Rien de tel que le contact avec les populations.

C'est quelqu'un, ce mas… De loin, il paraît grand. De près, regarde, sur la partie gauche, le toit est défoncé. Il ne reste que l'ancienne maison de maître, basse, trapue, avec ses mûriers, la margelle de son puits. Un vieux bonhomme en veste de velours prenait le soleil sur la banquette de pierre, près de l'entrée. Les deux mains sur sa canne, pipe au bec, il te regardait avancer. Il portait un vieux chapeau gris et une barbe blanche. La barbe semblait plus neuve… C'est parce qu'elle est plus propre, mon petit.

Il a retiré sa pipe, t'a souri d'un très chic sourire, t'a fait signe de t'asseoir. Il a dit :

— Il fait beau, pas vrai ?

Tu t'es installé à ses côtés. C'est encore plus calme qu'à la Ravine, les collines font écran, on n'entend pas le trafic de la route de la Bléone. Plus vert aussi. D'où nous étions, nous pouvions voir les bêtes longer le bois. Écoute les clarines...

Le pépé avait repris sa pipe éteinte, il la suçotait, il paraissait bien s'amuser.

— C'est tout ce que vous me dites ? Vous ne me dites pas que ma maison est belle ?

— C'est vrai, elle est belle.

— Qu'elle est belle, et qu'elle est abîmée, et que c'est dommage ?

Il souriait toujours. Dans son visage raviné, la blancheur de ses dents éclatait. Décidément, il jubilait. Si ça peut lui faire plaisir... J'ai demandé :

— C'est dommage pourquoi ?

— Parce que vous cherchez une maison, pardi, et une maison abîmée, vous allez m'en offrir trois cacahuètes.

Qu'est-ce qu'il raconte ?

— Je ne cherche pas de maison.

— Alors, vous êtes bien le premier. Il suffit que je me place là, les voitures sont pour moi. Ils cherchent tous une maison à retaper. Vous en trouvez des qui sont pressés, d'autres qui seraient assez gentils pour me laisser un peu le temps de mourir. Mais la maison, ils sont preneurs. Tous.

Il a fait un geste circulaire, de la canne.

— C'est beau !

Le fait est... Juste la peau des collines. Pas une ligne électrique. Le village, dans notre dos, doit être alimenté par l'autre vallée. Un coin intact. J'ai remarqué :

— Vous avez vu la voiture que j'ai ? Comment voulez-vous...

Il m'a coupé :

— Mon jeune monsieur, ça ne veut rien dire. Vous en voyez venir de ces mesquins, pour un peu on se retirerait le quignon de la bouche. Et ce ne sont pas les derniers à vous sortir le carnet de chèques.

— Je les comprends. Seulement, figurez-vous que j'habite à la Ravine. Alors...

Il m'a fixé attentivement.

— Vous ne seriez pas le frère d'Anne ? Aussi, je me disais... Vous lui ressemblez. Ça alors...

Il en était tout ragaillardi. Il a lâché canne et pipe, m'a serré la main entre les deux siennes.

— Vous savez, votre sœur, elle est encore meilleure que ce qu'elle est belle, je peux pas mieux vous dire. Sans vouloir vous commander, vous entrez dans la cuisine, vous prenez le carafon sur la cheminée. Vous trouverez des verres à côté de l'évier.

L'intérieur était frais. Il sentait le feu de bois, la soupe de légumes... La fleur d'oranger aussi. Je suis retourné près de mon pépé, je nous ai servis. Il a chauffé son verre dans ses mains.

— Avec votre sœur, ça va faire un moment qu'on ne s'est pas revus. J'ai eu un nerf qui s'est coincé dans les vertèbres, enfin, c'est ce qu'ils m'ont expliqué. Total, ça me coupait en deux, alors ils ont voulu m'opérer... Moi, la douleur, cocagne, on peut s'arranger avec. Mais c'est que je restais là, à ne plus pouvoir bouger. Alors...

Il a soupiré :

— Enfin, je ne vais pas vous ennuyer avec mes histoires de vieux. Seulement, ça ne va plus très fort... Dites, vous savez que votre sœur me parlait de vous ? Elle vous attendait comme le Jésus. Elle disait que vous étiez parti faire la guerre, je sais plus où, ça ne m'intéresse pas ces histoires. Remarquez, ça m'a quand même étonné, parce que je croyais qu'on avait terminé la bagarre, depuis l'Algérie... Alors, ma prunelle, comment vous la trouvez ? Goûtez-moi ça... Et comment elle va votre sœur ? Bien, forcément ?

J'ai goûté. J'ai dit :

— C'est bon.

J'ai ajouté :

— Ma sœur est morte.

Le pépé a changé de visage. Ses rides se sont tirées vers le bas. Il est resté un moment, figé. Puis il a posé sa main sur mon genou :

— Pardonnez-moi, mon petit, je ne pouvais pas deviner. C'est tellement pas pensable... Elle a eu un accident ?

— Oui, en gardant.

— Comment ça se fait ? Une fille comme elle, jeune...

— Il y avait des chasseurs dans le coin, à Remuze, et j'aimerais bien les retrouver pour le leur demander.

Il s'est mordu la lèvre. Il a secoué la tête.

— Mon Dieu, mon petit, ne m'en dites pas plus... Elle m'en parlait, de ces chasseurs, elle les craignait. Je me disais qu'elle exagérait, puis je les ai vus.

Il paraissait revivre une scène, tête penchée. Du bout de son bâton, il traçait des signes dans la poussière :

— C'était à la fin de l'automne, il faisait beau, comme souvent... Tenez, là vous avez Remuze, là votre Ravine, et moi j'étais juste au-dessous du col. Il se faisait tard, il me fallait rentrer... Dommage, parce que je serais bien passé dire un petit bonjour à votre sœur... J'ai entendu qu'on venait, dans le bois, je me suis dit : « Les grands esprits se rencontrent... C'est elle... » Et c'est là qu'ils me sont tombés dessus. Trois types, avec de ces gilets orange, on devait les voir de la lune, et un air... Vous savez, cet air qu'ils prennent maintenant, comme si on avait ramassé les poubelles avec. Ils m'ont demandé si je connaissais des sangliers dans mon coin. Sûr que j'en connais, ils laissent assez de traces. Mais à eux, jamais je leur aurais dit... Alors ils se sont foutus de moi.

Je le sentais indigné, sa voix s'étranglait :

— La plaisanterie, je la comprends, seulement il y a façon et façon. Ce qu'ils disaient, on pouvait le prendre de plusieurs côtés, mais c'était pas bien propre, d'un bord ou de l'autre. Parce que c'étaient de sales types, voilà ce que c'était. Des types, je sais pas comment dire… Dangereux. Pour s'amuser, vous comprenez ?

— Je comprends. Vous ne connaissez pas leurs noms par hasard ?

Je posais cette question sans illusion. Ce serait trop beau… Le troupeau avait disparu derrière la dernière crête.

Le pépé a sabré son plan. Il s'est mis à tracer des spirales.

— Leurs noms ? Attendez, ça va me revenir… Parce qu'il n'arrêtaient pas de s'appeler entre eux d'une certaine façon, ces caramantrans, ça faisait comme une plaisanterie. Ils rigolaient en les disant à la file… Je l'ai sur le bout de la langue… Dites-moi un prénom simple.

— Pierre.

— Ça y est… Pas Pierre, Paul… C'est ça, Paul. Ils s'amusaient à s'appeler Paul, et Mike, vous savez, à l'américaine, la bouche pleine d'ail, et Victor… Et ils s'estrassaient, mon ami, ils n'en pouvaient plus. Qu'est-ce qu'ils lui ont fait, à votre sœur ?

— J'aimerais leur poser la question. Vous ne savez pas comment les joindre ? Quelqu'un qui les connaîtrait ?

Il s'est lissé la barbe.

— J'en sais pas plus, mais mon berger… Oh, comme ça, il n'a pas l'air… Seulement, ne vous y fiez pas, il ne dit rien, il écoute tout, il enregistre. Il en sait cent fois plus qu'il paraît. Le mieux, ce serait peut-être de lui dire que ces chasseurs, ce sont des amis à vous…

Il a semblé perplexe…

— Ça fait quelques jours qu'il se garde quelque chose en travers, il vaut mieux que ce soit moi qui lui parle. Ça ne vous fait rien de repasser un peu plus tard ?

— C'est que j'ai les moutons qui m'attendent.

— Vous avez repris le troupeau ? Menez-moi avec votre voiture, nous allons lui parler.

— Il ne va pas se méfier ?

— De moi ? Jamais ! C'est un gamin de l'Assistance, il n'a peur que d'une chose, c'est de partir d'ici. Ne vous faites pas de souci.

J'ai aidé le pépé à embarquer. Il marchait en hésitant, la peur le retenait d'y aller franchement. La peur ou la sagesse. Ou la douleur... Quant aux moutons, nous sommes littéralement tombés dessus, ils traversaient la route. Mon pépé m'a demandé de le laisser seul. Je me suis écarté. Le bergeton s'est approché de la Deuche, il s'est penché vers la portière. Ça a duré un petit moment. Une vraie confession... Le jeune est reparti, j'ai ramené l'ancêtre. Il n'avait plus du tout le sourire. Au bout d'un moment, il s'est décidé :

— C'est moche. Le gamin connaissait un couple, à Remuze. Des fois il laissait les moutons un moment, il montait les voir. Ça l'intéressait, vous comprenez, ils avaient des disques, une autre façon de se débrouiller... Et il y avait ces chasseurs aussi, depuis un temps...

Nous nous sommes arrêtés devant son mas. De nouveau, il a posé la main sur mon genou.

— Ce n'est pas joli, mon petit. Il y a environ deux semaines de ça, il s'est rendu à Remuze. C'était comme une fête, on entendait de la musique, mais les volets des jeunes étaient tirés. Ils devaient surveiller parce qu'un des chasseurs est venu lui dire d'entrer. Et dedans...

Il a marqué un temps, son émotion me gagnait...

— Dedans, ils étaient plusieurs, il y avait aussi trois ou quatre types du village, des bons à rien. Il a vu une fille, par terre, sur une couverture. Une jeune... Elle était toute nue, elle avait un sac sur la tête, et c'était comme si elle dormait... Ils lui ont dit : « Allez, sers-toi, profite ! » Lui, il est timide, sûr que devant tout ce monde, il ne pouvait rien faire. Ils se sont foutus de lui. Ils lui ont donné à boire. Ils disaient : « Faut pas avoir peur, c'est une amie... Elle a mis un sac parce qu'on joue aux devinettes... » Ils ont dit des saletés, ils ont ri, ils l'ont laissé partir au bout d'un moment. Tenez, ce jour-là, je peux vous le dire parce qu'il est rentré en retard. C'était pas ce mardi, l'autre.

— Le couple de Remuze était bien là ?

— Il n'a vu que le jeune. Parce que la fille, il l'aurait reconnue, elle est rouquine, on la voit de loin.

J'ai aidé le pépé à descendre. Ses yeux étaient mouillés. Il m'a serré les mains, longuement.

— Ça me fait de la peine, vous savez, beaucoup de peine, mon petit. Quand je vois ça, je me dis qu'on meurt toujours trop tard. Ne faites pas de bêtises.

Il s'est repris :

— Qu'est-ce que je raconte ? Si, faites-en. Une vermine pareille, ça ne mérite pas de respirer le même air. Du courage, mon petit. S'il faut, revenez me voir, je ne bouge pas.

Je l'ai remercié.

— Des nouvelles pareilles, ça n'en vaut pas la peine. Sauvez-vous. Et dites, s'il y a quoi que ce soit, pensez à mon berger, tenez-le en dehors, il est fragile.

De retour, j'ai essayé de faire le vide. Cette chanson m'est revenue, celle restée dans la chambre d'Anne :

C'est demain le temps
De vos dix-huit ans, la belle...

J'ai bloqué la voiture sur le bas-côté, posé mes bras sur le volant, ma tête sur mes bras. J'ai laissé la crise me secouer...

La pluie a commencé cette nuit, une petite pluie. On l'entendait s'égoutter le long du grand corps de la maison. Au matin, il ne restait pas vraiment de ciel ni d'horizon, les collines se fondaient dans de la ouate. J'ai avalé mon café, mis des bottes, un ciré, je suis allé fixer le grillage. Oncle a râlé :

— Rentre, fondu, tu vas choper la mort.

Je n'ai pas répondu. Hier, son collègue lui a livré le paon ou la paonne, on n'en sait trop rien. C'est une engeance grise, avec de longues pattes, genre petite pintade. Il la garde à l'intérieur.

— Sinon, mon ami, les poules vont me la lyncher. Ces bêtes, tu trouves pas plus cruel.

J'aurais dû mettre des gants, je me suis entamé les mains. J'essaie de comprendre... Remuze est donc vide depuis deux semaines. Avant les chasseurs montaient, ouverture ou pas. Mais, de toute façon, les gardiens auraient dû rester. Ont-ils filé parce qu'ils connaissaient mon arrivée ? Ou simplement eu peur des retombées ?

Après leur séance, ils ont balancé Anne, inconsciente, près des bêtes. Et ils ont paniqué...

Voilà Tonton. Si je n'ai besoin de rien ? Oh si, qu'il me laisse respirer. Seulement je ne peux pas le lui dire.

— Arrive, je t'ai préparé un grog, l'artiste, c'est pas prudent ce que tu fais.

Seigneur... Je suis allé prendre mon grog. La maison n'est guère chauffée, je suis en nage, question crève, c'est radical.

— Écoute, Tonton, laisse-moi finir, j'en ai pour dix minutes.

— Je les connais, tes minutes, enragé... Et mon journal ?

C'est donc ça qui le travaille...

— Moins tu me retarderas, plus tôt tu l'auras.

Il a marmonné je ne sais trop quoi où il était question d'égoïsme et d'orifices...

— Quels orifices, Tonton ?

— En plus tu deviens sourd ? j'ai pas dit : orifices, j'ai dit : sacrifices...

— Si ça me fait plaisir de me sacrifier ?

Là, je l'ai séché. Je suis retourné à mon grillage. Tiens, la pluie s'arrête. Un arc-en-ciel enjambait la vallée, un pied sur la maison de Moune, l'autre vers Remuze. Les poules chassaient l'escargot, l'oncle est parti bricoler.

Reprenons. Quelle qu'en soit la raison, les gardiens de Remuze disparaissent. Eux, ce sont des locaux, probablement. C'est eux qu'il te faut retrouver, si tu souhaites joindre tes chasseurs. Est-ce que l'oncle t'en a parlé ? Je ne sais plus, il m'en raconte tellement... Le plus simple, c'est de lui poser la question.

Je suis parti à sa recherche. Où est passé l'animal ? Il ramasse des limaçons, il les colle dans un vieux panier à salade, modèle rigide. Et il tire la gueule...

— Tu boudes, Tonton ?

— Laisse-moi tranquille.

— Je vais te le chercher, ton journal. Dis-moi, je me demandais si des fois tu saurais...

— Rien ! Je ne sais rien.

— Tant pis, Ginette me le dira.

— Qu'est-ce qu'elle sait de plus que moi, Ginette ?

— Tout, puisque tu ne sais rien. Allez, salut.

Il t'a rappelé. Ceux de Remuze ?

— Je te l'ai déjà dit, c'étaient des sans-gêne, des mastrapis, du genre qui se croit tout permis. Ils te prennent la montre et ils te demandent l'heure.

— Tu les as vus souvent ?

— Une fois et ça m'a suffi. Ils ne sont pas revenus, crois-moi.

— Tu ne sais pas d'où ils venaient ?

— Cette racaille, tu en trouves de partout. Pourquoi ? En quoi ça te regarde ?

J'adore ces questions...

— Parce que j'avais laissé des livres, je ne les vois plus. Je me demande si Anne ne les aurait pas prêtés...

— À ceux-là ? Ça risque pas, elle ne pouvait guère les encadrer non plus. Tes livres, tes livres... Ou les moutons se sont régalés avec, ou alors demande à Moune. Quoique Moune, elle, c'est pas vraiment les livres sérieux son genre... Regarde-moi ces escargots...

J'ai eu droit à quarante recettes, sans compter celle au beurre et au persil, et j'ai dégagé chercher le fameux journal.

Le chemin glisse, évite de freiner. À présent, je comprends l'attitude des types, au village. Certains savent. Ils ne diront rien.

Dans le creux, avant d'atteindre la route, une mare s'est formée. Doucement, ne va pas noyer le moteur.

J'ai stoppé en face du restaurant. Au moment d'écarter le rideau de perles de buis, je me suis figé. Ginette, c'est une arme à double tranchant. Elle pense tout haut. Si tu t'intéresses aux jeunes, le saura qui veut bien l'entendre.

En attendant, elle t'appelle :

— Jean, vous avez tout du santon, qu'est-ce que vous faites, planté ?

— Je m'essuie les pieds, Ginette.

— Vous allez me ruiner mon paillasson. Dites, on vous voit plus. Je vous sers quelque chose ?

— Un blanc sec.

Quelques habitués... Un vieux épluchait les mots croisés du journal local. D'autres s'installaient déjà à leurs places habituelles, en attendant le repas. Redoutable, ce blanc...

Ginette a baissé la voix :

— L'autre jour, pour l'enterrement de votre sœur, je serais bien venue, mais j'avais mon repas sur le feu, et mon mari, il est bien brave, mais tu m'as compris, tu m'as... Vous m'en voulez pas ?

— Sûrement pas, Ginette, je sais bien que vous travaillez.

Elle s'est mise à essuyer des verres.

— Vous ne vous sentez pas trop seul, là-haut ?

— Pas trop. Mon oncle a toujours quelque chose à raconter.

— C'est vrai, il est un peu bazarette, mais il est bien plaisant quand même, va. Je vous remets ça ?

— Merci, non, je me sauve, j'ai des courses.

— Tâchez de revenir manger, je vous soignerai.

En sortant, j'ai croisé trois jeunes. Ils se sont tus quand ils m'ont vu. Qu'est-ce qu'ils ont de spécial ? Rien. Ils sont comme tous les jeunes, jean et blouson, et une brave tête. Un peu rouge, parce qu'ici l'air est vif. L'air et le pastis.

J'ai acheté le journal. Tu n'es pas plus avancé. Juste... Et tu le serais encore moins si tu mettais les pieds dans le plat.

Retour à la ferme... Ah, la Ravine, son Tonton, ses cochons... L'oncle s'est jeté sur la chronique des départs. Journée médiocre, aucun de ses collègues n'avait rejoint les célestes pâturages. Je l'ai vu se frapper le front.

— Ça m'est revenu, neveu... Des fois, je me dis que je perds la ciboule. Tu sais, tes zèbres de Remuze, ils fréquentaient chez Moune.

— Comment ça ?

— Comme je te le dis, gari. Je les ai eu vus plusieurs fois. Ils descendaient par le sentier, puis ils coupaient droit, sans passer devant chez nous. Au début, j'ai pas bien compris. Moune, c'est pas son genre. Mais je n'ai pas rêvé, je les ai aperçus, sur son chemin... Surtout lui, maintenant que j'y pense...

— Elle t'en a parlé ?

— Non, ça m'intéressait pas. Et puis, Moune, à toi elle te cherche parce que tu es beau comme un astre, mais un vieux croûton comme moi, hein ?

— Allons, Tonton, allons, tu nous enterreras tous.

— Parle pas de malheur... Je suis pas curieux, mais ça m'intrigue quand même... Qu'est-ce qu'elle pouvait bien trafiquer avec ce galavar ?

— Peut-être du bricolage à lui donner.

Il a pris sa lippe dédaigneuse :

— Elle ? Oh pauvre... Elle attend personne, elle sait tout faire... Enfin, ça la regarde.

Le soleil était revenu. À flanc de colline, une frange de buée dérivait lentement. Le châtaignier achevait de s'égoutter. Tonton a fixé le ciel :

— Tu veux que je te dise ? Quitte à pleuvoir, il aurait fallu que ça dure. Parce que si le beau temps s'installe si tôt, nous allons manquer d'herbe, je vois ça gros comme une maison. Je me souviens...

Il s'est lancé dans une chronique des grandes calamités bas-alpines. Il sait raconter, il mime, son visage vit. Le problème, c'est qu'il ne sait pas s'arrêter.

J'allais lui proposer de nous rendre au restaurant, pour changer. J'ai repensé aux jeunes... L'ambiance n'est décidément pas saine. Aller ailleurs ? Pas envie. Une chance, Tonton adore faire la cuisine. En ce moment, il nous confectionne des salades avec des pissenlits, de la mâche, des noix, des petits cubes de gruyère... Drôle de bonhomme. Pourquoi s'enterrer ici puisqu'il aime les contacts ?

Et Anne ? La solitude est une vocation.

Mon poulailler se trouvait quasiment terminé quant à l'extérieur. J'ai trouvé des morceaux d'éverite, de quoi bricoler un toit. Et un lot de planches... Une belle cabane en perspective... On s'y remet ?

Pas la peine, le repas va être prêt. Tiens, le paon — ou la paonne — avait échappé à l'affection de Tonton. Ma foi, il gratte la terre avec les autres. Ils n'ont pas l'air de lui prêter attention. J'ai appelé Tonton pour qu'il constate. Il en a craché de mépris.

— Ces poules, elles sont complètement dévariées. La race s'avachit, mon neveu, on me le retirera pas de l'idée. Pas étonnant que le renard se les paye, si ça se trouve, elles le prennent pour un teckel à poils longs...

Il n'a tout de même pas récupéré le paonneau.

— Tu peux venir, je nous ai fait une quiche. Tu vas m'en dire des nouvelles... Tu devineras jamais ce que j'y ai mis.

— Du lard ?

— Pas moyen de discuter avec toi. Qui te parle de lard ? Tu sens rien ?

Effectivement, c'était aromatisé... Mais quoi ? Givenchy ou Patou ? Après des lustres de gamelle, j'avais le palais blindé. J'ai lancé à tout hasard :

— Du rhum ?

Tonton a ululé de désespoir. J'avais tout faux. C'était de l'origan, du frais.

— Tu sens vraiment pas ?

Je l'ai assuré que si. De l'origan, il est passé à la sarriette, à ce qu'il a voulu... Je me demandais dans quel camp se trouvait Moune.

L'impasse… Depuis quatre ou cinq jours, j'en ai profité pour garder les moutons tout du long. Je les prends le matin, je leur offre un circuit. Un peu pour eux, beaucoup pour moi. Cela me fait du bien de marcher, de laisser filer le temps. Pour me récupérer… Parfois, j'ai l'impression de n'avoir pas vraiment quitté mes anciens camarades.

À cause des moutons ? À cause de ce vide. Il permet les voyages. Je rêve aux temps où je rêvais… J'allais rentrer. Je me retrouverais à la Ravine… J'y suis.

Je ne fais que glisser à la surface des choses. Berger, je m'y adapte. Les bêtes flottent autour de moi comme un nuage laineux. Où je vais, elles vont. Elles ne sont pas contrariantes.

Tutuss ne s'y trompe pas. Il ressent mon inquiétude. Il me regarde, de ses yeux noyés dans sa fourrure rêche. Tiens, ses oreilles sont envahies de tiques.

— Viens là, Tutuss.

Pas évident à détacher, ces saletés, la tête reste accrochée. Il va falloir trouver un produit.

J'attends… Paul et Mike et Victor. Je surveille Remuze. Les rares voitures qui empruntent cette route ne s'y arrêtent jamais.

Gentil, seulement tu ne progresses pas… Comment

veux-tu, avec ce troupeau ? Figure-toi, l'inspecteur Maigret suivi place Dauphine par trois douzaines de brebis.

Mieux vaut ne pas bouger. La tactique de l'araignée, hein ?

J'attends aussi le moucheron Moune. Elle cherchait le contact, et d'un coup, plus de nouvelles. Si ça continue, il te faudra intervenir. Ce jeune gardien, elle ne montrait aucune hâte de t'en parler… Elle n'a aucune raison.

Le chiendent, c'est que tout reste flou. J'ai démoli l'abri de ma sœur. Je ne veux pas que d'autres y traînent. J'ai cherché, au cours de mes déambulations, d'autres signes. Rien. J'essaie de m'adapter au calme. Les autres sortiront bien de leur trou, patience.

Je commence à connaître mon terrain, l'heure qu'il est d'après le jeu des ombres. Je sais l'herbe que l'on peut trouver rien qu'à voir l'allure d'une ligne d'arbres. J'ai l'impression de l'avoir toujours su, de retrouver de vieux souvenirs… Je m'entraîne à me déplacer sans bruit, à me confondre avec le paysage.

Ça va salement te servir pour tirer les vers du nez à Moune… Et si elle ne parlait pas ? La tabasser ? Je ne te conseille pas. Ce serait le plus sûr moyen de la rendre muette.

Pour un impatient chronique, tu te débrouilles. Un rêve… Compter les heures en regardant l'herbe pousser…

Je comptais les moutons… Je comptais les jours. Nous sommes le 15, tu réalises ? Le 15 avril… Si ce soir je ne vois pas Moune, je…

Le soir, la R5 obstruait notre sentier. Moune s'est avancée à ma rencontre. Elle m'a lancé :

— Lâcheur !

— C'est celle qui le dit…

— Ah oui ? Comment ça ? Je croyais qu'on était copains.

— Ça change quoi ?

— Je ne te comprends pas. C'est toujours à moi à faire les premiers pas !

— Mignonne, des pas, j'en fais toute la sainte journée.

— Et le soir ?

— Je suis crevé.

— Tiens donc... Tu veux me faire avaler ça? S'il s'agissait d'une petite...

— Il s'agit de l'offre et de la demande. Le chercheur va au trésor, pas le contraire.

Estoquée, Moune. En plein plexus. Elle a levé les yeux.

— Trésor ! Tu ne te prends pas pour rien... Tu es sûr que tu te sens bien ?

— Je me sentirai mieux après une douche, femme. Vous pouvez préparer les zakouskis, j'en ai pour trois minutes.

Elle paraît naturelle... Tu as vu, tes cheveux poussent. Ma barbe commence à avoir de la gueule, et vice versa. J'ai mis un tee-shirt de circonstance, avec une chouette en train de boire du café, et l'inscription : « Qu'est-ce que je fous là ? »

Je suis reparti en première ligne. Moune avait préparé le pastis, ce n'est pas sorcier. Elle avait poussé la bonté jusqu'à tronçonner un morceau de saucisse sèche.

— C'est Byzance, ma belle. Au fait, tu n'as pas vu Tonton ?

— Depuis que tu as décidé de garder toute la journée, il s'est mis à s'ennuyer. Il est parti voir je ne sais quel collègue au village. J'en viens à me demander à force si son collègue ne porte pas des jupes...

— Je n'y avais pas pensé.

— Monsieur est un ange. Mais d'autres que monsieur éprouvent des besoins terrestres.

Seigneur, la pêche au lancer léger...

— Moune, je n'ai jamais prétendu être un ange.

— Alors, que devient ta... ton...

Elle en bredouillait...

— Ma libido, Moune, je la sublime dans et par le travail. Rien de tel.

— Ils vous apprennent drôlement à vous exprimer, dans votre armée.

— Pas d'antimilitarisme hâtif, Moune, s'il te plaît. L'armée a toujours été une pépinière d'académiciens.

Les conneries que je peux raconter, c'est admirable... Elle en a sifflé d'ahurissement :

— Si tu savais la belle jambe que ça me fait...

— Tu manques d'ambition. Pourtant, je te verrais bien en habit vert, Moune, comme Marguerite Ours-Noir.

— Qui donc ?

— Une Belge amérindienne, la première femme à...

— Écoute Jeannot, je t'adore, mais je ne suis pas venue pour t'entendre sortir ces âneries.

Le terrain devenait stable.

— Tu es venue pour quoi, noble fille d'une race déchue ?

— Savoir à quoi tu jouais.

— Tu le sais, j'ai quitté le glaive et empoigné la houlette.

— Arrête, Jean, quel besoin as-tu de toujours mettre un masque ?

Stable, mais glissant...

— Tu me flattes, Moune. À part ça, si Tonton ne rentre pas, il va me falloir traire les biquettes.

— Vas-y et tu l'entendras chanter.

On y va ? En piqué.

— Au juste, que devient ton amoureux ?

Main sur le cœur, Moune me toise :

— Quel ?

— Le jeune gardien de Remuze. L'oncle m'a dit qu'il était toujours fourré chez toi.

— Lui ? je pense bien. Il cherchait un travail plus reluisant, il venait se renseigner.

— Parce que tu tiens une agence ?

— Non monsieur, mais j'ai pas mal voyagé, je peux fournir des tuyaux et des conseils. Si tu veux tout savoir, il cherche à émigrer. Je lui ai conseillé le Canada. Il n'a aucun diplôme, mais il est francophone et au Québec, c'est encore un atout. Ensuite, rien ne l'empêchera de se mettre à l'anglais et de filer aux États-Unis.

— C'est si facile que ça ?

— Tu passes un examen, ou plutôt un entretien devant une commission, puis une visite de santé, je crois que c'est tout.

— Il y est déjà ?

— En quoi ça t'intéresse ?

— Parce que je suis dans le même cas, Moune. En débarquant, après ce qui est arrivé à ma sœur, j'ai vaguement songé à faire un tour là-bas, histoire de couper quelques arbres... J'aurais pu profiter des tuyaux de ton jeune...

— Ce n'est pas mon jeune. Il a dû se rendre à Paris, contacter la délégation du Québec. Je n'en sais pas plus.

Tonton est arrivé. Pas trace ostensible de rouge à lèvres. Par contre, les nouvelles, il en trimbalait trois musettes. C'est méritoire, vu qu'au village il n'y a personne, et que rien n'arrive. Il a commencé à nous les déballer. Moune l'a interrompu. Elle a fait :

— Bééé...

Ahuri, Tonton :

— Bé quoi ?

— Bé tes biquettes, vieille bête. Si tu continues à jacasser, elles vont se mettre à se téter pour se soulager la mamelle.

— Moune, tu as raison, je n'y pensais plus...

Il a filé. Moune s'est inquiétée :

— Tu n'es pas fâché, Jean ?

— Jamais.

— Alors, tu vas venir dîner. Pas ce soir, j'ai eu la flemme de préparer le repas. Mais demain, ça te dit ?

— Tu combles mes désirs les plus fous.
— Ce type, un jour, je vais l'étrangler... Je t'attends. À demain.
— Tchao.

Je suis resté un moment à ruminer. Le Canada... La porte à côté pour poser des questions... Ce n'est plus de la fuite, c'est de la déportation.

Tu y crois ? Pas le choix. Au fait, et sa rouquine ? Il l'emmène ? Moune te le dira.

Je suis passé à la bergerie, rejoindre Tonton. Il nageait en plein concret :

— Regarde-moi ces biquettes, Jean, on dirait des dirigeables. Ces deux-là, celle avec la tache sur le front, et l'autre à côté qui lèche le sel. Sûr qu'elles accouchent cette nuit.
— Tu voudras un coup de main ?
— Disons que je vais les surveiller, après le repas. Si j'ai besoin de toi, je te fais signe.

Les soirées sont moins longues. Depuis qu'il pense que je m'installe, l'oncle se laisse vivre davantage. Il s'est mis à lire. Il déguste Fromentin, calé dans son fauteuil, après souper... Doux Seigneur, pourquoi donc Fromentin entre tous ? Je lui ai posé la question. Il a rejeté ses lunettes sur son front.

— J'aime bien. Tu vois, il te parle de l'Algérie, juste après la conquête. À l'époque, tu te déplaçais à cheval, tu avais le temps de bien voir... C'était des coins drôlement sauvages, un peu comme ici. Et puis... D'un moment, quand ton pauvre père y était, je me suis demandé si je n'irais pas. Ça me tentait. Je me voyais avec un grand domaine où pouvoir marcher sans en voir le bout. Parce qu'ici, à peine tu as fait deux pas, tu tombes dans la Bléone.

Je ne lui connaissais pas ce côté impérialiste.
— Et pourquoi tu ne t'es pas décidé ?
— Parce que ça a mal tourné, pardi. Au premier coup

de fusil, j'ai vu que c'était fichu. Les discours, ça, à l'époque, ils ne nous en ont pas privés, nos grands chefs. Et en avant, pacification, intégration, fumigation… Moi je savais bien que d'un hérisson jamais tu tireras un lapin. Alors, partir pour revenir, tant vaut rester chez soi. Ça t'évite le crève-cœur de commencer une chose pour tout laisser en plan.

Tonton la Sagesse…

— Parce que ton pauvre père, ça l'a achevé, cette histoire. Lui, il montrait pas beaucoup, mais c'était le gros sensible. Je me demande si tu ne tirerais pas de son côté. Ah, c'est joli tout ça, mais je dois retourner aux biquettes…

— Tu m'appelleras ?

— Juré.

Il s'est affublé d'un vieil imper tout culotté, a mis des bottes de caoutchouc, pris un seau d'eau chaude… Et en avant.

J'ai feuilleté Fromentin. Pas longtemps. Impossible de me concentrer. Je pense à mon père… D'ordinaire, je n'y songe jamais. Comme si ma vie commençait après sa mort.

Tu es sûr ? Rien n'a commencé. Tu n'es jamais sorti de la mort. Tu cherches encore à pénétrer son ombre…

Je ne comprends rien. Je ne saisis pas cette vie. Ma vie. Je pensais qu'elle finirait par prendre tournure avec Anne… Derrière les images mortes, la vengeance, en creux.

Canada… Voir qui, à présent ? Ginette ? Si tu retournais plutôt trouver ton berger ? Son bergeton a forcément des collègues, quelqu'un à qui il se confie… La jeunesse est un âge grégaire. D'accord. Demain.

Je suis allé voir Tonton. Ce ciel… La pureté insensée de cet espace sous les étoiles… Le temps n'a plus de sens. Plus je regardais la nuit, plus je comprenais Anne. Ici, le ciel visite la terre, à quoi bon bouger ?

Tonton s'était posé sur un tabouret, près des biquettes

alanguies. Je me suis approché doucement. Il leur grattait le sommet du crâne en bourdonnant je ne sais quelle mélopée sans paroles, bouche fermée. Je n'ai pas eu le cœur de le déranger. Je me sentais de trop.

Tu entends la nuit ? C'est bon d'être seul. L'énergie me revenait. Il n'y a pas de miracles, impossible de te retrouver sans rester face à toi. Je sentais enfin... C'était comme la sève dans un arbre, au printemps. Peu à peu, je reprenais possession de cet étranger que les autres prennent pour moi...

J'avais envie d'accélérer le mouvement. Assez attendu. Le premier choc est passé. Tu peux affronter n'importe quoi sans plus être cisaillé par le chagrin. Nous verrons...

Je n'avais pas sommeil, par une nuit pareille. La fraîcheur tombait. J'ai passé ma vieille veste de cuir, je suis retourné tenir compagnie à la nuit.

Tonton ne m'a pas réveillé. Il m'a mené voir les merveilles, trois petits chevreaux tout neufs, des jouets vivants encore maladroits sur leurs pattes trop longues. Oncle rayonnait.

Dès que je l'ai pu, j'ai pris la voiture, je suis retourné à Darse voir mon noble vieillard. Un peu tôt, non ? Penses-tu, il doit se lever avec les poules. Je n'en reviens toujours pas de la beauté de ce pays. Pour un œil étranger, rien de spécial. Pour moi, ce n'est plus un décor, c'est un prolongement.

À Darse, la séquence n'avait pas évolué. Mon bergeton bergetonnait au même endroit. Il ne m'a pas fait signe. Le papi gardait la pose. Il a levé la main, paume offerte, comme pour prêter serment. Il s'est avancé précautionneusement à ma rencontre :

— Regardez voir, je trotte presque comme un conscrit.

Je l'ai félicité. Nous nous sommes installés sur le banc. Il a repris sa pipe. Du pouce il la caressait.

— Elle en a vu, celle-là… J'ai arrêté le tabac, fumer ne me réussissait plus guère. J'ai pas eu besoin du docteur pour me le dire. Seulement, cette pipe, elle me tient compagnie.

Le bergeton nous observait de loin. Le vieux s'est penché vers moi :

— Alors, vous les avez trouvés ?

— Non, c'est pour ça que je vous dérange encore.

— Je m'en doutais un peu... Je ne vois pas ce que je pourrais vous dire d'autre.

Il a repris sa canne. Il lui faudrait trois mains.

— Je me demandais si votre petit berger n'aurait pas un ami, quelqu'un du coin qui connaîtrait l'adresse des gardiens.

— Ça se pourrait bien. D'un temps, il fréquentait un foyer, à Digne. Il suivait des cours de je ne sais pas trop quoi. Ils vous inventent de ces combines, maintenant, je crois que c'est pas tant pour apprendre aux jeunes, c'est pour caser leur monde, j'ai l'impression.

— Ça vous ennuierait pas de lui demander ?

— Pas du tout. Ils étaient toute une bande, ils se connaissaient tous. Attendez... Il me parlait d'un Fred... Je lui poserai la question, ne vous en faites pas.

Le troupeau s'éloignait à regret. Ton berger doit s'interroger.

— L'autre jour, ma visite ne l'a pas trop perturbé ?

— Au contraire, figurez-vous que ça l'a soulagé, cette histoire lui tirait souci. Là, il doit se ronger, je le connais. Vous voulez qu'on passe le voir ?

— Et s'il se braque ?

— Ça risque... Vous avez peut-être raison. On va le laisser mijoter, ce soir il parlera tout seul. Revenez demain, ça me donnera le plaisir de vous revoir.

— Je vous remercie, vous êtes bien aimable.

Je me suis levé.

— Vous n'allez pas vous sauver comme un sauvage. Entrez plutôt nous chercher le carafon.

Nous avons trinqué. Je l'ai félicité pour sa gniole, comme il se doit. Il n'a pas réagi, il s'était rembruni. Nous pensions la même chose. Avec le silence, l'horreur s'installait...

Le papi n'a pas tenu, il m'a pris la main :

— C'est plus fort que moi, quand j'y pense... C'est

tellement… Vous savez, mon petit, je ne suis pas méchant, mais dans des cas pareils, il faut tuer.

Cette fois, il pleurait.

— Leur peine de mort, bien sûr que je suis contre, et ici, je suis pratiquement le seul. Allez parler aux gens, vous verrez. Tant qu'il s'agit d'affaires d'hommes, vous pouvez faire une bêtise, je suis bien d'accord. Mais là ce ne sont pas des hommes.

Il a lâché canne et pipe, extirpé un grand mouchoir à carreaux bleus, s'est essuyé le visage.

— Pardonnez-moi, ça ne vous fait sûrement pas du bien de m'entendre. Et puis je ne me sens pas vaillant, ces derniers temps… Enfin, si ce petit fada connaît quelque chose, vous le saurez. Allez, sauvez-vous…

Je suis parti. Je m'en voulais à mort. Tu as vu ce vieux ? Tu l'as vu réagir ? Et toi, qu'as-tu fait depuis ton retour ? Monsieur prend son temps. Monsieur compte les fourmis. Tu espères quoi ? Il faut la foutre en l'air, ta fourmilière…

Je me suis calmé, bien obligé. Tuer… Bien sûr, volontiers. Mais s'il ne s'agissait que de vouloir, nos rues seraient pavées de cadavres.

Il ne s'agit pas de ça. Les morts, j'en ai eu ma part, pas de quoi dramatiser. La vie, je n'en fais pas un vélo. Chacun peut se détruire à sa guise. Mais qu'ils s'amusent entre eux. Ils n'avaient pas à toucher à ma sœur.

Ce papi m'avait redonné du tonus. Trottiner à la queue des moutons doit finir par devenir contagieux…

Tu vas avoir du mal à jouer les terreurs avec cette Deuche. Enfin, ce qu'il en reste… Tu n'es pas crédible. Nous en reparlerons à la fin.

Direction le cocotier. J'ai filé chez Moune. Cette grande folle va encore te noyer dans l'alcool et dans son affection baveuse.

Quand j'ai débarqué, elle ne s'est pas précipitée. J'ai appelé. Elle est apparue, figée. Dis donc, la tête… Un rideau de fer, en plus fermé. Les yeux rouges… Elle portait une robe grise inconnue au bataillon.

— Pas mal, Moune… C'est quoi ? La scène de rupture ? Tu prends des cours d'art dramatique ?

— Toi, tu peux reprendre par où tu es venu, je n'ai pas envie de plaisanter.

J'ai tourné les talons. Le client a toujours raison. Elle m'a rappelé :

— Ne m'en veux pas, Jean, j'ai reçu de mauvaises nouvelles. Assieds-toi.

— Quelles nouvelles, avec indiscrétion ?

— Des ennuis de famille, comme tout le monde. Je t'épargne le détail.

Je n'ai pas insisté, elle allait me sortir un quelconque cancer. C'est la mode, en ce moment. Je me suis installé. Un whisky s'est retrouvé dans ma main, et Moune m'a demandé ce que je lui voulais.

— Pas grand-chose. Je venais te préparer au choc.

— Quel ?

— Mes adieux. Aujourd'hui, ce n'est qu'une délicate allusion. Mais bientôt…

Son visage s'est crispé.

— Encore tes plaisanteries ?

— Mais non, je compte repartir, je t'en ai parlé.

— Où ça, au Canada ?

— Pas envie, trop froid. Pour commencer, je vais me rendre à un stage, à Port-Saint-Louis. On doit nous causer du pétrole. Je compte trouver dans ce secteur.

Elle semblait moins tendue.

— Ça t'a pris d'un coup ?

— Exactement. Si je reste, dans dix ans je serai comme Tonton. Je l'adore, mais je suis encore un peu jeune pour faire un vieux con.

Silence. J'ai protesté :

— Là, tu m'insultes. Tu trouves que j'ai devancé l'appel ?

— Cesse un peu de parler de toi, Jean, j'essaie de comprendre... Tu sais ce que tu fais ? Ce que tu es en train de faire ?

— Tout à fait. Il faudra liquider les moutons. L'oncle ne pourra jamais s'en charger tout seul. Il élèvera des hamsters, voilà tout.

— Et toi ? Tu avais envie de te fixer, à t'entendre.

— C'est vrai. Seulement on ne se fixe pas tout seul. Dans le fond, je reste un instable. Quand ça me prend, je joue avec l'idée d'une vie pleine de racines. Ce n'est qu'un jeu.

Elle m'a fixé, froidement.

— Qui me dit que tu ne joues pas, en ce moment ?

— Personne. Je t'enverrai des cartes postales, tu verras bien.

— Après tout, fais ce que tu veux, ça te regarde. À ce compte-là, cela ne valait pas la peine de faire le détour par ici.

— Je ne regrette pas, Moune, j'ai eu le plaisir de te revoir.

— Continue à te foutre de moi. Tout le monde peut avoir ses moments de déprime, non ?

J'ai ri.

— Pas toi. Figure-toi que je t'imaginais en acier chromé.

— Figure-toi que tu te trompes. Je ne suis qu'une grosse bête naïve et sentimentale...

— Naïve, j'en doute. Mais sentimentale, elles disent toutes ça.

J'ai continué un moment dans ce registre, avec la redoutable finesse dont je suis hélas capable. Peine perdue. Moune n'écoutait pas. Je me suis tu. Elle s'est ressaisie, s'est excusée.

— Tu me prends un mauvais jour, Jean. Passe plutôt ce soir, si tu veux bien, que je me refasse une tête.

J'ai promis, repris la piste. Tu peux m'expliquer pourquoi tu as raconté ça ? Que je partais ? L'inspiration. Mais l'intéressant, c'était la tête de Moune. Une histoire de famille… Elle te cache quelque chose. Cela fait un moment que je ne sais que ça.

J'ai mis le cap sur Ginette. Tu penses que c'est le bon moment ? Je suis sûr du contraire, mais le bon moment, je n'y crois plus. D'ailleurs, quel jour sommes-nous ? Samedi. Comme il arrive à Ginette d'être lunatique, ça risque d'être fermé.

Non. Dieu bénisse l'Albanie, par ordre alphabétique… Ginette trafiquait derrière son comptoir. Le même vieux somnolait sur les mêmes mots croisés, dans son même coin.

— C'est bien calme, Ginette, qu'est-ce qui se passe ?

— Bonjour quand même. Ne m'en parle pas, il se passe qu'il y a le match.

— De quoi ?

— Qu'est-ce que j'en sais ? Moi, leur ballon, ils peuvent s'en faire des taraïettes avec.

— Mais pourquoi le matin ?

— Des éliminatoires, écoute, si ça t'intéresse, tu prends le journal à la page des sports, tu as tout en large et en travers. On ne te voyait plus, Jean.

— Je profite du beau temps pour garder toute la journée.

— Tu as bien raison, ce doit être drôlement agréable en ce moment.

J'ai laissé un peu de mou à la corde. Nous avons bavassé comme de vieilles cigognes de retour de campagne. Elle a fini par en revenir à l'inusable question : ce que je comptais faire…

— Je me trouve bien à la Ravine… Je crois que je vais m'installer…

Ginette a opiné énergiquement :

— Là, je t'approuve, son bonheur, on se le prend où il se présente, pas vrai ?

— Je pense bien. Seulement, je commence à tourner en

rond, tu vois ? La Ravine, ce n'est pas le Pérou, je manque un petit peu d'exercice.

— Mais tu marches toute la journée…

— D'accord. C'est toujours pareil. Ce qui me dirait, ce serait de me mettre à la chasse. Je n'arrête pas de relever des traces de sangliers de toute beauté, en gardant. Et je ne te parle pas des lièvres, il m'en est encore parti un dans les jambes pas plus tard qu'avant-hier. Ce n'est pas le tout. Y aller seul, c'est moins drôle qu'avec des amis. Je me demandais si tes chasseurs…

— Ceux de Remuze ?

— Oui, ils montent bien toute l'année ?

— En ce moment, ils se font rares. Écoute, si je les revois, je te fais signe.

— Qu'est-ce qu'ils avaient de spécial ?

Ginette ne suivait plus.

— Comment ça ?

— Quitte à barouler avec eux, autant savoir leur genre.

— Que veux-tu que je te dise ? Ils se ressemblent tous. C'est des chasseurs, quoi… Ils aiment bien de rire, de boire, de bien manger… Ah si…

Elle a levé les sourcils.

— Mon Dieu, Jean, leur voiture, tu verrais… Un monstre, une de ces grosses Jeep, mais toute métallisée… Attends… Elle était immatriculée 13, forcément. Il n'y a que les Marseillais pour se promener avec des monuments pareils.

J'ai pensé à la jante restée là-haut. J'ai demandé :

— Une Range-Rover ?

— Alors là, tu me parlerais chinois… Si tu la vois, tu peux pas la rater.

Et les jeunes, ce couple ? Elle ne les rencontrait plus non plus.

— Maintenant que tu m'y fais penser, c'est drôle, ils sont tous partis en même temps, comme s'ils s'étaient donné le mot. Remarque, ce n'est qu'une coïncidence, pas vrai ? Un matin, ils vont revenir. Les gens, c'est comme les matous, quand ça leur prend…

Elle a filé la métaphore un moment. Et j'étais toujours dans le décor… Je n'en sortais pas.

Tu peux entreprendre la tournée des concessionnaires marseillais, si tu cherches à t'occuper… Pour quelle marque ? Et puis, immatriculée 13 ne veut pas forcément dire achetée à Marseille. Nous savons… L'impasse, encore… Tu espérais mieux ? Oui. Et non. J'ai le temps. Je n'ai même que ça. Si je ne les trouve pas, ils reviendront d'eux-mêmes. L'endroit est idéal. Ils peuvent y faire pratiquement tout ce… Je sais. Je sais tout. Je sais surtout que je n'avance pas.

Cette nuit, j'ai rêvé. J'étais devant la tombe d'Anne, et son nom était enfin gravé, en lettres dorées sur la pierre grise. Je n'éprouvais rien. C'était le nom d'une étrangère, et pourtant c'était aussi le mien...

Je me suis réveillé, j'ai eu un moment d'absence. Je me suis cru de nouveau à Beyrouth... Sale impression... Pas Beyrouth, ce rêve... Et s'il était vrai, si tu te forçais à éprouver quelque chose qu'au fond tu ne ressens pas ? De vrai, tu vis pour quoi ? Pour cette vengeance ? Et une fois vengé ?

Je me suis levé, j'ai poussé les volets. La lune était à son plein, sa clarté a envahi la chambre, balayé les questions. Ma haine était toujours là, solide comme un manche de pioche. Je ferai ce que j'ai à faire. N'empêche, j'ai eu peur...

C'est vrai, je vis pour rien... Cette blague, encore une chance. Tu voudrais vivre pour quoi ? Pour exalter le destin glorieux d'une crème à raser ? À chaque jour suffit sa mort.

J'ai fini par m'assoupir. Tonton s'est arrangé pour me réveiller presque sans le faire exprès. Il fredonnait « Tout va très bien, madame la marquise » en balayant énergiquement la cuisine.

Je suis allé le retrouver. Il avait gardé son bonnet de

nuit, un grand, en coton. Genre fée du foyer, difficile de faire mieux.

À présent, il ne rouscaille plus quand je prends sa voiture. Du moment que je lui ramène son journal...

Ce matin, il semblait un rien goguenard, le gosse qui a préparé une sale blague et attend le résultat... Quand j'ai tiré le démarreur de Deuchette, j'ai obtenu un râle sans conviction. Allons bon... J'ai insisté. Tonton était hilare. Il a dit :

— Hier soir, j'ai eu comme l'impression qu'elle marchait pas tellement.

— Pourquoi tu ne m'as pas prévenu ?

— Qu'est-ce que ça changeait ?

J'ai salué cette réponse venue du fond de l'âge de pierre. Imparable. J'ai filé à pied au Blanchard prévenir... Prévenir qui ? Ginette doit savoir.

Cela m'a fait du bien de dévaler le chemin. Il me restait de l'énergie à revendre... La maison de Moune... Et si tu lui demandais sa R5 ? Non, puisque tu as de l'énergie. Moune, je l'encaisse mal, plus je la vois, plus je la trouve opaque.

Tiens, Ginette était fermée. Remarque, il n'est pas huit heures. J'en ai profité pour pousser jusqu'au cimetière. Jusqu'à la tombe.

Le nom d'Anne était là. Gravé. Lettres dorées... Bon, où est le miracle ? C'était prévu. Tes rêves sont de bonne qualité, inutile de te les faire rembourser. Si ça t'amuse tant, il reste de la place, tu peux rêver ton nom.

J'ai rebroussé chemin lentement. Ginette arrosait ses pélargoniums. Elle est venue à ma rencontre, l'arrosoir à la main.

— Vous avez des ennuis, Jean ?

— Rien de grave, c'est la 2 CV, la batterie est à plat.

Elle t'a indiqué un garage. Le concessionnaire Lada, avant le pont de la Bléone, pouvait te dépanner. Il faisait les occasions, il devait bien avoir une batterie de rechange.

— Quand je vous ai vu, vous m'avez fait peur, figurez-vous...

— Pourquoi donc ?

— Rentrons, vous avez bien un moment, je prépare le café.

Elle m'a proposé un morceau de tarte, je l'ai avalé machinalement.

— On dirait que vous avez faim.

J'ai bafouillé, la bouche pleine :

— C'est mon oncle.

— Comment ça, il a faim pour vous ?

— Non, mais au petit déjeuner, il s'est mis aux anchois et au rosé, avec des tranches d'oignon. Il prétend que c'est bon pour les douleurs.

Ginette s'est extasiée :

— Dites, c'est quelque chose, quand même, ces vieux garçons...

— Vous parlez pour qui ?

Elle m'a empoigné l'avant-bras.

— Pas pour vous, vous êtes jeune, vous avez le temps. Vous finirez bien par nous amener une fiancée un de ces jours, va...

J'ai refusé un autre morceau de tarte. Curieux ce besoin qu'éprouvent les femmes de vous gaver.

— Au juste, pourquoi je vous ai fait peur, Ginette ?

— Parce que ça me lance dans l'épaule.

— Je ne vous suis pas.

— Chez moi, c'est réglé, quand ça me lance, c'est qu'il va se produire un malheur, je vous le garantis.

Le malheur anticipé... C'est une méthode intéressante...

— Ah, Ginette, je suis parti sans argent.

— Nous verrons ça plus tard, c'est pas grave.

Au garage, autre refrain. Un Africain tapait sur un cadavre de tracteur. Ce n'est pas un Africain, idiot, c'est du cambouis. J'ai attendu courtoisement qu'il daigne interrompre son solo. Ben non. Tu vois, la percussion, ça lui plaît bien. Et si tu lui offrais une tartine de pâte Arma ?

Au bout d'un moment, il s'est arrêté, le temps de cracher et de t'indiquer de son bras laborieux la direction tribord arrière. Il s'est remis à cogner. T'as raison, gars, change pas de main.

J'ai trouvé un bureau. Une fille se penchait sur une machine en se triturant le visage. L'angoisse ? Non, l'acné. Un miroir reposait contre son engin muet.

Elle a pris son temps, et le mien par la même occasion. Nous avons négocié. Une batterie ?

— Il faut voir le mécanicien, à l'entrée.

Doux Jésus... J'ai dit :

— J'aime autant pas.

— Pourquoi donc ?

— Il me donne des boutons.

Elle a rougi, s'est décidée à se déplacer. Les cogneurs bègues, elle sait comment les manipuler. Cambouis Joli a promis de charger une batterie pas plus tard que tout de suite, et de la véhiculer ce soir à la Ravine. Parfait. Voilà à quoi ils consacraient leur temps, au lieu de préparer leur salut éternel...

J'ai gardé... Ça existe, les moutons en batterie, avec tapis roulant devant pour le serpolet ? Et derrière pour le roquefort ? À ma connaissance, non. Nous allons y remédier.

Cambouis s'est amené comme promis à la nuit tombante. Il a procédé à l'échange. Ça tournait. J'ai mis les phares... Il ne s'est pas nettoyé, l'animal. Pour quoi faire ? Quand on tient une vraiment bonne couche, on la garde.

Le lendemain, j'ai pu reprendre mon vol vers Darse. Je me suis d'abord arrêté chez Ginette, par courtoisie et pour la payer. Elle semblait tout excitée. J'ai voulu la remercier pour le garage :

— C'est rien... Vous vous souvenez, hier, quand je vous ai parlé de malheur ? Vous m'avez prise pour une folle, pas vrai ?

— Pas du tout, je ne me permettrais pas...

— Si, si, ça fait rien, parce que c'est arrivé. Que je vous explique... Vous connaissez Darse ?

— Bien sûr.

— Figurez-vous qu'hier un vieux qui fait le berger, il habitait juste à l'entrée, le pauvre, eh bien, il est mort.

— Comment ça, mort ?

— Mort comme on meurt, pardi. Il était pas jeune, puis il relevait d'opération, on m'a dit. C'est une dame qui venait lui faire ses piqûres qui l'a trouvé. Il vivait avec un jeune qui lui gardait ses bêtes.

J'étais rendu... Ginette a remarqué :

— Vous faites une drôle de tête. Ça va pas ?

— Ça va. Et ce jeune ?

— Quand il est rentré, le soir, il a eu le choc. Il ne s'est pas senti de rester avec un mort, ça l'impressionnait trop, il a téléphoné de chez les voisins. Un ami de Digne est venu le prendre.

— Il a tout laissé comme ça, la maison, les moutons ?

— Oui, dites... C'est la première question que je lui ai posée.

— Vous l'avez vu ?

— Bien sûr, vous ne m'avez pas laissée raconter. Toujours vous m'interrompez... Ils sont passés chez moi m'emprunter un peu d'argent. Parce que l'ami de ce jeune, c'est aussi un copain de mon fils, le petiton, et comme je vous disais...

Bref, pour condenser sobrement une longue histoire, ton bergeton avait déserté. La mairie, bien obligée, s'était occupée de la dépouille mortelle et des moutons survivants, pendant que les deux loustics filaient sur Digne, après un crochet au Blanchard. Que penses-tu de ça ?

C'est exactement la question que me posait Ginette, mais à la deuxième personne du pluriel.

— Nous ne sommes pas grand-chose, Ginette. Ils vont devenir quoi, ces moutons ?

— Soit ils trouvent un troupeau qui les reprend, soit ils finissent à l'abattoir. Je peux pas mieux vous répondre.

— Et si j'en achetais quelques-uns ? Ça m'éviterait d'aller les chercher au diable. Vous savez où on peut le joindre, le petit berger ?

— Je n'ai pas idée, mais son collègue, c'est facile. Il est toujours fourré au Grand-Café, sur le Gassendi. Pour le reconnaître, pas compliqué... Il porte les cheveux en brosse, encore plus ras que vous quand vous êtes arrivé, et il a une petite boucle d'oreille. Attendez... Il s'appelle Dany. D'un temps, on m'aurait dit que les garçons se mettraient des boucles d'oreilles... Vous croyez pas que c'est un monde ?

— C'est, Ginette, c'est... L'esprit de jouissance l'a emporté sur l'esprit de sacrifice. Vous savez où ils en sont, à Paris ?

— Non...

— Ils se mettent un anneau dans le nez.

— Là, vous me faites marcher...

— Allez voir. Vous pariez ?

Ginette hésitait. Croire ? Ne pas croire ? Des clients sont entrés, j'ai décroché. Avant de partir, j'ai demandé :

— Au fait, et votre épaule, elle vous lance toujours ?

— Riez, riez, je vous préviendrai, la prochaine fois. Ah, j'avais oublié... Ce Dany, c'était aussi un ami des jeunes, je crois, des gardiens de Remuze. Le monde est petit, pas vrai ?

Trop. À part ça, je ne connaissais pas le prénom du bergeton. Quant à le décrire, il n'avait ni brosse ni boucle... Rien de saillant. Qu'il aille au diable, nous irons à la chasse au Dany, pas plus tard que... Pas dans cet état, je suis plutôt dégueu. Attendons demain.

Tu la trouves comment, cette disparition du vieux ? Je la constate. Que veux-tu que j'en fasse ? Personne ne connaissait mes visites. Sauf le bergeton... Et il n'était apparemment pas là quand cela s'est produit. Le papi et lui s'estimaient bien. Le gosse se trouvait bien, à Darse. Je vois mal pourquoi il aurait scié la branche nourricière.

C'est fou ce que tu peux ne pas voir. L'essentiel, c'est que la route des gardiens n'est pas coupée.

Je repense à ce papi. Un brave cœur... Arriver à cet âge, avec cette sérénité... Je me permets de te signaler que, par ordre alphabétique, tu trouves d'abord l'Afgha... Qu'est-ce que tu me chantes ?

Si tu aimes les coïncidences, tu vas pouvoir t'en confectionner un collier. Merci, non. Spéculer ne sert de rien. Je veux poser le doigt sur quelque chose de concret.

D'accord. Ne t'endors pas. Garde ta poudre sèche et ton nez sur l'horizon... Quand tu parlais au papi, n'importe qui pouvait vous voir de la route. Sans parler du magnifique tas de boue en forme de 2 CV qui te sert de carte de visite.

C'est qui, n'importe qui ? Il n'est passé personne... Tu le jurerais ? Bien sûr que non, je ne surveillais pas la route.

Le ciel s'est assombri d'un coup. C'est subjectif ? Non, c'est un nuage, regarde. Un énorme bloc noirâtre...

J'ai couru vers l'épicerie. Une gerbe de grêlons m'a cinglé le visage. L'épicière se lamentait. Les cerises allaient en prendre un vieux coup. Et le blé... Eh oui... Ça n'a pas duré deux minutes, mais ça valait le coup d'œil. Un carnage, un véritable hachoir.

L'épicière s'est mise à parler du temps détraqué, et qu'avant les saisons ressemblaient encore à quelque chose, ce genre de salades... Tarare... J'en aurais pleuré. Un vrai cimetière de vieilles lunes... Du coup, je lui ai razzié la moitié de son stock de céréales pour petit déjeuner. Je me demande qui peut consommer ça, au Blanchard... Si jamais ça pouvait retirer à Tonton le goût des anchois.

Remarque, les céréales avec du rosé, cela ne doit pas être fabuleux. J'ai regagné la Deuche, chargée comme une caravane. Je l'avais laissée en face de l'amie Ginette. Tudieu, quel est le vandale... La bâche était fendue, rac, en plein milieu du dos de la sale bête. Un tas de grêlons achevait de fondre sur les sièges... Si je tenais...

Pauvre cloche, regarde ta toile. Elle est cuite. Archicuite. Tu tires à peine, tout s'effiloche.

J'ai transformé la Deuche en décapotable, déblayé le plus gros des grêlons. Ginette est accourue à ton secours.

— Jean, qu'est-ce qui vous arrive ?

— J'installe la climatisation, avant les premières chaleurs. J'ai un peu forcé sur le froid.

— Il est fou... Vous n'allez pas vous installer là-dedans, c'est tout trempé. Attendez, je vais vous donner des vieux journaux.

Elle est repartie en courant les chercher. C'est vrai, ils sont gentils... On s'en ferait mourir.

Je me suis réveillé d'une humeur de chien. Tonton n'y était pour rien. J'avais des douleurs dans l'épaule droite. Le syndrome de Ginette ? Non, j'ai dû prendre froid... Et un mal de tête carabiné au moindre mouvement. La douleur me vrillait... Manquait plus que ça. Pour tout arranger, le temps était gris.

Oncle ne s'y est pas trompé :

— Neveu, tu me couves quelque chose. Regarde un peu la tête que tu trimbales... Où tu as été te fourrer ? Tu t'imagines que...

Dix-huit questions et quelques minutes plus loin, j'avais pris trois aspirines, et Tonton me massait l'épaule avec du baume du Tigre. D'après lui, c'est radical. Ça pue le camphre, mais c'est exact, ça réchauffe. Il m'a préparé une infusion de thym :

— C'est bon pour tout. Avec le thym, le docteur peut aller se rhabiller.

Je me suis laissé dorloter. Tonton voulait me coller un gilet en peau de chat, pas question, je ne suis pas fétichiste. J'ai refusé aussi un grog. Je me sentais mieux. La grippe avait bon dos. Cette période indécise me démolit.

Et c'est quoi, ce bourdonnement ? Tonton. À quel sujet ?

— Tu dors ou quoi ? Pourquoi tu l'as débâchée, cette voiture ?

— Ce n'est pas moi, c'est la grêle.

— Où tu as vu de la grêle ? Tu deviens fou !

— Hier au Blanchard.

— C'est pas vrai, je n'ai rien vu.

— Tu la verras dans le journal.

Ça l'a stoppé. Il est parti se consoler avec ses saletés de cochons. Manquait plus que les microclimats.

J'ai filé, malade ou pas. Digne, terminus... J'ai garé sur le parking payant, remonté le Gassendi, lentement. La tête me lançait. Ce que ce bled peut être sombre... Tant qu'il y a un brin de soleil, passe encore, on peut s'imaginer dans un aquarium. Sinon, c'est le tunnel. Quelle idée d'installer une ville dans un coin pareil ? Naples, le site était déjà retenu...

Je portais une vieille canadienne à Tonton, un peu juste aux entournures... Je me sentais frileux. Et une casquette du même, plutôt grande. Ça faisait une moyenne. J'ai fourré la casquette dans ma poche avant d'entrer au Grand-Café. J'ai marqué un temps d'hésitation. Un paysan venait vers moi. Il a hésité aussi... Ton reflet. Si les camarades te voyaient...

Tant mieux, se fondre dans la masse, tout est là...

Je n'ai pas reconnu l'intérieur. Avant, c'était un de ces vieux cafés sans prétention, où l'on se sentait chez soi, où l'on pouvait traverser les siècles à l'aise sur de vieilles banquettes, sous le regard de vieilles glaces au tain incertain. Ils en avaient tiré un de ces machins style pub anglais, grand genre et petits moyens, avec des gravures et des boxes, et merde... Tout ça déductible des impôts, et voilà pourquoi tu es allé te faire trouer la paillasse au Levant. Pour que, dans ton dos, l'on détruise les fondements de...

— Pour monsieur, ce sera ?

J'ai reconnu la serveuse. Elle, ils ne l'ont pas ravalée.

J'ai demandé un chocolat chaud, le journal et deux aspirines. Quand elle est revenue, je me suis enquis de Dany... Ça l'a laissée perplexe. J'ai précisé :

— Avec une boucle d'oreille.

Elle a eu un geste de la main, comme pour envoyer une poignée de pistaches derrière son épaule droite.

— Des boucles, c'est pas ce qui manque.

— Et les cheveux en brosse.

— Ah oui, je sais qui vous voulez dire... Je ne l'ai pas vu.

— Vous n'avez pas idée de quand... ?

— Avec ces jeunes, des fois vous ne pouvez pas les décoller, et des fois ils restent des trois mois sans se montrer. Je peux lui faire une commission ?

— Non, je repasserai.

— Attendez, il y a sa copine, vous savez, la rouquine... Elle, elle ne devrait pas tarder. Elle vous dira mieux.

Une rouquine ? Tu crois que ce serait CETTE rouquine ? J'ai remercié. Attendons.

J'ai parcouru le journal. Ah, les feuilles d'intérêt local... Tant qu'il sera encore possible d'avoir sa photo dans le canard, la presse survivra. On parlait même de notre grêle d'hier. J'ai subtilisé la page. J'ai examiné les gravures, au mur. Des dessins de *Vogue,* avec des bergères diaphanes, en tenue de choc pour aller tondre le dollar. Et j'ai bu mon chocolat. Trop sucré.

La clientèle ? Pour l'essentiel des jeunes, des lycéens. Ils essayaient de se hausser à la hauteur du cadre, sans succès. J'ai redemandé une aspirine. Et si je demandais un vin chaud, avec de la cannelle et des clous de girofle ?

Espère encore un peu, enfin... Ce serait trop beau si elle débarquait dans les cinq secondes. Sauf au cinéma, parce que tout doit tenir en quatre-vingt-dix minutes, esquimaux compris. La vie est un film au ralenti.

C'est quoi, ce bruit ? Un flipper. Ils ont conservé un vieux modèle, avec billes chromées, lumières, chiffres et tout. Un type était en train de jouer. Il empoignait l'appareil, il le secouait à grands coups de reins... L'amour à la colleur d'affiches... Et derrière lui, tu vois ? Des cheveux roux tombaient sur une veste noire. Le joueur s'est éloigné, la fille a pris sa place, je me suis approché. Elle fouillait ses poches. J'ai glissé une pièce dans la fente adéquate. La fille a commencé à jouer. Ongles laqués rouges. Le teint laiteux des vraies rousses. Jolie ? Elle le serait si on lui retirait les dix tonnes qui pèsent sur ses épaules.

Elle jouait mal. Manque de coordination. La machine a cliqueté un score minable. J'ai remis une pièce. Cette génération ne dit plus merci. La fille a demandé :

— Vous êtes flic ?

J'ai ri :

— Vous m'avez regardé ?

— Oui.

Ah bon... Ils doivent les ravaler aussi. Façon rustique. La fille flippait toujours. Ses réflexes ne sont pas si mauvais, juste tardifs. Elle a demandé :

— Vous voulez quoi ?

— Je suis le frère d'Anne.

— Oh mon Dieu...

La dernière bille. Le score n'était pas reluisant. Elle a dit :

— Venez chez moi.

Nous sommes sortis. Le temps se levait. Nous avons traversé le boulevard. J'ai mieux regardé ma compagne. Mal nourrie, nettement, et cet air buté qui va souvent avec. Quand les gens mangent mal, ils incriminent la société. Dans des temps plus sereins, ce réflexe s'appelait conscience de classe et s'accompagnait parfois d'un comportement prétendument révolutionnaire. La révolution a laissé le terrain au rock. C'est aussi efficace, mais plus bruyant. À choisir, je préfère encore la révolution. Chacun ses drogues.

Nous avons pris la petite rue parallèle au Gassendi. Elle est devenue piétonne et commerçante.

C'était là. L'escalier, sombre, fleurait le pipi de chat. Entre autres. Et aussi le chou. Les pauvres font confiance au chou. De la musique maghrébine sourdait au niveau du premier palier. Rien au deuxième. Rien au troisième. Au quatrième, couloir étroit. Nous avions atteint la zone des chambres de bonnes. La fille a ouvert une petite porte avec une grande clef, m'a laissé passer.

Je n'espérais pas mieux. Ni pire. Elle est allée pousser la fenêtre. Ça sentait la fumée froide et le négligé. L'inévitable matelas au sol, avec la literie en désordre. Des vêtements semés à l'arraché. J'ai reconnu la même saleté triste qu'à Remuze. À quoi bon se tenir alors que l'on peut vivre comme un cloporte ?

Elle a dégagé une chaise. Merci, mais je ne tenais pas à m'asseoir. Elle gardait son air buté, s'est adossée au mur, bras croisés, a porté son attention sur le sommet des platanes du Gassendi. Je me suis approché de la fenêtre. Ces arbres sont émondés si sauvagement qu'ils ne gênent guère la vue. On distinguait la terrasse du Grand-Caf'.

Enfin, je tenais le fil... Au bout d'un moment, elle a demandé :

— Alors ?

Ton froid. Elle s'était ressaisie.

— Ma sœur a été violée. Elle en est morte. J'aimerais en parler avec votre camarade.

— Lequel ?

— Vous le savez très bien. Celui qui vivait à Remuze.

Cette fois, elle m'a fixé. Son regard était vide.

— Vous aurez du mal, il est mort.

Pas vrai. Pas lui... Elle te raconte n'importe quoi pour que tu dégages. J'ai serré les poings. Elle a haussé les épaules, s'est installée sur son matelas, genoux dans les bras. Elle frissonnait. Dans un angle, un évier avec un robinet. J'ai rempli un verre d'eau, le lui ai tendu. Elle a fait signe que non, a respiré fortement plusieurs fois.

Elle paraît salement touchée, regarde sa tête... Ses traits se creusaient. Je me suis inquiété :

— Vous voulez quelque chose ?

— Ça va... Je ne vous raconte pas d'histoires. Je n'en suis plus là. Marc se shootait. Il avait une combine, des contacts avec des Marseillais, parce qu'ici... Ça s'est passé voilà trois jours.

— Overdose ?

— C'est ce qu'on raconte toujours.

Les cloportes ne tiennent pas la distance, cette année. Je n'étais pas là pour me lamenter sur Marc.

— Revenons à Remuze. Tu as vu ce qui s'est passé pour ma sœur ?

— Non. Enfin, je veux dire, je...

Elle s'est tue.

— Mais tu étais bien là le jour où ça s'est passé ?

— Oui, au début... Ils la tenaient, ils parlaient comme s'il s'agissait d'une plaisanterie, ils lui ont préparé un mélange pour lui faire boire... C'était horrible, je n'ai pas supporté, je suis partie.

Silence. Je n'ai rien dit. Elle s'est énervée, enfin...

— Je sais, vous vous imaginez que j'aurais pu faire quelque chose. Dites-le... Je ne pouvais rien, nous étions coincés, ils nous tenaient... Si, j'ai protesté, je leur ai crié : « Laissez-la... » Ça les a amusés. Paul a dit : « Sois pas jalouse, chacune son tour. Et puis toi on te connaît trop, va jouer... » Je suis partie.

Elle s'est mouchée, s'est essuyé les yeux.

— Les dénoncer ? À qui ? Il n'y a pas de gendarmes, au Blanchard. Et même, je ne pouvais pas, j'avais peur pour nous. J'ai marché dans la colline, j'ai attendu le soir...

» Quand je suis rentrée, le ménage était fait. Ils étaient tous partis, sauf Marc. Il n'a rien voulu dire. Seulement qu'ils avaient ramené la fille.

Elle s'est derechef essuyé le nez.

— Le lendemain, Marc était inquiet. Il est allé regarder du côté de votre ferme, il ne tenait pas en place. Nous avons fait nos paquets, pris juste ce que nous pouvions mettre sur les vélos. Marc n'a jamais voulu s'expliquer. Il disait qu'il avait fait une bêtise, ça je le savais. Je n'avais qu'à la fermer, c'est tout. Écoutez, je ne me sens pas très bien. Ça ne vous ferait rien de repasser demain ?

Elle a vu mon air, a repris :

— Je ne vais pas m'envoler... Revenez demain soir vers 7 ou 8 heures. Il faut que je récupère.

J'ai hésité. Et si elle en profitait pour... Non. Nettement, elle est au bout du rouleau. Et elle a besoin de se confier. J'ai dit :

— D'accord.

J'ai dégagé. Je ne me sentais pas flambant non plus. Ce mal de tête, toujours, et cet énorme dégoût. Tu es sympa, fils. Cette fille laisse massacrer ta sœur, elle va faire une promenade du temps, et toi, tu la traites comme une victime. C'en est une.

Ça signifie quoi, être tenu ? Oh, leur connerie de drogue. Ils se jouent un cinéma avec. En plus, ils y croient.

Revenir demain... J'avais atteint le Gassendi. J'ai failli faire demi-tour. Tu ne vas pas t'y mettre toi aussi ? À quoi ? Je veux qu'elle parle. Dans l'état où elle est, ce serait de la torture. Et si... J'ai fait demi-tour. Cette imbécile n'avait pas fermé la porte. Elle gisait, prostrée. Je l'ai secouée :

— Réveillez-vous, je vous emmène à l'hôtel.

Elle a pris l'air ahuri.

— Il vaut mieux. Prenez votre brosse à dents.

Elle s'est laissé conduire. Aucun tonus. Nous avons continué la rue piétonne jusqu'à la place principale. Je l'ai laissée devant le Grand Hôtel de Nice.

— Ils font pension. Tâchez de manger.

Je lui ai glissé deux billets de cent francs.

— Ne bougez pas. Attendez-moi, demain soir 7 heures.

Je l'ai poussée vers la réception. Ça va, elle progresse. J'ai attendu un moment. Je n'étais pas suivi, j'avais vérifié. Elle n'est pas ressortie. Un tam-tam cognait toujours dans mon crâne...

J'avais une fois encore oublié ce sacré journal. Tonton a pris son air de scaphandrier qui constate une fuite. Je lui ai tendu la feuille locale récupérée au Grand-Caf'.

— Tu me le donnes au compte-gouttes maintenant ? Tu peux te le garder. Tu t'imagines que...

Rien du tout... J'étais épuisé, d'un coup. Je suis allé m'allonger un moment. Tonton n'a pas tardé. Cette fois, j'ai eu droit à un lait de poule... Ça m'a attendri. Qui prépare encore des laits de poule à l'aube du troisième millénaire ?

J'ai eu droit à l'historique des plus gros grêlons de sa carrière. Quand même, il s'inquiétait, il parlait de convoquer le docteur.

— Surtout pas, je suis allergique, c'est tout.

— À quoi, neveu ?

— Aux docteurs.

Écœuré, il a vidé les lieux.

Tu crois que c'est la fin de la route ? Que par cette fille tu vas enfin... Nous verrons. Je ne m'étais jamais senti aussi stupide. Tout juste bon à garder des moutons. Ça tombait bien...

Je m'y suis traîné sans conviction. Heureusement, les bêtes en avaient pour tout le monde. Les chevreaux venaient d'intégrer le troupeau. De purs miracles de grâce. Le boucher appréciera.

Le lendemain, l'énergie était de retour. Tu as remarqué, Moune ne se montre plus... Qu'elle crève. Celle-là, quand je saurai ce qu'elle veut...

Le matin, un collègue de Tonton est venu livrer dindes et pintadons. Un type sympa, genre violacé à mégot. Il aurait fait assez dindon lui-même, ne lui manquaient que les caroncules. Par contre, sa démarche tirait sur le Barbarie. Si Tonton lui engraissait les bestioles, il promettait de les lui reprendre à bon compte. L'autre, qui ne s'attendait pas à ça, s'est mis à supputer sec.

Je les écoutais. Ils donnent vraiment l'impression de vivre pour le plaisir. Ils sont exactement là où ils sont. Et toi ? Ailleurs.

À midi, Tonton s'est encore inquiété de mon humeur :

— Je plains ta future femme. Son purgatoire, elle aura pas loin à aller pour se l'offrir.

J'ai préféré ne pas répondre. C'est encore ce qui l'enrage le plus. Oui, je l'aime bien. Simplement, il me ronge. Si je pouvais couper le son...

J'ai imaginé Tonton en train de parler bouche ouverte dans un magnifique silence, ça m'a fait rire. Il m'a toisé d'un air méfiant.

— C'est rien, c'est nerveux.

— Avant, c'étaient les demoiselles qui avaient leurs nerfs. Jeannot, je ne te saisis pas. Je te prenais pour un garçon raisonnable, et...

Tu sens cette odeur de brûlé ?

Je ne sais quoi gratinait au four. Finalement, les cochons, c'est bien pratique.

Nous nous sommes contentés de fromage. Tonton le fait bon. J'ai essayé de saisir la structure de son discours. C'est simple. Il tresse une épopée à la fois morale et nostalgique. Il isole un phénomène contemporain, le compare à un autre, pêché dans des temps plus anciens, et en déduit à tous coups la supériorité de l'archaïque sur le récent.

J'avais envie de filer sur Digne. Pas question, tu te dois au mouton. Bestioles, vous m'insupportez, tout ça pour changer de l'herbe en viande... La prochaine fois, je me fais apiculteur.

J'ai écourté la séance. Il faut savoir rester sur sa faim, bêtes que vous êtes. Quand je suis arrivé devant la ferme, Tonton s'installait dans la Deuche.

— Tu vas où, comme ça ?

— Me chercher le journal, pardi, puisque tu me le pleures.

— Tu as eu tout l'après-midi.

— Oh mais, dis, je n'ai pas de comptes à te rendre, imagine-toi.

— Je vais te le chercher, ton journal, tu dois rester là.

— Quoi faire ?

— Ton collègue repasse ce soir, celui des dindes. Tu as déjà oublié ?

C'était faux, mais ça a pris. J'ai laissé Tonton perplexe. Toujours semer le doute chez l'ennemi.

Digne. À l'hôtel, la femme de la réception m'a reçu aimablement. J'ai demandé :

— La demoiselle d'hier soir. La rousse ?

— Elle est partie.

L'amabilité de la dame aussi. Tu as gagné. Il ne fallait pas la laisser. Attends...

Je suis retourné rue piétonne. Quatrième. J'ai entendu de la musique. Rouquine était là, nettement plus pimpante. Elle avait rangé son foutoir, elle écoutait un minuscule transistor en se roulant un joint, assise en tailleur sur son matelas.

Elle m'a souri, m'a fait signe de m'installer. Elle a tiré son joint, mains rassemblées en coque, puis me l'a passé. Pourquoi pas ? J'étais soulagé de la retrouver.

Nous sommes restés un moment à fumer, cela m'a détendu. J'avais l'impression d'être en dehors de mon rôle, mais mon rôle me fatiguait au moins autant que les moutons. Je savais ce que je voulais, inutile de me limer les dents en pointe.

Bien partie, Rouquine. Hier, tu l'as cueillie à froid. Depuis, elle s'est ravitaillée. Sans vouloir la braquer, il faudrait peut-être entamer la partie, non ? J'ai lancé :

— Et Paul ?

— Et Mike…

Elle a ri. Ça l'a rajeunie. Ce n'est qu'une gosse… Qu'est-ce qu'elle tient… Elle a demandé :

— … rien à boire ?

Elle tendait le visage, comme un chevreau qui happe une brindille.

— J'y vais. Tu veux quoi ?

— Cuba libre…

Elle a répété : « libre… » comme si la sonorité l'intéressait.

L'épicier du coin avait des méga-cokes au frigo, et du Négrita. J'ai préparé le mélange. Moyen, il faut qu'elle tienne.

Elle dit merci, aujourd'hui. Et même que je suis sympa…

— Paul et Mike, ils étaient sympas ?

Sûr que non. Ces types ne l'intéressaient pas. Eux par contre s'intéressaient à son cul… Elle en parlait comme s'il s'était agi d'une recharge détachable et jetable, avec une objectivité indifférente. Elle et son cul avaient dû divorcer depuis beau temps.

— Ton ami n'était pas jaloux ?

Pas vraiment. Elle n'a pas épilogué. Sujet sans intérêt. Elle a roulé un nouveau joint, lentement, avec les gestes ensommeillés d'un bébé gibbon.

Nous avons fumé. Autre Cuba… Du calme, l'artiste. Apprends à fonctionner en temps réel. Les raccourcis n'existent pas. J'ai envoyé un autre caillou dans la mare.

— Tu as des projets ?

Elle a répété : « projets », en silence, en remuant les lèvres, le temps que le message lui parvienne. Puis elle a retroussé sa manche gauche.

— Mon projet, voilà...

Quelques piqûres de moustique à la saignée... Elle annonçait la couleur sans agressivité. Tout ce qui s'installe devient banal.

Elle a repris son verre. Elle restait là, bras offert, oublié. Puis elle l'a replié, comme on range un objet à sa place accoutumée. Un peu de Cuba s'est répandu. Elle fonctionne en pièces détachées.

Elle a levé le doigt.

— Ne va pas croire... Je commence seulement. C'est un cadeau de Paul.

— Et de Victor ?

— Et de Victor... Les spécialistes du cadeau...

Une ombre est passée sur son visage. À présent, elle semblait vieille comme le malheur, au-delà de la sagesse, au-delà de ce qui n'était pas cette ronde de moustiques qui grignotaient son vide... Pauvre gosse...

— C'est quoi, ton prénom ?

— Lise.

— Tu as quel âge ?

Elle a tendu lentement son poing gauche fermé. L'a ouvert. L'a refermé. Trois fois. Puis elle a levé deux doigts en V. Drôle de victoire... Dix-sept ans...

— Et tes parents ?

De nouveau, elle a levé le doigt.

— Maman préfère...

Elle laissait tourner son doigt, rêveusement.

— Que je ne sois pas dans les pattes de papa...

Bien reçu. Continuons :

— Tu es accro ?

— Comme tu dis...

Elle s'est adossée au mur. A fermé les yeux... Elle

s'endort... Non, attends, elle se redresse, se penche vers toi :

— Tu es gentil... Tu sais, à ta place, je n'essaierais pas... Donne-moi à boire.

Je lui ai tendu son verre. Elle a regardé les bulles de coke pétiller à la surface, complètement absorbée. J'ai insisté :

— Essayer quoi, Lise ?

— De les retrouver, ils sont mauvais...

Cette fois, elle m'a regardé comme si elle me découvrait. Elle a dit :

— Viens contre moi, j'ai froid.

— Allonge-toi.

Elle s'est laissée aller, yeux clos. Je l'ai déchaussée. Des ballerines trop légères pour la saison. J'ai pris la couverture, je l'ai bordée. Elle a tendu les lèvres. J'ai embrassé son front. Déjà, elle dormait, fauchée par l'herbe, l'alcool... Par la longue course qui l'avait fait filer loin des jambes de papa...

J'ai cherché la clef. Elle traînait dans le premier tiroir de la commode, avec une de ces enveloppes orange où l'on met les épreuves des photos. Voyons... Un seul cliché. Trois personnages, plan moyen. J'ai reconnu Lise et Moune, avec un garçon. C'était pris devant chez Moune.

Ainsi, voilà Marc... Rien de spécial, à première vue. Lui, peut-être, mais regarde mieux... J'ai rangé la photo. J'avais compris.

Il restait assez d'espace sous la porte pour glisser la clef. Tu as un bout de papier ? J'ai pris le couvercle de la boîte à sucre. Bleu horizon. J'ai écrit, en lettres d'imprimerie :

« JE REVIENDRAI. SOIS PRUDENTE. JEAN. »

J'ai ajouté : « Je t'embrasse. » En minuscules. Dix-sept ans... Ils n'ont pas eu à la violer, elle. Ils se contentaient de la détruire. En famille... C'est bien qu'elle soit en confiance, inutile de la brusquer.

J'ai laissé deux cent francs sur la table. Tu te doutes de

l'usage qu'elle va en faire ? Pas de quoi aller loin. J'ai refermé, poussé la clef à l'intérieur.

C'est prudent de la laisser seule ? Ce le serait encore moins de l'installer à la ferme. Jusqu'à présent, tu n'as pas eu d'ennuis à Digne.

Ah oui, le journal... Et si j'abonnais Tonton ? Tous les jours, il ferait la causette avec le facteur, ce serait magnifique.

Je m'en voulais de partir... Et quoi d'autre ? Prévenir les flics qu'une mineure droguée... Ils sont probablement au courant. Société globale, et arrête de me poser des questions.

La séance m'avait secoué. Ça et l'herbe. J'étais content. Dire que tu as failli mourir idiot. Tu te sens de rentrer avec cette machine à coudre ? Pas vraiment. Remarque, tu peux toujours traîner Deuchette au bout d'une corde...

Le plus sûr serait encore de te réveiller. Doit bien y avoir une fontaine, dans cette ville capitale ? Sur la place, fils...

Je me suis aspergé copieusement le visage. Des pépés poursuivaient une partie de boules entamée sous la IVe République. Ou la IIIe... Sérieux comme des pontonniers... Si Tonton vivait ici... Figure-toi que s'il vit comme il le fait, c'est que ça l'arrange. Tout ton malheur vient de ce que tu veux le bonheur des autres.

Je suis allé prendre un café serré au France. Là aussi, ils ont retapé. Puis j'ai pris le volant. Comment va, moussaillon ? Ça roule. Pas vite, mais ça roule.

J'avais quand même du mou dans l'espace-temps, mais avec Deuchy, pas de problèmes. Une voiture de cette classe traîne toujours tous les cœurs après elle. C'était le cas... Une file de voitures me suivait religieusement quand j'ai daigné abandonner la nationale pour filer sur le Blanchard.

La route m'a paru intéressante, plus en relief, surtout les couleurs. Le paysage, je veux dire... Hé, n'oublie pas le virage... Intéressante, mais plus longue, aussi, au point que je me suis demandé si je n'avais pas dépassé l'objectif… No, sir, Kaliningrad est en vue…

Si nous passions voir Moune ? J'y compte bien… Comment peut-on s'appeler Moune ? C'est atroce… C'est le diminutif de quoi ? Va savoir… N'empêche, c'est salement moche…

Nous allons voir Moune parce que de la discussion jaillit la lumière.

R5 rouge en vue, garée devant l'objectif, colonel… Le jour tombe. C'est rien, ça lui passera. Tu vas discuter dans cet état ? Je suis lucide. La dialectique demeure problématique, j'admets. Seulement, il n'y a rien à discuter…

J'ai ralenti à l'avance… En descendant, le temps de me prendre les pieds dans l'espace, je me suis répandu… Sol natal, terre sacrée de nos ancêtres, je te salue et je te baise…

Ce n'est pas si confortable, mais je ferais bien une petite sieste.

Je me suis senti secouer. J'ai horreur que les gens me prennent pour un jujubier. Tiens, c'est plutôt nuit et la lune s'approche… Non, Moune… Finalement, ce n'est pas un diminutif…

Tu t'es retrouvé installé devant une flambée dans un des fauteuils de Moune, bol en main. Elle sert son whisky dans des bols, à présent ? Et en plus, c'est chaud… Tu parles, de la tisane, oui…

Cette pièce, je ne m'y ferai jamais. Remarque, elle s'accorde à la propriétaire. Où était-elle passée, celle-là ? Je flottais encore. J'ai repéré Moune dans les parages de la cheminée, silhouette grise à contre-jour. À contre-feu… Le deuil sied à Électre. J'ai dit :

— Dorlote-moi, femme de peu de foi, mon âme a froid aux pieds.

Tu crois que c'est ce qui convient ? Moune a été plus sobre :

— Tu me déçois, Jean.

Pas elle ! Moune ne me décevait pas. Au contraire. Elle a continué :

— Tu fêtais ton départ ?

Qu'est-ce qu'elle chante ? Qui a jamais parlé de départ ? J'ai posé mon bol par terre. Assez joué :

— Mes condoléances, Moune.

Dommage, je distingue mal son visage. Son corps s'est figé :

— Tu sais ?

— Oui.

— Tu es rapide.

Je ne trouvais pas. Les compliments, une autre fois. Je me sentais dessoûlé. L'adrénaline... J'ai dit :

— J'aimerais bien les retrouver, ces Marseillais, Moune... Pas toi ?

— Moi aussi, imbécile.

Pour la même raison... Elle a quitté la cheminée, s'est approchée de la porte-fenêtre. Un peu d'air ne serait pas de refus. Je me suis levé. Ça va ? Splendide... Nous nous sommes installés sur la terrasse, la nuit nous offrait un pays différent. Les collines s'étaient rapprochées. Tiens, une lumière, là-bas... La Ravine... Tonton veille.

C'était qui, Moune, amie ou ennemie ? Au bout d'un moment, elle a dit, à voix très basse :

— Ils ont tué mon frère.

— Tu peux le prouver ?

— Non.

Nous nous retrouvions deux à la case départ.

— Tu as pourtant bien un contact avec nos amis ?

— Non. Marc me tenait à l'écart. Il ne voulait surtout pas que l'on sache que j'étais sa sœur.

— Écoute, ça ne te ferait rien de reprendre du début ?

Histoire classique, celle de la famille désunie. Le père file de son côté. La mère fait tiédir la marmite. Les enfants s'éparpillent dès qu'ils le peuvent. Pendant que Moune se répandait d'un paradis à l'autre, Marc, le petit frère, zonait. Petit voleur, petit dealer, il avait tâté de pas mal de trafics, à Marseille. Un stage en taule, aux Baumettes, lui avait permis d'enrichir son carnet d'adresses. Le Milieu, c'est d'abord un milieu, justement, une catégorie socio-professionnelle.

En sortant, le jeune Marc, ayant éprouvé le besoin de changer d'air, était venu trouver sœurette. Là, l'histoire devenait moins limpide.

Au début, Moune pensait que Marc voulait sincèrement décrocher, se refaire une vie où l'on puisse marcher dans la rue sans se demander si cette promenade finira en cabane ou en cavale. Il s'était tenu tranquille un moment. Il bricolait dans un garage, avait sa chambre, des copains de son âge, et apparemment pas de regrets.

Puis le garage l'avait congédié. Cette fois, il avait souhaité vivre dans la nature.

— J'ai pensé que c'était plutôt bon signe, Jean.

— Tu t'es dit qu'il se cherchait ?

— Exactement. Qu'il allait recommencer avec une nouvelle volonté, un nouvel équilibre, tu comprends ?

— Et tu t'aperçois qu'il s'est foutu de ta gueule ?

— J'en ai peur.

Marc avait gardé, ou repris, peu importe, contact avec ses anciens camarades. Périodiquement, notre société éprouve le besoin de s'attaquer à la drogue, pour justifier son existence en général, et en particulier celle de ses flics, indics et autres... La pression sur le milieu marseillais augmentant, celui-ci se répand alors dans les pampas environnantes. Ce n'est pas de la purge, tout juste de la transhumance. Si à Marseille on pavoise, à Aix, par contre, on se retrouve avec une fine équipe sur les bras. Tout ceci, très banal, permet d'alimenter les communiqués de victoire de la police, et de soutenir le moral du bon citoyen qui croit encore aux contes de fées.

Les amis de Marc s'intéressaient à l'environnement. En entendant parler de Remuze, ils ont dressé l'oreille. Un village vide, à proximité d'une ville de moyenne importance, avec l'alibi de la chasse pour expliquer tous les déplacements, que demander de mieux ? Ils avaient donc encouragé son projet. Moune avait donné dans le panneau, de grand cœur. Elle connaissait l'un des propriétaires de Remuze.

— J'ai recommandé mon frère comme s'il s'agissait d'un inconnu. Il me l'avait demandé. S'il voulait partir sans préavis, ou s'il y avait quoi que ce soit, on ne pourrait pas se retourner contre moi...

— Et la fille qui vivait avec ?

— Une droguée. Au début, je ne m'en suis pas rendu compte.

L'idylle, donc. Le petit frère reprend un chemin aussi droit que bucolique.

— Il t'a fallu combien de temps pour te réveiller ?

— Il m'a fallu l'accident de ta sœur. Je ne montais jamais à Remuze. Ça ne m'aurait pas déplu, mais Marc prétendait qu'il préférait rester seul. Il descendait me voir quand ça lui chantait.

— Et les chasseurs ?

— Je voyais passer la voiture, j'entendais qu'ils faisaient la fête, c'est tout. Je trouvais ça très bien. J'avais peur que mon frère devienne sauvage, seul là-haut. Je ne me suis pas méfiée. Si je les avais rencontrés, peut-être...

— Tu n'as jamais rien soupçonné ?

— Non, je souhaitais tellement qu'il s'en sorte, je prenais mes désirs au sérieux. Cette fille, je la croyais timide ou rêveuse, alors qu'elle descendait me voir à moitié défoncée. Dans un endroit pourri, tu trouves le mal partout. Mais pas ici, Jean...

— Attends, Moune, excuse-moi d'insister. Au moment de l'accident de ma sœur, tu ne te doutais vraiment de rien ?

— De rien. Ensuite, j'ai vu, bien obligée. Mais mon frère, un violeur, c'était inimaginable. Forcément, il devait être absent, les autres en avaient profité pour commettre cette saloperie... J'étais sûre de son innocence. Le lendemain, j'ai dû m'occuper de ta sœur. Quand j'ai pu me rendre à Remuze, plus personne.

— Et alors ?

— Je me suis inquiétée. Je me suis demandé si ces ordures n'avaient pas enlevé Marc. Impossible de porter plainte avec son passé. Pas avec ce qui venait de se produire. L'enfer, c'est quand tu es tenue... Je suis allée à Digne. Ce n'est pas un endroit où tu peux te cacher.

— Il ne se cachait pas ?

— Non. J'ai voulu lui parler, pas moyen. Au premier mot, il m'a dit de dégager, que ça ne me concernait pas. Qu'il n'avait pas de comptes à me rendre...

Sa voix s'était brisée. Moune la dure cédait... Elle a enfoui son visage dans ses mains. J'ai attendu. Elle est allée se préparer un verre.

Choc des glaçons... Et puis sa voix, enrouée à présent :

— Je n'ai plus rien à t'apprendre, Jean. Tu es arrivé. Marc est mort. Je ne peux pas me le pardonner. Si j'avais été trouver la police, il serait en taule, mais vivant.

— Ce n'est même pas sûr.

— Peut-être... Je pouvais essayer. Je n'ai pas réagi. Ce n'était plus mon frère... Toi, au moins, ta sœur... Pardonne-moi, je ne sais plus ce que je dis...

— Tu as raison, ma sœur n'a trahi personne. Dis-moi, son bébé mouton, c'est toi qui l'as fait disparaître ?

— Oui, quand je t'ai vu commencer à garder, je suis allée le lendemain matin inspecter les lieux. J'ai enlevé cette horreur.

— Et le vieux berger ?

— Qui ça ?

J'ai raconté. Elle n'était pas au courant.

— Je ne passais quand même pas mon temps à t'espionner, Jean. J'avais cette idée de mon frère qui me rongeait... Quand tu as débarqué, je ne voulais pas que tu soupçonnes quoi que ce soit et que tu tombes sur Marc. J'ai essayé de détourner ton attention sur moi.

— À coups de fusil ?

— Et de dentier, oui. À coups de n'importe quoi pourvu que tu ne t'intéresses pas à mon frère. Je t'aime bien, Jean, et ta sœur, aucune femme ne peut pardonner une chose pareille, mais c'était mon frère...

On ne discute pas les évidences.

— Et si tu m'avais parlé, Moune ? Après la mort de Marc ?

— Je ne pouvais pas. Je ne te connaissais pas. Tu devais partir… Et puis j'en avais assez de tout ce… j'étais au fond de l'écœurement.

Alors ? Lui raconter pour Lise ? Elle ne semble pas la porter dans son cœur… Jalousie…

Un phare s'est détaché de la Ravine, tu as reconnu l'atroce toux d'un vélomoteur. L'engin a décrit des embardées laborieuses dans le sentier, s'est rapproché. Nous avons vu Tonton émerger de la nuit, chevauchant une Mobylette et coiffé d'un casque trop grand. Qu'est-ce que c'était encore que cette invention ?

Il a mis le monstre sur béquille, ravi de son petit effet.

— Salut, les amoureux, je vous y prends…

Changement de décor. Moune a adopté le ton badin qui convenait. Tonton a pris un pastis. Il s'est presque offusqué :

— Comment, vous ne me demandez même pas ce que c'est, cette machine ?

J'ai dit :

— Une Mobylette. Tu la sors de la casse ?

— Mon neveu, ton insolence me laisse froid. Et si tu n'étais pas tout le temps en train d'accaparer MA voiture, je ne serais pas obligé de me chercher autre chose.

Ça se tenait. Moune est intervenue :

— Tu vas te tuer avec ça, mon pauvre.

— Pourquoi je me tuerais ? À cause de ma patte folle ? C'est pas avec elle que je conduis, c'est avec ça !

Il s'est tapé sur le frontal avec conviction.

— Et de ça, j'en ai plus que toi, neveu, sans vouloir te vexer. Parce que toi, tu tournes, tu vires, tu vas chez les ayatollahs, et total tu n'es même pas capable de me ramener un journal.

C'était reparti…

— Je t'ai tout de même fait un poulailler.

Il a ricané :

— Ce camp de concentration ? Les pauvres bêtes sont

tristes qu'elles en peuvent plus, là-dedans. Je me demande si je ne dois pas les relâcher.

— Et tu enfermeras le renard à leur place ?

— Toujours aussi spirituel... Ce renard, toi qui es un formidable guerrier, tu aurais dû prendre mon fusil et t'en charger.

— À la baïonnette ?

— Il est fou !

— Pas tant que ça. Ce fusil, qui me dit qu'il ne va pas m'exploser au visage ? Tu ne t'en sers jamais.

— C'est moi qui te le dis. Dès demain, je te montre, pauvre ahuri... Tiens, tout de suite, nous rentrons et je te fais voir.

Il s'est levé. Moune l'a calmé. La démonstration pouvait attendre. L'oncle s'est radouci, s'est étalé dans son fauteuil comme un pacha.

— C'est vrai qu'on est bien dehors de ce temps. Vous avez raison d'en profiter. Finalement, on est voisins et on ne voisine pas, on a la belle nature, on n'en profite pas... Je me demande comment je vis... D'un temps, je me souviens, je parle de l'époque de mon pauvre père que tu n'as pas connu...

Tonton s'est lancé. J'adore... Quand il devient existentiel, le temps s'arrête. Il est intéressant, le bougre. Sa façon de dire les choses, mais pas seulement.

Tu crois connaître cette terre parce que tu y as vécu, et tu ne sais rien. Tonton parlait de ce passé révolu et pourtant si proche où les évidences restaient évidentes...

Catarina bella bella tchi tchi... Qu'est-ce qui te prend ? Le bon vieux temps était le bon vieux temps, il était payé pour, arrête ta balançoire.

Pourtant, quelque chose ne collait pas. Tu prenais une époque, avant, troublée et tout, des guerres, des désastres, le cirque... Puis le calme revenait et... Où veux-tu en venir ?

J'ai l'impression que les choses ne s'enchaînent plus

comme... Bon. Avant, après l'orage naissait le romantisme. Tu peux me dire de quoi nous avons accouché ? Pourtant, Dieu sait si c'était nébuleux comme période.

Mon joli, tu raisonnes par analogie. Pour la fabrication des balayettes, c'est tolérable. Pas en histoire. L'histoire permet aux vainqueurs de déshonorer les vaincus, et aux historiens de faire des phrases après coup. C'est tout...

Tonton parlait... Tu ne l'avais jamais vu aussi à l'aise. Il avait quitté son écorce d'agressivité. Tu retrouvais dans cet homme d'âge tordu par la vie un gamin inconnu, ce petit garçon qui avait si peur du large, si peur d'affronter le monde, qu'il n'avait jamais quitté le sol de son enfance.

Chaque matin, tu retrouves intact ce sentiment d'urgence, et l'impression que c'est fini, que ta sœur ne sera jamais vengée. Le temps va passer, ton urgence s'émoussera, s'enfuira dans un recoin, comme ces vagues rêves de jeunesse perdus dans les brumes de la mémoire.

Tu supportes mal d'attendre. D'ordinaire, tu as un projet, tu en vois immédiatement la fin avant d'avoir rien entrepris, et à quoi bon le vivre ? Ces chasseurs, je les ai déjà tués des quantités de fois. J'ai écrasé leurs sales gueules à coups de talon en imagination.

Hier soir, j'avais laissé la Deuche à Tonton et pris la Mob pour remonter. Il s'est vexé, mais j'ai soutenu que, sinon, il allait se répandre.

Je le suivais. À un moment, il a pilé, va savoir pourquoi, j'ai braqué pour l'éviter. Dérapage. L'engin s'est couché, ton coude a percuté la caillasse, et j'ai le bras droit inutilisable…

Tonton ne s'est rendu compte de rien. Je suis rentré en poussant la Mob. Je n'ai rien dit, il me fatigue. Impossible de vivre constamment avec quelqu'un en circuit fermé, c'est cent fois pire que d'être seul. L'entendre aspirer sa soupe le soir me fait rêver de meurtre.

Avec ton coude embouti, pas question d'entreprendre

quoi que ce soit. Je peux plier le bras, mais pour le lancer de grenades, c'est râpé.

Manquait plus que cette Mobylette... Il va se pourfendre avec, c'est couru. Laisse faire. Lui aussi a besoin de rêve, d'action et d'aventure.

À peine son café avalé, il s'est mis en tête de la repeindre. Il la veut rouge, comme la voiture de Moune. Il a filé au village négocier lui-même l'achat de la peinture... J'en ai profité pour me faire lâcher à la Mounerie. La nuit passée, l'irruption de Tonton avait interrompu notre séance. Et j'aimerais bien qu'elle examine mon bras.

— Tu veux que je te prenne en remontant, neveu ?

— Surtout pas.

Tonton paraissait guilleret, il avait pris un coup de printemps. C'est la saison. Et Moune avait quitté sa chrysalide grise pour une salopette verte.

J'ai déballé mon bras. Elle l'a palpé sans ménagement.

— Doucement, tu fais mal.

— C'est la Mobylette ?

— Évidemment. Je ne voulais pas que Tonton s'envoie en l'air.

— Tu es encore plus dégourdi que lui.

Elle m'a massé avec une espèce d'embrocation, et fait un bandage serré, coude plié.

— J'en ai pour combien de temps ?

— Si tu pouvais éviter de faire le zouave deux ou trois jours... Tu passeras demain que je te le refasse. Installe-toi, tu as bien un moment. Tu prends un café ?

— Volontiers.

Ce serait possible de vivre avec une fille dans son genre ? J'aurais l'impression de cohabiter avec un mec. Le problème n'est pas là. Le problème, c'est de se supporter soi-même.

Elle est revenue avec un plateau.

— J'aime bien ta terrasse, Moune. On se croirait dans

une publicité. Tu sais, le type arrivé, avec résidence et tout. Il ne manque que des petits enfants, le bobtail et le barbecue. Tu as quitté le deuil ?

— Ne sois pas odieux.

Impossible de parler aux gens, ils prennent tout mal. Je fais quoi ? Je prends le large ? Elle est venue me poser la main sur l'épaule.

— Tu ne grandiras jamais, Jean. Tu ne te rends même pas compte de ce que tu dis. Toujours aussi écorché, pas vrai ? Tu veux que nous parlions ?

— Il faudrait.

Elle s'est installée en face de moi. Curieux ce qu'elle peut être nette... Tu la déposes dans n'importe quel décor, et je parie qu'elle ne jure pas. Alors que toi... Ben oui. C'est ce que notre Sainte Église appelle les Mystères douloureux...

Elle a allumé une cigarette, posément. Que faudrait-il faire pour que la Ravine commence à sentir le propre ? Tout raser. Pendre les cochons. Et Tonton au Goulag.

Bien. Continuons :

— Alors, Moune, tu envisages quoi ?

— J'ai réfléchi. Tout est de ma faute.

— Tu crois que ça nous avance beaucoup de dire ça ?

Elle a secoué la tête.

— Attends. Laisse-moi parler, j'en ai besoin. J'ai été obligée de garder trop longtemps toute cette histoire. Si je n'avais pas installé mon frère à Remuze...

— C'est fait, Moune. Dis-moi plutôt ce qu'ils fabriquaient exactement, ces salopards, à part les histoires de chasse ?

— Je me suis posé la question. Ils organisaient des fêtes pour attirer des jeunes et leur fourguer leurs saletés. C'est comme ça que ça fonctionne. Au début, ils t'en font quasiment cadeau. Ils créent le besoin, pour se monter une clientèle. Et ici, c'est intéressant, la région reste pratiquement vierge.

— Ça n'allait pas chercher très loin... Les jeunes, tu n'en trouves pas des masses, dans le coin.

— Ne crois pas ça, ils circulent, ça fait tache d'huile. Ce n'était pas tout.

— C'est-à-dire ?

— Ils en profitaient pour lever des petites.

— Elles ne sont pas si naïves.

Moune a souri.

— Mon pauvre Jean, tu connais mal les filles. Elles savent que la prostitution existe, elles jouent avec l'idée. Pas avec le côté sordide, bien sûr... Mais se dire que tu es payée pour faire l'amour dans des endroits raffinés, avec des types intéressants, cela les fait rêver...

— Personnellement...

— Tu es mignon, mais il ne s'agit pas de toi. J'essaie de t'expliquer. Plutôt que de se morfondre dans leur fond de province, avec la perspective exaltante d'épouser un quelconque plouc, elles sont prêtes à jouer. Là aussi, cela fait tache d'huile très vite. Je sais de quoi je parle. Cet endroit convenait parfaitement.

— Pas ma sœur, ce n'était pas son genre.

— C'était un accident. Ou alors...

Elle a hésité.

— Tu penses à quoi ?

— Peut-être comptaient-ils la briser, avant de l'expédier en maison, quelque part. Ils sont allés trop loin, ils ont eu peur.

— Je préfère qu'elle soit morte.

Elle n'a pas relevé. Et ce cadre, ce calme... Notre discours ne cadrait pas avec l'image. Il fallait insister...

— Et tes anciennes relations, Moune, elles ne pourraient pas t'aider à retrouver ces types ?

— J'ai peur que non. Au contraire.

— Pourquoi ?

— S'ils avaient l'impression d'être en danger, ils se retourneraient contre nous.

L'impasse, encore et toujours.

— Essaie quand même de voir. Quelque chose t'a peut-être échappé. Tu sais où me joindre. Salut, je me sauve.

— Je te ramène ?

— Pas la peine, j'ai envie de marcher.

— Attention à ton coude.

J'ai remonté le chemin. Je regardais Remuze, sur son rocher. Comment fait-on pour chasser le fauve ? On attache une chèvre à un piquet. Attacher Moune ?

Et Lise ? Elle attendra. Nous ne vivons pas sur la même planète. Elle, elle voyage. Son seul problème, c'est de trouver du carburant pour sa petite fusée personnelle.

Ses dealers ne pourraient pas établir un contact ? Tu crois que c'est aussi simple ? Je crois que Lise reste mon dernier point de tangence avec cette affaire. Seulement, descendre à Digne avec le bras dans cet état, j'aime autant pas. Je suis hors d'état de me défendre.

Tu n'as pas besoin de trois bras pour une conversation amicale, non ? Si. Je m'attends à tout.

J'ai trouvé les chiens dans le sentier. Ils semblaient inquiets. Pidou gémissait.

— Alors, les chiens, on déprime ? Vous n'avez encore rien vu. Attendez que la Mob fonctionne, vous n'aurez pas de regrets.

J'ai voulu leur lancer un bâton. Pas commode, du bras gauche, mais c'est l'intention qui compte. Pidou est encore à l'âge heureux où l'on s'amuse d'un rien. Il a disparu au tournant planquer son bâton et a patienté un peu plus loin, museau enfoui dans les pattes, pour voir si je le retrouvais. Tutuss est resté à ma hauteur. Braves bêtes...

En arrivant, j'ai vu la Mob renversée. Je l'ai redressée. Si j'en profitais pour la saboter ? Tonton en trouverait une autre. D'ici à ce qu'il se mette à la moto... Imagine, Oncle sur une Honda 1200... Avec un casque à pointe ?

Je ne parvenais pas à me défaire de ce sentiment de mécontentement. Ce n'est pas net, et ce l'est trop.

Je suis allé inspecter le poulailler. Il fait un peu nu, c'est certain. Ça manque de cèdres. Volailles, nous vous installerons un tennis. En attendant, je leur ai balancé des mottes d'herbe par-dessus le grillage. J'ai déclenché une belle mêlée. Et la paonne, dans l'histoire ? Elle se tenait à l'écart, dans sa tenue grise elle faisait penser à Moune. Elle était au courant pour son frère, et elle n'a rien empêché... Et toi ?

Je me sentais devenir fou, aussi stupide que ces poules. Il m'aurait fallu de l'action. Avec cette saleté de bras, je ne peux même pas fendre du bois...

Ben oui... Tu n'es pas au Liban, avec tes petits camarades pour te tenir chaud, et un gentil matériel sous la main. Tu es tout seul, tout nu. Tu te doutes qu'en face ils ont plutôt de grandes dents. Alors, tu ne te presses pas. Tu pêches à la ligne au bord du Rubicon...

Autrement dit, je suis un lâche ? N'allons pas si loin. Mais tu obtiens autant de résultats que quelqu'un qui n'en voudrait pas.

Amusant. Comme s'il s'agissait d'appuyer sur un bouton : les chasseurs de Monsieur sont avancés... Je n'ai rien, à part cette rouquine jetée. Elle a du mal à aligner trois mots. Parce que tu n'as pas vraiment essayé. Tout ce que tu as trouvé d'intelligent, c'est de lui donner à boire.

Tu sais quoi ? Ce n'est pas dit que tu la retrouves en bon état. Tu n'es pas le seul à penser qu'elle est la seule... Elle est probablement en danger... Si jamais on t'a vu avec...

Qui ? Tout le monde et personne. N'attends pas qu'elle disparaisse à son tour.

D'accord. Encore faudrait-il que Tonton daigne revenir. Il amuse la galerie, avec ces histoires de peinture.

Justement, le voilà. Il pavoise. Il a trouvé exactement la teinte de ses rêves. Il m'a tendu fièrement un pot. J'ai regardé le couvercle, ahuri.

— Mais c'est du rose...

— Justement.

— Justement quoi ?

— Le rouge, tout le monde en a, même les pompiers. Alors que le rose, mon ami, tu n'en vois nulle part, fais-moi confiance.

Il s'est frotté les mains avec satisfaction.

— C'est drôle, j'en ai discuté avec un collègue, tout à l'heure, lui non plus n'est pas très chaud. Il prétend que c'est spécial... Ça fait rien, écoute, tu vas me donner la main pour décaper toute cette peinture grise. À deux, ça ira plus vite.

J'ai agité mon aileron bandé.

— Comment tu as fait ton compte ? Je parie que tu as trafiqué avec cette Mob pendant que je n'étais pas là. Tu as passé une radio ?

— Non.

— Il faut passer la radio, malheureux... Tu risques de te retrouver avec le coude coincé pour l'éternité, selon comment ça se présente. On ne plaisante pas avec ces choses.

— Et les moutons ?

— Les moutons, il n'y a pas que les moutons dans la vie. Je demanderai à Moune de s'en occuper, pour une fois. Avec les chiens, ce n'est pas sorcier. Je vais préparer le manger. Du temps, tu te reposes, et à 2 heures, je te mène à la radio.

J'ai protesté, je pouvais conduire, en faisant doucement. Il s'est laissé convaincre. Il lui tardait de se remettre à son jouet neuf.

L'homme propose, Dieu dispose, et, après le repas, j'ai trébuché sur la caisse à outils placée astucieusement par Tonton de façon qu'elle soit à la fois efficace et imparable. Bilan, une rechute sur mon bras. Cette fois, j'ai compté les chandelles, et retiré la bande. L'articulation enflait. Ça, c'est façon épanchement, fils... Tu as l'air d'un éléphant qui porterait sa trompe sur l'épaule.

J'ai d'abord cherché de quoi tuer Tonton. Naturellement, il n'y était pour rien, cette caisse, jamais il ne l'aurait larguée au mitan, pas lui.

— Et si tu regardais où tu mets les pieds, non ? Qu'est-ce que nous allons devenir avec des empotés pareils ?

Pour finir, retour chez Moune. Aucun doute, nous lui faisons du profit. De sa part, nul commentaire. Elle s'est contentée de mettre mon bras à mariner dans je ne sais quelle décoction. Ça a bien plu à Tonton, il a demandé la recette :

— Avec un peu de vin rouge en plus, pour le sanglier, tu devrais te régaler.

Je n'ai pas relevé. Cette fois, Moune a posé simplement des compresses, retenues par du sparadrap.

— Le mieux serait que tu gardes ton bras allongé. Ça va désenfler assez vite, si tu t'en tiens là.

Le Ciel vous entende, ma sœur. Tonton s'est envolé vers sa destinée. Je me suis retrouvé, une fois encore, l'arme au pied et le bras en souffrance, chez l'amie Moune.

— Finalement, je ferais aussi bien de m'installer un lit de camp chez toi, ma belle.

— Je n'y tiens pas absolument.

Pour la plaisanterie, nous repasserons. Ça m'a rendu raisonnablement mélancolique. Je déteste recevoir des coups de botte dans le groin, même si on ne m'en a pas envoyé. Je me suis refermé comme un lamellibranche arrosé de vinaigre.

Moune m'a houspillé :

— Ce que tu es gamin ! Tu ne t'arranges pas ! On ne peut rien dire. Tu veux que je t'avoue que je t'adore ? Ça changerait quoi ? Toi et moi ne pouvons supporter personne, tu le sais.

— Moi oui, mais toi, pas d'accord.

— Je me maîtrise davantage, la belle affaire. J'en ai trop vu, Jean, tout ce que je demande c'est mon content de ciel, et le minimum de contacts avec ce qui s'agite au-dessous. Tu as mangé ?

— Oui. Mais j'ai encore un creux. Je prendrais bien un sandwich.

— Je vais te tenir compagnie. Du rôti de veau froid, ça te va ?

— Avec plein de cornichons.

Sans compter de la salade, de la mayonnaise et du gruyère. Somptueux... Ça et un rosé frais dans des verres ballons. La classe...

Tu vois, vivre, ce n'est pas difficile à goupiller. Ce qui te manque, c'est l'habitude. Pour moi, un repas se prend en trois minutes, départ arrêté. Le principal, c'est d'en terminer. J'ai essayé d'expliquer à Moune.

Elle comprenait.

— Tu te comportes comme un infirme. Ce n'est pas sorcier, Jean, il suffit de traiter la vie comme si elle existait, de prendre chaque moment au sérieux. Sinon elle fiche le camp.

— Le coup du sable entre les doigts ?

— Si tu veux.

Je ne peux pas. Au commencement était l'urgence. Ensuite, je n'ai pas arrêté de courir. Il faut vraiment avoir un bras en moins pour prendre le temps de souffler.

Café. Le soleil donnait comme en plein été.

— Si j'ai bonne mémoire, on n'entend pas les cigales d'ici ?

— Non, la limite passe plus bas, vers Peyruis, je crois. Tu veux un livre, Jean ?

— Pas la peine, je suis bien comme ça.

— Une partie de Scrabble ?

— Merci, ce serait du gaspillage, il fait tellement beau... Tu es la vraie marraine de guerre.

— Merci. Ça va, ton bras ?

— Ça lance, mais c'est supportable.

Elle est allée chercher la bouteille rituelle, les verres. Nous avons trinqué. On devinait encore, dans son allure, l'ossature de son visage, la Moune des grands chemins. Il lui en restait un éclat sombre qui perçait par moments.

— Tu n'as jamais rêvé d'une autre vie, Moune ?

— Ça te prend souvent, des questions pareilles ?

— Non, mais tu sais t'occuper des gens, je t'aurais bien vue avec des enfants. Tu n'es pas obligée d'en parler.

— Encore une chance.

Toi et tes questions à la flan... Pourtant, j'avais dû frapper juste. Elle a soupiré :

— C'est assez banal, Jean, je crois que j'ai eu peur.

— Une grande fille comme toi ?

— Il n'y a pas de grandes filles. Je rêvais très bêtement d'un très bel amour. Plutôt que d'en rabattre, j'ai préféré fuir. Je ne voulais pas gâcher l'idée que je m'en faisais. Stupide, pas vrai ?

— Non. Le principal, ce n'est pas d'obtenir quelque

chose, c'est de le désirer. Tu vois, même en mauvais état, j'arrive à parler comme un livre d'images. Sois gentille, ne me demande surtout pas ce que je désire, parce que je n'en sais rien.

Si. Le calme... Un vol de pigeons nous a distraits un moment. Ils tournaient comme s'ils ne savaient où se poser. Ils sont allés s'abattre dans le pré en contrebas. Moune ne disait rien. Je suivais mon idée. J'ai dit :

— Venger ma sœur, bien sûr que j'y pense. Et puis ? Ça ne ressuscitera pas le projet que nous avions.

— Alors à quoi bon ?

— Le sentiment du devoir, une certaine idée que l'on se fait de soi-même... On veut être à la hauteur d'on ne sait trop quoi, ne pas se dégonfler, ce genre de salades... Mais ça me fatigue... S'il suffisait seulement d'appuyer sur un bouton pour venir à bout de ces rapaces, crois bien que je le ferais. Je commence à trouver le temps bougrement long.

— Tu n'aimerais pas comprendre ?

— Eux ? Ce ne doit pas être compliqué. L'occasion fait le larron. C'est tout.

— Je t'imaginais plus... passionné. Tu en parles sans aucun entrain.

— Je ne suis pas un fanatique de la voirie. Et toi ?

— Je ne sais pas. Je n'avais qu'un frère, j'ai envie de faire payer, très envie et très cher. Chez moi, c'est physique.

— Tu n'as pas l'air de trop t'agiter, sans vouloir te vexer.

Elle a eu son petit sourire ironique.

— Ma position ne me le permet guère, je te l'ai dit. Je suis patiente. J'attends mon heure.

— Elle sonnera quand ?

— Au pire, au moment de la prochaine ouverture de la chasse. Je te ressers ?

— Et comment...

Nous en étions donc au même point, avec les mêmes conclusions. Il ne te reste plus qu'à t'offrir un casque colonial pour traverser l'été. Et à boire sec. Ça, Moune s'en chargeait. Agréable, cet engourdissement, un peu l'alcool, un peu le choc. À force d'attendre, j'étais en train de découvrir que l'attente se suffit à elle-même. J'ai repensé à ces vieilles querelles dont l'origine s'est perdue, mais qui mobilisent encore des villages ou des peuples.

— Moune, tu ne m'en veux pas si je t'abandonne ? Je sais, c'est cruel de ma part, mais j'ai un coup de barre.

— Viens t'allonger, je vais tirer les volets.

— Tonton t'a prévenue pour les moutons ?

— Vous voulez que j'y aille ? d'accord. Repose-toi, je te laisse.

Il m'a fallu deux jours pour récupérer l'usage de mon bras. Ou plutôt sa neutralité amicale. Pas question de m'en servir pour un travail de force, mais enfin, il avait désenflé. Restait un fort bel hématome bleu bordé de jaune.

Le deuxième jour, j'ai accompagné Moune, nous avons gardé ensemble. Le temps passe plus vite. Elle intervient davantage, elle croit savoir ce qu'il conviendrait de brouter d'abord, les moutons devaient la prendre pour une emmerdeuse de première. Je lui en ai fait compliment :

— Félicitations, Moune. Tu partages avec les débiles moyens et les sous-officiers sénégalais ce sens du devoir qui était naguère le ciment des empires. On jurerait même que tu as été mouton dans une vie antérieure.

— C'est tout ?

— Ce n'est pas si mal, non ?

— Le problème avec vous, les hommes, c'est que vous pensez très sérieusement que nous sommes débiles, en effet.

— Ne généralise pas. J'essayais de te faire un compliment.

— C'est un peu raté, merci tout de même.

J'avais tort de m'inquiéter quant au vélomoteur. Tonton ne s'en sert pas. Il se contente de le peindre. Cela tourne à l'obsession, sinon à la vocation. Le rose lui a valu des commentaires désobligeants, au sujet de l'orthodoxie supposée de ses mœurs, de la part des collègues. Il est donc revenu au noir. Cela ne le ravit pas pour autant.

Il m'a demandé mon avis :

— Tu ne trouves pas ça un peu tristounet, neveu ?

— Pas du tout, au contraire.

— Qu'est-ce que tu vas encore me sortir ?

— Mon oncle, le noir, c'est la couleur de l'espoir. Ne proteste pas. Une fois que tout est noir, il ne peut rien arriver de pire, tu es d'accord ? Donc, tu es forcé d'espérer...

Il a voulu m'interrompre.

— Laisse-moi finir. Ta Mob ressemble à une machine à coudre. Et la machine à coudre, c'est très exactement la technique au service du rêve.

— Je ne te demanderai plus jamais rien.

— D'accord. Et si tu ajoutes des plumes blanches à cette casserole à moteur, tu auras l'air d'une pie une fois dessus, alors que pour le moment tu as l'air d'un corbeau.

Il m'a balancé un pinceau baveux. J'ai encaissé stoïquement, crainte de me viander encore le bras. Au fond, il raffole de nos petites piques.

Le troisième jour, j'ai pu rallier Digne. Je ne m'y étais rendu que cinq ou six fois, depuis mon retour. Déjà, je reconnaissais des têtes, des allures...

Rue piétonne. L'immeuble embaumait toujours le chou. Une odeur à feuilles persistantes. Au quatrième, j'ai frappé. Pas d'écho... Elle dort peut-être... J'ai insisté. Rien. C'était fermé. Un bon point... Pas de message sur la porte.

Elle est partie acheter *Pif le Chien* ? Je me suis rendu au Grand-Caf'. Ma copine la serveuse n'avait pas vu de Lise.

Je ne m'étais pas installé pour consommer. Je lui ai juste dit deux mots, près du comptoir. Tu as vu ce type, sur le tabouret ? Celui avec des lunettes noires ? Il semble qu'il s'intéresse davantage à nous qu'au fond de l'air... Jean et cuir, comme tout le monde, il fait aussi bien flic que voyou. Une époque unigenre ne mérite pas de survivre.

J'ai regagné l'immeuble de Lise par un parcours assez sioux. Juste histoire de m'assurer que Lunettes noires ne me suivait pas.

Les coups d'épaule, une autre fois. Au troisième coup de pied, la porte a cédé. J'ai marqué un temps d'arrêt, histoire de permettre aux autochtones de manifester leur réprobation. Pas de réprobation... Tout pour la libre entreprise.

Quoi de changé ? Rien. Si, la densité de l'air. J'ai commencé par aérer. Toujours le même chantier. Literie en vrac, assiettes sales dans l'évier, sac poubelle débordant. L'éducation des Oiseaux ne donne plus ce qu'elle donnait.

Un renfoncement masqué par un rideau tenait lieu de penderie. Une tringle, trois robes sur des cintres, une veste en suédine avachie. Par terre, une valise en carton. J'ai ouvert. Des fringues, rien de spécial... J'ai palpé, au fond. Pas le moindre carnet de bal...

Ça signifie ? Tout et rien. Pas signe de bagarre non plus. Elle peut revenir dans cinq minutes ou dans huit jours. Ensuite, le propriétaire reprendra ses billes, si elle ne revient pas...

Curieux qu'elle ne m'ait pas laissé d'adresse, quelque chose... Un signe. Souviens-toi, elle était bien-bien, du diable si elle t'a prêté attention. Ne te vexe pas, cherche encore...

Au-dessus de l'évier, un banal miroir. À côté, une carte postale punaisée. Je me suis approché. Tiens, le Gassendi... Tu m'aurais dit Ouarzazate ou le Courlande, passe encore. Mais le Gassendi, à Digne...

J'ai fait sauter les punaises. Écrite, ta carte, d'une écriture enfantine. Dans la partie correspondance, j'ai lu : « Chère maman, je vais bien. J'ai trouvé un nouveau travail. Je viendrai te voir très bientôt... » C'était rayé d'un trait. La partie adresse, non :

« Madame Delgado, Grand-Rue, Vorages 04. »

Vorages ? C'est ce bled perdu dans un fond de vallée, au diable, après Mezel, non ? Le voilà, ton message.

J'ai pris la carte. Une fois dans le couloir, j'ai calé la porte avec du carton. Quand je suis descendu, une femme a entrebâillé sa porte, au troisième. Je lui ai adressé un sourire, sans écho. Ça m'a réchauffé le cœur de tenir cette adresse. Dehors, toujours pas de Lunettes noires.

On rentre ? Une seconde. J'ai filé au Prisu. Moune n'arrête pas de m'abreuver, il serait correct que je contribue.

J'ai cherché du Jack Daniel's. Inconnu. J'ai pris une veuve-clicquot. Les veuves, il n'y a que ça de vrai. Fondée en 1772. L'année où la Posnanie est devenue prussienne. Entre autres...

J'ai pris des pistaches et autres trucs salés. Un Four Roses... Pour Tonton ? Des lunettes de soudeur. Avec ça, il aura l'air de Fangio. Les collègues vont en baver de jalousie.

Tonton a trouvé les lunettes très chic.

— Au moins, c'est du solide, je te remercie. Je vais te dire, pour cette Mobylette, je me demande si le plus simple, ce ne serait pas encore d'arranger le chemin ?

— Il n'est pas si mauvais.

— On voit que tu débarques à peine. À la prochaine pluie, tout fout le camp.

— Et alors ?

— Il faudrait se renseigner. Au Blanchard, ils pourraient nous passer un petit coup de rouleau et une couche de goudron.

— Ils sont si riches que ça ?

— Qui te parle de richesse, neveu ? Nous sommes des citoyens, nous avons droit à un accès décent.

Tant qu'il voulait. Avec des hibiscus sur les franges. Je suis resté muet.

— Tu ne t'intéresses à rien, Jean. Tu as quoi, dans la tête ? Ce chemin, tel qu'il est, il nous mange les pneus, ce n'est pas pensable. Et qui doit payer, hein ? Je ne te fais pas de reproches, mais...

Mais ce n'était pas si mal imité. J'ai tenté un effort :

— Il y a plus simple, comme solution...

— Dis un peu ?

— Nous descendons nous installer près de la route. Ils fabriquent de très jolies caravanes, je suis persuadé que tu adorerais.

Tonton a poussé un mugissement de détresse :

— Je ne m'y ferai jamais. Pourquoi je dois supporter ça ?

Il était en train d'évoquer l'idée de ma mort nécessaire quand les chiens se sont déchaînés. Une R4 bleue, avec antenne et gyrophare, s'est avancée en cahotant. Nos gendarmes... Ils étaient deux, un brigadier et un gendarmeau en kaki, de ces petits jeunes qui accomplissent leurs obligations martiales dans ce corps d'élite.

Tonton s'est inquiété de leur présence. Il garde un vieil atavisme de voleur de poules. Chez lui, l'uniforme déclenche un réflexe de culpabilité.

Le brigadier l'a rassuré :

— Simple enquête de routine. Je montre la procédure à mon collègue. Vous savez que nous sommes officiers de police adjoints, nous devons éclairer le Parquet en cas de plainte motivée.

Ces belles paroles n'ont guère éclairé Tonton. Une plainte ? Je le sentais dans ses petits souliers.

Notre brigadier pensait qu'il vivait seul... J'ai expliqué que je rentrais de Beyrouth. Ça l'a intéressé. Du coup, je passais dans la catégorie des éléments socialement recommandables. Il avait fait Djibouti...

Oncle était ravi de nous voir en pays de connaissance. Lui, les Tropiques...

Il s'est décidé :

— Pardon, de quelle plainte il s'agit ?

— D'une histoire de vol, dans ces résidences, à Remuze. Nous avons voulu interroger les gardiens, mais nous n'avons trouvé personne. Alors, comme vous êtes de proches voisins, nous nous demandions si vous n'auriez rien observé.

Tonton a dit que non, en relatant dans le détail ses nonobservations. Le gendarme est d'un naturel patient. Ceux-là ont attendu que le flot se tarisse.

Je leur ai proposé d'entrer. Le brigadier a refusé, il nous faisait confiance, il n'était pas là pour perquisitionner. Il a consulté un carnet, m'a demandé :

— Votre sœur est morte récemment ?

— Oui. Juste avant mon retour.

— Et il s'agit bien d'un accident ?

— C'est cela.

Il a entrepris Tonton :

— Dites-moi, ces jeunes gardiens, vous les connaissiez ?

Oncle est resté parfaitement inerte. J'ai réalisé : sa surdité. Cela lui reprenait. Très bel exemple de mécanisme de défense à caractère hystéroïde intermittent.

J'ai fait signe aux gendarmes qu'il n'entendait pas. Ça leur a semblé bizarre parce que, pas plus tard que tout de suite, il n'était pas sourd. Les voies du Seigneur sont insondables. J'ai donc joué les interprètes :

— Les jeunes de Remuze, Tonton, tu t'en souviens ?

— Le pire, c'est que j'ai plus la vue que j'avais avant, je distingue plus bien...

Il en rajoutait. Nos gendarmes n'ont pas insisté. Le brigadier est tout de même entré se rafraîchir. Juste un petit coup rapide, hein, il était en service. Le temps de vérifier tout de même que nous n'avions rien d'un garde-meuble clandestin.

Tonton lui a offert son redoutable rosé. Il l'a avalé sans sourciller, a refusé une deuxième tournée, puis les deux compères sont repartis après nous avoir salués civilement.

Oncle s'est mis à supputer sec. Des gendarmes, il n'en était jamais venu à la Ravine, depuis l'âge de fer.

— Tu vois, Jean, c'est tous ces étrangers, ils ne t'attirent que des désagréments.

— Quels étrangers ?

— Ceux de Remuze, pardi. Ils viennent, ils s'installent,

ils s'en vont, ni vu ni connu, et après, c'est vous qu'on vient voir…

— Ce n'est pas très gênant, non ?

— Tu trouves ? L'ennui, c'est qu'ensuite ils ne t'oublient plus. Une fois qu'ils t'ont dans le collimateur…

Pour conclure, nous étions devenus des gibiers de potence.

Du temps qu'il préparait le repas, je suis allé porter ses bouteilles à Moune. Elle les a acceptées sans protestations inutiles. Les gendarmes sortaient de chez elle. Même refrain, Remuze… Moune a remarqué :

— C'est du moins le motif officiel.

— Tu en vois un autre ?

— La mort de mon frère. Ils cherchent, ils ratissent. Ils ne vous en ont pas parlé ?

— Non. Seulement des vols. Ah si, de l'accident de ma sœur… Qu'est-ce qu'ils veulent au juste ?

J'ai senti l'agacement gagner Moune.

— Tout et rien. Ce sont des gens de terrain. Ils travaillent au flair et au bon sens. Ils veulent te faire savoir qu'ils sont là, qu'ils ont le temps pour eux. C'est la force des institutions contre les individus.

— Ils ne t'ont rien demandé de précis ?

— Non, ils sont renseignés, ils savent que je ne suis pas dans le coup. Mais ils m'ont bien fait comprendre qu'ils ne lâcheraient pas le morceau. Enfin, Jean, nous ne sommes pas rue de la Huchette. Ici, une overdose, ce n'est pas si banal. Ça détonne dans leur paysage.

— Tu crois qu'ils ont des indics, au Blanchard ?

— Certainement. Ça peut être n'importe qui, aussi bien ta chère Ginette qu'un quelconque paysan. Ce qui doit les intriguer, selon moi, c'est la proximité des morts de ta sœur et de mon frère. Ils ne croient guère au hasard.

— Ils n'ont pas tort. Bon, je file, l'oncle m'attend.

— Ça ne l'a pas trop perturbé ?

— Oh que si… Il en a profité pour redevenir sourd.

Ce détail a amusé Moune.

— Tiens, quand on parle du sourd…

Le chevalier noir faisait son apparition. Chaussé de ses lunettes de soudeur, il avait l'allure imposante et un couffin sur le porte-bagages. Décidément, il a du mal à te laisser respirer…

Moune l'a complimenté pour sa maîtrise en Mob.

— Pas vrai ? Tu sais que ça rend rudement service, un engin comme ça…

Tonton s'est fait le chantre du désenclavement rural par traction vélomotorisée. Il ne retardait guère que d'une paire de générations. Moune lui a proposé à boire :

— J'y compte bien. Parce que comme l'autre ne revenait pas, je me suis permis d'apporter notre manger.

Des saucisses aux pois cassés… Par bonheur, il nous avait épargné son rosé. Moune nous a fait une salade. Tonton s'est informé des gendarmes. Il penchait pour une affaire d'espionnage.

— Parce que, suis-moi… les Russes, ici, ils peuvent envoyer tout le monde qu'ils veulent, pour peu qu'ils les attifent comme nous, personne va y prêter cas…

J'ai approuvé :

— C'est vrai, l'autre jour, il m'a bien semblé qu'une chèvre bêlait en russe…

Là, je lui ai cassé le moral. Il a pris Moune à témoin de mon incurabilité chronique.

— Plaisante bien, malheureux. Un de mes collègues a lu dans le journal qu'ils envoient des camions en France pour mesurer la largeur des routes, tes Russes. Ça veut bien dire quelque chose, non ?

— Ils veulent nous offrir un tapis rouge.

Un brin de fromage, des reinettes, un bon café. Tonton a décidé qu'il y avait plus malheureux. Il m'a surveillé pour voir quelles énormités j'allais encore proférer. Je me suis tenu coi. J'étais content qu'il ne soit pas au courant, au sujet d'Anne… Ses collègues ne doivent pas l'être davantage, sinon une bonne âme se serait fait un plaisir de le renseigner.

Ça m'est revenu... J'ai demandé :

— Vorages, c'est bien ce village tout à fait isolé, au fond d'une gorge, après Mezel ?

Tonton s'est récrié :

— Pas du tout. C'est quand tu prends la route des Dourbes, juste derrière le Cousson. Tu trouves un embranchement à main droite, à dix kilomètres de la sortie de Digne. Le nom m'échappe, de celui que tu veux dire... Tu vois, à force de m'énerver, tu me fais perdre la tête.

Vorages... Je m'en souvenais, à présent. Un coin paisible... Et un parfait cul-de-sac.

L'oncle m'a demandé de quoi il s'agissait. Je l'ai rassuré :

— Un type que j'ai rencontré sur le Gassendi. Il m'a dit qu'il restait de beaux herbages par là-haut. Cet été, je pourrais y mener les bêtes.

Pas fou, Tonton :

— C'est guère plus haut qu'ici, et plus ensoleillé. Ils ont déjà des troupeaux. Ça m'étonnerait qu'il leur reste trois brins d'herbe. Ce type, il s'est fichu de toi, oui...

Il a changé de sujet :

— Dis-moi, Moune, toi qui es une personne sérieuse et que j'estime, tu ne pourrais pas lui dégoter une fiancée convenable, à ce grand niaiseux ? Ça lui mettrait du plomb dans la cervelle. Par moments, je me demande s'il n'est pas un peu calu...

Elle a réagi :

— Tu me prends pour qui ? Pour une entremetteuse ? Il est bien assez grand. Si ça le démangeait, il se gratterait. Pourquoi le marier ? Il a le temps, non ?

— Ça ferait une malheureuse de plus, mais ça l'obligerait à se tenir. Il n'arrête pas de courir je sais pas où avec ma pauvre voiture. Si encore c'était après les filles, mais j'ai même pas l'impression.

Je suis entré dans le jeu :

— Je ne cours pas, je te fais les courses, nuance... Je te prends ton journal.

— Mon œil. Il ne faut pas la matinée pour un journal. Je me doute bien que tu me caches quelque chose, ne me prends pas pour plus bête que je suis. Seulement, si tu m'en parlais, je pourrais peut-être t'aider... Pas vrai, Moune ? Dis-le-lui, toi.

Elle a opiné hypocritement :

— Tu vas voir, ton oncle va nous donner l'exemple, il va me demander en mariage.

— Ça non alors...

Le cri du cœur. Nous avons ri. Moune s'est plainte de son peu d'empressement :

— Tu ne me trouves pas assez bien pour toi ?

Oncle ne savait plus où se fourrer :

— C'est tout juste le contraire. Tu es trop bien, tu es une dame, et moi je ne suis qu'un paysannasse, ce n'est pas possible...

Je n'ai pu tenir ma langue :

— Et si elle se mettait un peu de fumier dans les cheveux ?

Tonton a réclamé une fourche. Pas pour les cheveux. Contre moi... Il a bu un coup, s'est étranglé de rage, s'est mis à tousser, on aurait juré que ça déclenchait le tonnerre ; au même moment, un hélicoptère a sauté la crête, s'est arrêté deux secondes au-dessus de nous, puis a filé vers Remuze. Un bleu marine, avec, sur les flancs, en blanc : « Gendarmerie nationale »... Tonton n'en revenait pas :

— Li sian... Les revoilà... Ça alors...

L'hélico a survolé Remuze, comme s'il cherchait à se poser. Il est reparti, a remonté la vallée vers Darse, sans se presser. Il tente probablement de détecter des plantations de cannabis. Tonton s'est dressé pour mieux le suivre.

— Tu crois pas que non ! C'est pas possible d'être aussi bête, ils vont effrayer les moutons.

Sans doute un vol de routine. Comme l'enquête. Une coïncidence de mieux. Ça allait jaser, au village.

J'ai abandonné Tonton et Moune en tête à tête. Oncle est un grand timide, il lui faut boire pas mal pour se sentir en confiance.

Il n'avait pas tort. Les moutons paraissaient terrorisés. Je leur ai parlé un moment, pour les calmer, avant de les lâcher. Pidou non plus n'était pas fier. Tutuss, ça allait. Ou peut-être bien qu'il devient sourd lui aussi.

Au bout d'un moment, j'ai de nouveau aperçu l'hélicoptère, naviguant vers la base du Cousson. Pidou l'a injurié. Tutuss s'est contenté de me regarder de son bon regard de vieux sage. Nous avons repris notre piste familière.

Pour atteindre Vorages, j'ai évité le Gassendi et tiré à droite, en passant devant la M.J.C. Cet endroit est sinistre, perpétuellement à l'ombre, envahi par la gelée blanche le matin. Un peu plus loin, au croisement, ils ont implanté un groupe de H.L.M. complètement enfouies sous la colline. Juste en face, de petits tertres noirâtres renferment des restes de tiges de fougères du carbonifère, en forme d'étoiles. En des temps plus reculés, on les montait en bijoux.

J'ai laissé sur la droite les thermes, orgueil de Digne-les-Bains, pour foncer sur les Dourbes.

La route est étroite, encaissée entre de la roche friable et un torrent. Napoléon, qui n'en ratait pas une, est descendu par là, lors de son escapade de l'île d'Elbe. Un mulet chargé de pièces d'or aurait versé son chargement dans le torrent, selon la légende.

Plus loin, une ferme porte sur sa façade, inscrustés dans le ciment, des noms de soldats et des numéros de régiments, tracés dans les années 1900.

De l'or, des fossiles, des graffiti, que demander de plus ? Puis la vallée s'élargit, quelques prés apparaissent. Sur la gauche se dévoile la chaîne des Dourbes, une immense barrière rocheuse. Un pont étroit franchit le torrent. Le chemin de Vorages commence. Quelques maisonnettes en parpaings massifs ont poussé là. Elles abritent des chiens-loups hurlant d'affection, derrière des grillages. Le camp de concentration est passé du stade national au stade familial. Et toujours ces funèbres monticules composés de débris d'ardoise. Ici, la nature a résolument imité l'homme, bien avant de soupçonner son existence.

La vallée poursuit en pente douce vers les arrières du Cousson. Ce paysage me plaît. Le ciel rachète tout. Une désolation, tonique comme l'espoir d'avant l'espoir, baigne ces étendues.

J'étais heureux. Un moment, j'ai eu l'impression que je me retrouvais dans le car, le premier jour, quand je roulais vers Anne, vers ce rêve de vie nouvelle.

C'est Lise qui te fait cet effet ? Tu ne la connais pas. Et après ? Elle est vivante, elle. Il faut l'aider. Elle a besoin de toi. Dis plutôt que tu as besoin de ce besoin.

Je me suis arrêté sur le bas-côté un peu plus loin. Il me fallait comprendre… Tu entends ce cirque ? Une gerbe d'aboiements éclatait en fanfare, près d'une lourde bergerie aux murs aveugles. Un élevage de chiens de chasse.

Alors ? Ces temps, ça n'allait pas… Je me forçais. Avec Anne, je comptais commencer une histoire vivante, j'ai pris en marche un train mort. Je me disais qu'il fallait la venger. Je me le dis encore. Mais je voulais me cacher la vague impression que cela ne me concernait pas. Je m'exprime mal… Oui, cela me concernait, bien sûr, mais n'avait pas vraiment le caractère d'urgence que je croyais devoir lui donner… Je refusais de me l'avouer. Ma sœur me devenait peu à peu étrangère, et je trouvais monstrueux de ne pas ressentir ce que j'aurais dû…

Ben oui. La vie n'a pas forcément la belle netteté de la presse du cœur. On ne ressent que ce que l'on peut. Ta sœur, c'était une gamine perdue de vue voilà cinq ans. Et que peut faire un gars noyé dans de la promiscuité mâle, sinon rêver de solitude près d'une jeune fille...

Ton rêve n'était pas au rendez-vous. Il t'a fallu décrocher autre chose qu'une vengeance en prêt-à-porter.

Pourtant, j'étais sincère. Certes... N'empêche que ton âme traînait la patte. Tu comprends ?

Pourquoi Lise ? Parce qu'elle existe et qu'elle est là. Qu'elle n'a jamais été protégée, elle. Anne te devenait abstraite. Elle se voulait retirée de tout. Lise en a déjà pris plein son content. Ce n'est probablement pas fini.

Pourvu qu'elle y soit... J'ai repris la route. Elle progressait en lacet. Derrière les Dourbes se détachait le Cheval blanc encore couvert de neige. J'ai engagé la voiture en marche arrière dans un petit chemin, avant d'atteindre le village. Comme ça... Et j'ai continué à pied.

Quelques villas neuves sortaient de terre, comme autant de blessures qui ne cicatriseront jamais. Tu vois, dès que tu as le dos tourné, ils en profitent. C'est vrai. Il faudrait vivre dans l'autre sens. Je veux dire, se diriger vers le passé. Avec les techniques actuelles, ce serait d'ailleurs plus rapide que le contraire.

Une dernière rampe. Des fermes, de bonnes maisons de village, enfin, avec leurs tas de bois, leurs cabanes à lapins, leurs chiens méfiants, et des pattes de sangliers clouées sur les portes des granges.

Ces énormes bêtes ont résisté à tout. Et les loups ? Ils avaient une âme de pékinois, au fond. La preuve, c'est que tu trouves encore des chats sauvages... Une rue filait sur la droite, vers cette petite chapelle juchée sur un tertre. Pour rejoindre la place, il faut piquer pile entre de vieilles baraques aux murs noircis. D'un coup, tout s'élargit. On débouche sur un espace planté de tilleuls. Au centre, une fontaine à boule moussue. Quelques balcons offrent des pots de géraniums. Et sur un banc, près du calvaire, la tache fauve des cheveux de Lise. Elle était là, face au soleil, les yeux fermés... Elle a levé le visage, t'a souri en grimaçant, à cause de la lumière.

Tu t'es assis à côté d'elle. Elle a dit :

— Je t'attendais.

J'ai fermé les yeux à mon tour. Ce soleil, sur la peau... J'ai eu très fort cette impression qu'enfin, enfin, j'étais arrivé, que je venais de retrouver Anne. J'ai pris la main de Lise.

— Moi aussi, Lise, je t'attendais.

Elle a serré ta main. Je me suis détendu. J'étais merveilleusement bien... Elle a constaté :

— Je suis bien.

Si elle commence à me voler mes impressions... Il te fallait quand même savoir... Quoi donc ? je sais que je ne sais plus rien. Juste cette présence nécessaire. Une mémé est venue remplir un seau à la fontaine. Elle nous a regardés de biais, comme un chien méfiant. J'ai aboyé à mi-voix :

— Arf... Arf...

La mémé a haussé les épaules. Elle s'est éloignée, déhanchée par son fardeau. Je me suis décidé :

— Dis-moi, il s'est passé quelque chose, à Digne ?

Elle jouait avec mes doigts, doucement.

— Non, j'essaie de décrocher, j'ai eu peur.

— De quoi donc ?

— Viens, on marche un peu.

Le chemin du Cousson part du calvaire. Il longe une prairie piquetée de jaune par d'innombrables pissenlits. Nous l'avons pris, main dans la main.

— Alors, Lise ? Peur de quoi ?

— Pas tellement de mourir, j'ai l'habitude... De continuer à vivre comme ça.

— Tu ne risques rien, ici ?

— Bien sûr que si. Seulement, tu entends venir les voitures de loin. Tu vois, la forêt est juste là. Hier, des types sont venus me demander. J'étais dans les bois. J'ai attendu que la voiture reparte.

— Comment savais-tu que c'était pour toi ?

— En cette saison, des voitures étrangères au village, ça n'existe pas. Ils se sont garés sur la place.

— Tu les as reconnus ?

— Non, ils étaient trop loin, mais ils sont passés à la maison me demander. Ma mère les a trouvés corrects. Je l'ai prévenue. S'ils reviennent, elle dira que j'ai filé.

— Tu veux, on s'installe ici un moment ?

Nous avons pris place sur une large dalle. Lise mâchonnait un brin d'herbe. D'ici, on distingue l'embranchement de Vorages. À moins de venir à pied, par le Cousson, disons cinq heures de marche, impossible de déboucher par surprise.

— Au juste, qu'est-ce qu'ils voulaient ?

— M'emmener voyager, je suppose. Ça n'a pas dû leur plaire que je disparaisse. Je suis contente que tu sois là.

— Pourquoi ne m'as-tu pas écrit ?

— Quand je t'ai vu, j'étais dans le brouillard, je me suis demandé si je ne rêvais pas. Et puis…

Elle a baissé la tête, son visage s'est fermé. J'ai passé un bras autour de ses épaules. Elle s'est laissée aller contre moi.

— … Et puis c'était trop moche, j'étais trop moche, il y avait eu ta sœur… Je me sentais sale.

J'ai embrassé son front, doucement.

— Non, attends, Jean, il faut que je te dise. Au début, lorsque j'ai rencontré Marc, j'ai cru que ce serait bien, qu'à deux nous pouvions nous en sortir. Ça s'est défait très vite… Nous n'étions plus deux, ils m'ont plongée dans le brouillard, et… et ça me plaisait, tu comprends ? Plus rien n'avait d'importance, plus rien n'avait de sens. Je n'étais plus coupable, il suffisait de ne pas arrêter…

Je l'ai sentie se raidir, je l'ai bercée, j'ai caressé son visage mouillé.

— Pleure, fille, ça fait du bien.

Dis donc, elle n'est pas bien épaisse. On y laisse la peau,

dans ce genre de voyages... Au bout d'un moment, elle s'est calmée. Elle a reniflé :

— Tu as un Kleenex ?

— Oui. Je te le garantis, il a déjà servi.

Elle a ri, elle s'est mouchée, s'est levée.

— Viens, on redescend. Il est quelle heure ?

— 11 heures.

— Déjà ? Il faut que j'aille aider maman, sinon elle va râler que je l'abandonne.

— Et ton père ?

— Il a disparu depuis longtemps. Jean ?

— Oui.

— Embrasse-moi.

Je l'ai prise dans mes bras. Par-dessus son épaule, j'ai vu une voiture grise ralentir à l'embranchement. Tiens, elle monte... Impossible de distinguer encore la marque. J'ai dit à Lise :

— Regarde.

Elle s'est dégagée. Elle a constaté :

— C'est elle.

— Reste là, je vais voir.

J'ai dévalé le chemin. Tiens, un bruit de scie. Un pépé avait installé son chevalet au soleil, près du banc. Il s'attaquait à des rondins de chêne, avec plus d'optimisme que d'efficacité. Je lui ai proposé un coup de main. Il m'a toisé. Ma tête a dû lui sembler acceptable.

— C'est pas de refus, mon petit. C'est pas tant les bras que le souffle... Ce bois, c'est pas la peine d'en faire du feu pour se réchauffer, pas vrai ?

Il a ri, d'un rire de scie mécanique. J'ai pris sa place. Il est allé s'installer sur le banc. Un chien s'est assis en face de nous, une bête noire à truffe blanche. Le vieux m'a mis au courant :

— C'est Foxy. Ce serait pas le mauvais berger, mais il a pris la manie de mordre les moutons.

La scie entamait le bois, une merveille... J'ai demandé :

— Et pour la chasse ?

— Alors là, une catastrophe. Vous ne trouverez pas plus lâche que ce chien, s'il voit un lapin, il part en courant.

Foxy a compris qu'il s'agissait de lui. Ravi, il a remué son panache, et la voiture a fait le tour de la fontaine pour se garer près de l'église. Une CX métallisée. Deux visiteurs. Ils ne nous ont pas accordé un coup d'œil.

Ils sont descendus. Sapés façon sport. Un veston tweed, un blouson daim. Âge moyen. Assez baraqués, pour ne pas dire enrobés. L'air de bons vivants en expansion.

Tweed, un rougeaud, tempes grises, s'est remonté les parties sans discrétion exagérée, d'un coup de patte. Une trogne à aimer les histoires salées.

Daim a balayé la place du regard. Poil foncé, pas de front, moustache fine. Ce chien de Foxy est allé sans vergogne mendier une caresse. Tweed lui a flatté l'encolure, s'est allumé un cigarillo. Voilà un homme qui sait vivre. Un commerçant prospère, à sa façon d'occuper l'espace comme s'il était chez lui.

Ils se sont dirigés vers la rue sombre. Pépé a remarqué :

— Vé, ces beaux messieurs, je les ai vus pas plus tard qu'hier…

J'ai joué les imbéciles :

— Ils ne sont pas d'ici ?

Pépé a manqué s'étrangler d'indignation :

— Eux ? Ça risque ! Avec ce genre ? Plus on étale, moins on en a, c'est moi qui vous le dis.

— Qu'est-ce qu'ils cherchent, des champignons ?

— C'est pas encore la saison. Vous vous imaginez quoi ? C'est toujours la même chanson, le renard cherche la poulette, pardi.

Je n'ai pas commenté. Je sciais, en utilisant toute la lame, tout mon souffle. Pas trop vite non plus, pour ne pas me mettre à ruisseler. Je sciais comme un scieur de fond. Pépé a apprécié :

— Vous, au moins, il faut pas vous en promettre. Il semble que vous avez fait ça toute votre vie.

— C'est vrai. J'arrive du Canada.

— Pas possible… Et comment c'est, là-bas ? Aussi froid qu'ils le disent tous ?

Je me suis accordé une pause.

— Encore plus, on ne peut pas imaginer. Des fois, des oiseaux sont gelés en plein vol. Ils décanillent, comme ça, sans prévenir… Selon, vous avez même intérêt à vous garer de devant.

Pépé a tiqué :

— Comment ça peut se faire une chose pareille ?

— Ils démarrent dans un air normal, et puis ils tombent dans une couche glacée. Clac, d'un coup… Ça les saisit…

— Je comprends. Ce doit être terrible, ces pays.

— On s'habitue.

— C'est bien vrai, on se fait à tout. Tenez, quand j'ai été prisonnier, ils ont demandé ceux qui étaient paysans. Le camp, ça me plaisait pas trop, alors j'ai donné mon nom. Ils m'ont envoyé en Autriche, j'ai jamais été aussi bien de ma vie…

Le vieux se souvenait. Foxy se cherchait les puces. Le bois se débitait. Daim et Tweed sont revenus. Ils ont regardé vers le chemin. Ils n'avaient pas l'air d'accord. Daim a dit :

— Paul, je suis sûr qu'elle est barrée.

Paul Tweed a allumé un nouveau cigarillo.

— Et moi je te dis que cette femme nous raconte des blagues.

— Et alors ? On va pas camper ici ?

Paul a secoué son cigare.

— Non, mais ça me plaît pas. C'est pas net, Victor. J'aime pas quand les choses traînent, tu me connais, depuis le temps… J'aime pas du tout. Je te dis c'est pas possible, elle s'est pas barrée.

— Comment nous faisons ?

Paul nous a regardés. Je sciais impavidement, mais pépé semblait intéressé. Foxy aussi. Paul a jeté son cigare d'un air dégoûté.

— Allez, on se tire.

Ils ont regagné la CX.

La voiture a refait le tour de la place. Victor conduisait sec, un poil trop. Il a raté de peu un chat qui traversait en courant. Pépé s'est indigné :

— Assassins de chats ! La prison vous attend !

J'ai apprécié la formule. Ce vieux s'exprimait bien. Il m'a pris à témoin :

— Vous avez vu ? Ils ont failli esquicher cette pauvre bête. Excusez-moi, je rentre, ma femme m'attend. Et merci pour le bois. Laissez tout comme ça, je rangerai plus tard.

J'ai attendu Lise. Nous nous sommes installés sur le banc. Ça embaumait la sciure fraîche. Lise avait de nouveau changé de visage. Elle paraissait éteinte, comme un nageur près de renoncer. Je sentais son inquiétude. J'ai dit :

— C'étaient Paul et Victor. Paul n'a pas l'air de te croire partie. Il va falloir s'occuper d'eux.

Elle s'est retournée vers moi, m'a agrippé par le col.

— Je t'en prie, Jean, je vais m'en aller. Ne te mêle pas de ça, ils sont dangereux.

Elle m'a secoué. Je me suis laissé aller, comme un pantin désarticulé, en fermant les yeux. Elle m'a lâché, je me suis écroulé sur elle. J'ai marmonné :

— Mort du héros...

Elle a ri.

— Tu es complètement fou. Promets-moi que tu vas rester tranquille, tu entends ? S'ils ne me trouvent pas, il faudra bien qu'ils s'arrêtent.

— Je te promets le contraire, et ça reviendra au même.

— Non, Jean, non, tu ne les connais pas, je t'assure.

Elle s'énervait. J'ai saisi ses poignets. Je lui ai posé une bise sur le bout du nez.

— Ils me connaissent encore moins. Faire ce qu'ils ont fait à ma sœur ne demande pas tellement de courage. Ils ont tué ton copain. Tu attends quoi ? Que ce soit ton tour ?

— Qu'est-ce qu'il me reste d'autre ?

— Merci.

Elle s'est affalée sur mon épaule. Finalement, c'est pratique, une épaule. J'ai caressé sa nuque. Bon Dieu, elle avait beau dire, elle n'en avait pas fini avec sa culpabilité.

Au bout d'un moment, elle s'est redressée, s'est essuyé le visage, a reniflé.

— Tu n'as pas un Kleenex ?

— Si, mais c'est le dernier. Si tu continues, je te fais mettre sous perfusion.

— Quelle horreur...

— Je retire la perfusion, mais arrête de te déshydrater. C'est d'accord ?

Une mémé est apparue penchée en avant, bras tendus. Elle soutenait un bébé qui s'entraînait à marcher avec jubilation. Quand il a vu Lise, il a paru fasciné. Il a échappé à la mémé, a pris son vol vers nous. Lise l'a cueilli en fin de trajectoire. Elle l'a serré contre elle. J'ai cru que de nouveau elle allait pleurer.

— Lise, n'effraie pas ce pauvre gosse. Ce qui l'attend est déjà terrible.

— Quoi donc ?

— C'est lui qui va payer nos retraites.

La mémé s'approchait, bras toujours tendus, comme un

bossoir à la recherche de sa chaloupe en fuite. Bébé refusait mordicus de quitter Lise. La mémé riait :

— C'est un diable, je vous dis, un vrai diable. Tous les Bialot sont pareils. C'est comme son grand-oncle Joseph, vous croyez pas un peu ? Il a fallu qu'il reste six ans chez ces autres chiens, tous les autres étaient déjà rentrés, la guerre était finie, et lui ne revenait pas.

J'ai suggéré :

— Il n'était peut-être pas au courant.

Elle m'a toisé.

— Pensez-vous, c'est juste histoire de se faire remarquer. Mais dites, c'est vous qui venez de couper tout ce bois ?

— Oui.

Son vieux visage s'est élargi de satisfaction.

— C'est encore un tour façon Joseph. Il n'est même pas à lui, ce bois. Oh, il vous a vu venir. C'est un démon, cet homme...

Diable. Elle a récupéré son diablotin qui protestait avec la dernière vigueur. Si Paul et Victor reviennent, ils ne manqueront pas d'informateurs.

Joli, mais il fallait prendre une décision. Que faire de Lise ? Commencer par lui coller une perruque verte. En rousse, elle est vraiment trop voyante. C'est ce que je lui ai expliqué. J'ai encaissé une très belle rafale d'injures indignées. Stoïque, j'ai subi. À la première accalmie, j'ai remarqué :

— Pas mal, Lise. L'imagination, on peut en discuter. Mais pour le souffle, bravo. À part ça, que faisons-nous de toi ?

— Je m'en vais.

— Pas question. Je t'ai trouvée, dans un an moins quelques jours, tu m'appartiendras. D'ici là...

L'emmener chez Tonton ? Pourquoi non ?

— Lise, tu vas venir avec moi. J'expliquerai à mon oncle que tu es bergère. Tu garderas les moutons, je te tresserai des couronnes de chèvrefeuille. Ce sera fantastique, non ?

— Non, ils vont se retourner contre vous.

— Pourquoi veux-tu ?

— Les gens me connaissent, on préviendrait les autres tout de suite. Je préfère rester ici, ils ne peuvent pas me prendre par surprise. S'ils apprennent que tu es au courant, ils vont te tuer, je t'en prie, écoute-moi.

— Tu exagères, et puis ce ne serait qu'un mauvais moment à passer. J'aimerais autant qu'ils viennent te chercher à la Ravine. Ce serait plus commode pour m'occuper d'eux.

— Et après ? Qui s'occupera de toi ? Les flics ?

— Légitime défense. Je devrais m'en tirer avec le sursis plus la médaille de l'Environnement.

— Et leurs amis ? Tu crois qu'ils te laisseront une chance ? Même en prison ils te retrouveront.

— Lise, tu as lu trop de romans policiers de qualité douteuse. Nous en sommes à la délinquance électronique. Les truands, ça commence à dater.

Je n'en pensais d'ailleurs pas un mot. Je n'aime pas l'électronique, je préfère l'artisanat. Mais je voulais rassurer Lise. J'ai constaté :

— Fille, nous n'en sortons pas. Il faudrait surtout savoir où les joindre. Tu ne connais pas un moyen ? Enfin, quand vous étiez à Remuze, Marc devait bien arriver à les toucher d'une façon ou d'une autre.

— Oui.

— Si tu prends cet air buté, d'abord je t'étrangle et ensuite je ne t'adresse plus la parole.

— Idiot. Si tu les laisses tranquilles, ils s'arrêteront bien. Maman, la patience…

— Ils ont de moins en moins de raisons de s'arrêter, Lise. Pas après ma sœur. Pas après Marc. Tu le sais.

— Et la police ?

— Un accident, une overdose, c'est tout ce qu'elle

connaît. À supposer qu'ils ne soient pas copains comme cochons. Lise, essaie de te souvenir. Juste une adresse.

La guerre n'est qu'une question de patience. Elle a cédé. Avec une très bonne mauvaise volonté, mais elle a cédé.

— J'ai entendu Mike, un jour. Il a donné un numéro à Marc. Je m'en suis souvenue, parce que c'est facile, les chiffres se suivent, ils sont pairs, sauf le dernier, et après tu as des zéros. C'est le numéro d'un bar de Marseille : 468 89 00.

— Il faut demander qui ?

— Mike, de la part de la Saint-Hubert. Tu le préviens que tu as du gibier frais.

— Ils vont me prendre pour un flic.

— Ils vérifieront, ils poseront des questions.

— C'est quoi, cette histoire de gibier ?

— Tu ne devines pas ?

Très délicat...

— Et ensuite ?

— Normalement, ils prenaient rendez-vous à Remuze. On peut voir qui vient. Ils ne disaient pas Remuze, ils disaient la Base. Ça les amusait, ils avaient l'impression de vivre comme dans un film de guerre.

J'espère que ce sera la dernière séance. Cela me paraissait quand même trop simple. Je l'ai fait remarquer à Lise.

— Trop simple, pourquoi ? Ça marchait très bien de cette façon. Ça se passait plutôt gentiment dans l'ensemble. Leurs rabatteurs amenaient des filles qui ne demandaient pas mieux.

— Et toi ?

— J'étais avec Marc. Je servais à donner confiance, tu comprends ? S'il n'y avait eu que des mecs, certaines auraient pu s'inquiéter.

Elle m'a pris le bras.

— Je sais, Jean, c'est dégueulasse, mais je te jure, je ne comprenais pas. Pas au début, j'étais trop défoncée.

Après, je m'en moquais, je me moquais de tout, je n'étais plus là. Je ne cherche pas à m'excuser, je ne savais plus qui j'étais... Alors, ce qui pouvait se passer...

De nouveau, son visage se défaisait. De nouveau la peur... Elle m'a étreint.

— Allons-nous-en. Ils sont trop forts. Tu ne pourras pas en venir à bout.

— Ils sont forts tant qu'ils s'attaquent à des faibles. Moi Tarzan. Toi tu vas voir...

Je me suis cogné les pectoraux avec les poings. Elle a ri. Dieu sait qu'elle n'en avait pas envie, mais elle a ri. Dans le fond, je suis un type drôle. Bon. Il fallait nous décider.

— Lise, tu tiens à rester ici ?

— C'est le mieux, il ne peut rien m'arriver, pas en plein village.

— Tu as le téléphone ?

— Tu peux appeler la cabine, regarde, à côté de l'église.

— Voyons... 18 heures, ça te va ?

— Ça me va, sauf s'ils étaient garés devant.

— Dans ce cas, je te rappellerais une heure plus tard. Je vais essayer ton bar marseillais, je te tiens au courant. Sois prudente.

— C'est à toi qu'il faut le dire.

— Pas du tout. Il faut me dire : « Bats-toi avec vaillance et constance, doux guerrier au cœur pur. Que ta flèche soit véloce, que ton glaive... »

Elle a cloué ma bouche avec la sienne. Dommage, j'étais bien parti. Finalement non, c'était parfait comme ça. Nous nous sommes enlacés. Enfin un peu de tiédeur... Un peu de tendresse...

Nous avons repris notre souffle, comme deux naufragés sur leur brin de radeau, après la tempête. Salut les requins... Foxy s'est approché, intéressé.

Lise m'a demandé :

— Tu es bien ?

— Je n'ai jamais été plus mal. Fille, tu me détournes des sentiers de la vertu pour m'en...

Elle m'a encore fait taire. Cette fois, le chat rescapé s'est approché. Ne manquaient que le bœuf, l'âne. Et les moutons. Ne pas oublier les moutons... Lise a laissé sa tête contre mon torse. Elle a dit, doucement :

— Tu vas me manquer, Jean.

— J'espère bien.

— Salaud...

Ce n'était pas une injure, c'était dit avec beaucoup de... J'ai peur des mots. J'ai gardé celui-là pour moi.

— Lise, je n'ai pas envie de partir.

— Alors, tu restes.

— Non, je dois affronter les dragons. Si je ne te quitte pas, nous ne nous retrouverons jamais. Tu es d'accord ?

— Non. Embrasse-moi.

Quelques baisers plus tard, je suis allé relever le numéro de la cabine. Lise m'a escorté jusqu'à la Deuche. On ne la voyait pas de la route. Elle faisait de plus en plus retour à la terre, un vrai fossile à roulettes. Et je n'avais aucune envie de partir... Voilà ce qui rendait nécessaire l'institution des moines combattants. La femme amollit le cœur du guerrier.

Lise a dit :

— Demain 6 heures.

— D'accord. Ne prends pas de risques.

— Pense à moi.

J'ai porté la main au cœur, je me suis écroulé comme si j'étais foudroyé, puis j'ai bondi dans mon Hellcat et j'ai décollé au-dessus des eaux fougueuses du Pacifique. Nord ? Sud... Je garde le Nord pour le mois d'août.

Descente... Une dernière fois la tache ardente de la crinière de Lise. Tu te souviens de cette chanson sur les coquelicots ? Il arrive à l'oncle de la massacrer. Si je pouvais trouver le disque...

J'ai prospecté Digne sans succès. Des disques, on en

trouve encore dans les grandes surfaces. Les derniers nanars de série. Mireille Machin et tout ça… Chez Codec, une brave dame s'est intéressée à mon cas :

— Je vois ce que vous voulez dire. Cette chanson, Mouloudji la chantait après la Libération, dites… Je ne peux même pas vous la commander, je n'ai pas les références… Le plus sûr, ce serait d'aller à Aix.

Comment donc… Et le plus urgent. J'ai remercié. Appeler Marseille maintenant ? Non. D'abord quelques détails à régler. L'organisation est l'âme de la victoire.

Je me sentais heureux, incroyablement léger, j'avais juste dix mètres de plus. Si avec ça je ne venais pas à bout de trois charlots…

Banale réaction hormonale, mon cher. Toi et tes hormones, je vous emmerde. En fait, je suis invincible.

J'ai repris Deuchy. Tous les feux rouges verdissaient devant nous en castastrophe. Remarque, à Digne, ça ne va pas chercher très loin. Mais c'est dire… De nouveau une file enthousiaste m'a suivi sur la route de Nice. Qu'est-ce que je leur fais comme pub, à Citroën… Ça klaxonnait même pas mal.

Je leur ai fait signe de doubler, juste comme un camion mastard s'amenait en face. Allez-y, mes braves, et pas de quartiers. Tu sais que tu vas figurer dans la prochaine édition du Guide Bleu, région Rhône-Alpes, à titre de curiosité locale ? Visitez Digne, dégustez ses huîtres thermales, ne ratez surtout pas sa 2CV Miserati…

J'ai ri tout seul. Puis je me suis dit : « Et s'ils revenaient pendant que Lise téléphone ? »

Allons, pas de panique, ce n'est pas un bébé. À part ça, je suis peut-être trop méfiant, mais est-ce que Moune n'a vraiment rien à voir dans cette combine… ? Parce que ce gibier frais, c'était tout à fait sa partie… Tu oublies son frère. Elle ne t'a pas raconté d'histoires, c'est Lise qui t'a mis au courant.

Moune, nous la jugerons sur le terrain.

L'émancipation du mouton sera l'œuvre du mouton lui-même. C'est qu'ils n'avaient nullement l'air de vouloir s'émanciper, ces bâtards ! Ce serait capable de retourner vivre une vie sauvage, des moutons ? Pourquoi pas ? Il faudrait commencer par raser les bergeries.

Leur avidité maniaque m'affolait. Ils n'arrêtent pas de grignoter. Peut-être qu'en leur donnant des aliments concentrés on obtiendrait une nouvelle race de fiers moutons à tête noble et pensive…

J'avais juste pris un morceau de pain, un bout de fromage, j'étais parti garder. Tonton n'était pas là. Il se répand beaucoup, Oncle, ces temps. Affaires de cœur ? Et s'il s'agissait de Résistance ? Il doit nous préparer un mouvement de libération des Basses-Alpes. L'émancipation du Bas-Alpin sera…

J'étais content. Toujours cette impression de légèreté qui ne me quittait pas. C'est con de ne pas être amoureux. Très. Juste baigner dans cette béatitude… Tu deviens gâteux. Oui, et j'en redemande.

Le temps de rentrer, la nuit tombait. Si nous faisions une revue de matériel ? Vite vu : un fusil de chasse, et un Opinel à virole. Ah, un rouleau de cordelette, ne pas oublier… Cela devrait suffire.

Tu sais quoi ? Dimanche, c'est le 30, et c'est aussi la fête du village. Si tôt ? Il ne s'agit pas de la fête votive, mais d'une braderie-kermesse, avec manèges, concours de boules, tu vois le genre, pour renflouer la caisse du Comité. Quel ? Probablement celui des Fêtes.

J'ai flashé. J'ai vu la foule réunie, les femmes en jupe de futaine, les hommes en salopette de droguet, les enfançons perchés sur les hanches de robustes nourrices... Tu débouchais avec la Range... Derrière, trois types accrochés par les pieds, nus, traînant dans la poussière. Avec un détail en moins. Je les larguais au beau mitan, et je disparaissais vers l'Ouest sauvage, vers les Mées et Malijai... Pas mal.

Ou alors, quand le forain de la loterie retire sa bâche, il découvre quoi ? Trois lots. Pendus. Et toujours avec un détail en moins.

Tu délires. Il faut camoufler l'opération en accident. Je n'ai rien contre. Pour le moment, je suis hors d'état de penser. Si tu veux, je peux faire le poirier. Tuer, soit, calculer, non. C'est tellement évident que l'on doit écraser ces déchets, tu vois...

Il te faudrait une tête de rechange. Nous tenons le produit en rayon, l'estimable Moune. Allons-y.

Pourvu que Tonton ne soit pas chez elle... Il va rentrer traire à quelle heure, ce charançon ? Un beau soir, tu vas te retrouver avec une tante d'occasion...

J'ai foncé chez Moune. J'avais vraiment envie d'en finir. Lise me manquait. Ne me restait que cette inquiétude... Tu n'aurais jamais dû la laisser.

Terminus. Moune paraissait plutôt bien. Elle avait rejeté sa chrysalide grise pour revenir à l'ensemble jean-chandail. Un rien tendue, il semble. Je préfère. La conscience du brave doit rester vigilante.

Nous nous sommes fait la bise.

— Au juste, ton perchoir, tu l'appelles comment ? Le Mounoir ? À part ça, tu n'as pas vu Tonton ?

— Laisse-le vivre. Tu as du nouveau ?

J'avais. Je lui ai parlé d'un contact, sans préciser qu'il

s'agissait de Lise. J'ai inventé un ami du bergeton. Il m'avait enfin communiqué un numéro où joindre nos insaisissables chasseurs. J'ai donné les détails. Et j'ai fait part à ma partenaire des splendides visions de triomphateur romain qui m'étaient venues…

— Grandiose, tu ne trouves pas ?

— Très. Le cirque d'abord, la prison ensuite. C'est ce que tu cherches ?

— Non. C'était pour la beauté de l'image.

— Laisse-moi réfléchir…

Nous étions devant une flambée. J'ai regardé le jeu des flammes, je ne m'en lasserai jamais. Plus tard, avec Lise, nous aurons une pièce avec une cheminée dans chaque angle, comme dans les anciennes magnaneries… Non, une cheminée d'angle, cela fait pénitence.

L'air sentait bon. Moune allumait son feu avec des branches de laurier grillées par le gel. C'est vrai qu'elle a un beau visage. Le temps dissout les pierres et durcit les traits.

Elle a fini par approuver :

— Ton idée de la fête n'est pas mauvaise. On se fait moins remarquer quand il y a foule. Ils te donneront probablement rendez-vous à Remuze, c'est le plus pratique pour eux… Attends, c'est moi qui vais les appeler. Sois gentil, va nous préparer à boire.

J'ai servi deux verres confortables. J'étais surpris :

— Je croyais que tu souhaitais rester hors du coup ?

— Bien sûr, tant que nous n'avions pas de piste. À présent, il faut en finir. Je peux davantage les rassurer que toi, laisse-moi faire.

— Bon… À part ça, j'ai un petit creux.

L'alcool me brûlait. À jeun, après toutes ces émotions, j'étais en train de me dissoudre. C'est pas mal, seulement la tête ne suit plus. Je suis reparti à la cuisine. J'en suis revenu avec une matraque rillettes-cornichons. J'ai lancé :

— J'ai trouvé : « Au clair de la Moune »…

Là, elle ne suivait plus. J'ai précisé, la bouche pleine :

— Mais chi, le nom de ta maichon…

Ça ne lui a pas vraiment plu. Un stratège sans imagination, personne ne m'ôtera de l'idée que ce n'est pas terrible.

Elle m'a exposé son plan. Son idée consistait donc à attirer les bonshommes à Remuze.

— Je les attendrai. Je les ferai boire pour les mettre à l'aise.

— Et tu leur offriras quoi de concret, au point de vue gibier ?

— Des photos. Il me reste encore une documentation, disons des souvenirs du temps passé.

Espérons qu'elle n'allait pas forcer sur les crinolines. J'ai dû paraître sceptique. Elle a dit :

— Je vais te montrer. Deux secondes…

Elle est allée dans sa chambre, est revenue avec un album. Ce n'était pas ce que j'imaginais. Des photos très convenables, ma foi… Des femmes, des jeunes filles, apparemment, mieux que la moyenne, en tout cas. En les voyant, on se demandait ce qu'elles faisaient là. On les aurait vues hôtesses, ou fiancées aisées, ou même attachées de presse… J'ai apprécié :

— Ça alors…

— La viande se vend dans les boucheries. Nous, nous vendions du rêve.

Et le rêve s'est fait chair… Son album allait faire saliver notre trio.

— Comment comptes-tu leur faire avaler ça ?

— Je dirai comme toi, que j'arrive de Beyrouth et que je peux contacter quelques-unes de mes anciennes protégées.

— Je joue quel rôle ?

— Tu attends pas très loin. Je laisserai une fenêtre ouverte, dans une pièce derrière. Tu n'auras qu'à entrer. Tu interviendras quand tu le jugeras bon.

— Et après ?
— Il faudra bien qu'ils parlent. Il ne s'agit pas de s'endormir, c'est pour dans trois jours. Donne-moi ce numéro, je vais les appeler maintenant.
Un homme, cette femme... Elle a empoigné le récepteur. J'ai pris l'écouteur. Trois sonneries. Quatre... Ça décroche. Voix déplaisante, genre troisième couteau.
— Oui, j'écoute.
— Je voudrais parler à M. Paul, s'il vous plaît.
— M. Paul n'est pas là.
Et merde, il fallait demander Mike... Elle a continué :
— Alors, passez-moi M. Victor.
— Pas là non plus.
— Et M. Mike ?
— Faudrait vous décider, ma brave dame. C'est de la part de qui ?
— De la Saint-Hubert.
— Attendez, je vous le passe.
Bruit de l'ébonite heurtant le zinc... J'ai poussé un soupir. Nouvelle voix, plus aimable :
— Oui. C'est à quel sujet ?
— Du gibier frais, si vous êtes preneur.
— Faut voir. Nous avons un ami commun ?
— Nous en avons beaucoup. Le Sphinx, à Fédala, ça vous va ?
Petit rire...
— Ça me va très bien. Vous appelez d'où ?
— Des-Alpes-de-Haute-Provence.
— Vous savez où nous retrouver ?
Hésitation... J'ai levé la main. Moune a plaqué la sienne sur son appareil, pour couper le son. J'ai dit, doucement :
— À la Base.
Elle a enchaîné :
— À la Base. Que diriez-vous du 30 ? Je préférerais, parce que c'est dimanche et que les gens font la fête au village.

— Attendez.

Il devait consulter son agenda.

— Parfait. Vous nous attendrez où, exactement ?

Même jeu, j'ai dit :

— Chez les jeunes...

Elle a repris :

— Ce serait aussi simple chez les jeunes gens. 11 heures, ça vous va ?

Un moment de silence. Puis il a demandé :

— Pouvez-vous me donner votre nom ?

— Betty.

— Eh bien, Betty, à dimanche.

Clac. Terminé pour la voltige. Nous aurions pu nous entendre avant... Enfin, le poisson avait mordu. J'ai demandé :

— C'est quoi, ton Sphinx ?

— Un bordel de luxe, au Maroc.

Ah bon... J'ai remarqué :

— Nous avons tout le temps de nous préparer.

— Surtout pas. Pas question de traîner là-haut, il se pourrait qu'ils envoient un ange gardien en éclaireur.

— Et alors ?

— Ce sera à toi de jouer. Je m'amènerai un peu avant l'heure, le temps d'aérer et de préparer l'apéritif. Tu tâcheras de voir qui vient. Je me charge d'amuser la galerie.

— Tu penses qu'ils se méfient ?

— Forcément. Mais ils ont l'habitude, ils prendront leurs précautions. Enfin, j'imagine... Tu as des armes ?

— Fusil et couteau.

Elle a remis du bois dans le feu. Elle a dit, sans me regarder :

— J'espère que tu seras à la hauteur.

— Tu me trouves trop jeune ?

— L'âge n'a rien à voir. Mais tu m'as paru flottant ces derniers temps.

Elle s'est redressée, s'est étirée, mains sur les reins.

— J'aurais dû sortir, aujourd'hui, je n'ai pas assez marché. Cela ne me réussit pas de ne pas me remuer.

— Tu as fait quoi ?

— Je n'ai pas bougé. J'avais envie de rêver.

— Et moi j'ai encore un petit creux.

— Ça peut s'arranger, viens m'aider.

Nous sommes allés inspecter ses ressources. Des côtes d'agneau sur la braise, avec une salade aux noix... Et du chèvre, évidemment... Les côtes étaient en train de grésiller quand le bruit inimitable de l'épouvantable Mob a retenti. Moune a souri :

— Je finirai par tenir une pension de famille. Et toi, inutile de faire des commentaires.

Ce chancre de Tonton allait nous ravager notre belle grillade. On peut dire qu'il a du flair. Il s'est amené, mi-penaud, mi-goguenard, comme un chien parti courir trois jours et qui revient, l'âme en paix et les oreilles en dentelle.

— Ne vous dérangez surtout pas, ce n'est que moi, je me disais comme ça que mon neveu serait probablement là. Je vous ai porté du fromage de tête, mais attention... De sanglier. J'ai un collègue qui le réussit drôlement bien. Vous me direz, en cette saison, c'est du sanglier d'élevage, mais celui qui voit une différence, moi je lui dis...

J'ai préparé la table. Moune a mis Tonton à l'aise. Pourquoi donc ne se fréquentaient-ils pas avant ? Sans doute à cause d'Anne. La jeune fille à la licorne...

Soirée calme... Groupe de voisins en train de dîner... Si Tonton se doutait...

Il m'a apostrophé :

— Tu ne dis rien, neveu, tu es amoureux ou quoi ?

— Amoureux de l'amour.

— Qu'est-ce qu'il barjaque ?

— Que la fonction passe avant sa concrétisation, mon oncle.

— Tu ne pourrais pas parler comme tout le monde, juste une fois ?

— J'essaie d'élever le niveau.

— Je t'en donnerai, du niveau, petit malheureux. Si je t'avais pas élevé, où il serait, ton niveau ?

Juste. J'ai chanté ses louanges. Il a pris l'air à la fois perplexe et recueilli qu'adoptent volontiers les grands épagneuls sous la lune. Puis il s'est mis à nous parler de Sahel, et de désert. Ce genre de tartes... Tonton est un rude consommateur d'actualités. Intéressant, certes, mais... Tu vois, ce n'est pas ça... La vie, je veux dire.

Les causes parachutées ne m'intéressent pas. Si tu ne te bats pas pour toi, pour le simple droit d'être tranquille chez toi, avec ton voisin, si tu ne commences pas par ça, rien n'a de sens.

C'est le message ? Non. Le programme. Pour après-demain.

Impossible de trouver le sommeil… Pourtant, tu as ce que tu veux ? Oui et non. Cette histoire me dépasse. Je ne vaux rien pour l'improvisation.

Tonton ronflotait paisiblement. Et il se plaint de ses nuits blanches, l'animal, il dort comme un volcan à moitié éteint.

J'ai guetté le cri de la hulotte. Si tu l'entends, tout se passera bien. Elle tardait… Une bête errante a lancé un appel, Pidou a répondu, parle-moi du calme de nos campagnes. Je suis sorti calmer le chien.

Je me suis vraiment trompé d'époque. Nous n'avons plus le sens des cérémonies. Je rêvais d'une veillée d'armes, il ne me restait que quelques heures à tuer, seul…

Je me suis assis contre la façade, enveloppé dans une couverture. Les nuits sont encore fraîches. Tiens, la hulotte, enfin, juste au-dessus du poulailler. Je n'ai pas revu la petite paonne.

Une veillée d'armes… Le jeune écuyer passait sa nuit en prières. Au matin, on l'armait chevalier. Et il défendait la veuve et l'orphelin ? Oui. D'aucuns te diront qu'il exploitait le peuple. Il est vrai que nous ne le sommes plus…

Croire à ce que l'on vit, au moment où on le vit… Le chevalier croyait à la chevalerie. Que reste-t-il de nos amours ?

C'est de ça que ta sœur est morte. De l'impossibilité

d'épouser cette époque ignoble. C'est pour cela qu'elle se tenait à l'écart. Bergère par refus du troupeau...

Tu es parti pour une guerre démente qui n'était pas la tienne. Vous étiez tous deux dans l'erreur. Il n'y a plus de bergers. Seulement de petits producteurs de lait et de viande, soumis aux lois du marché. Ta sœur trichait. Et toi ?

Je n'étais pas soldat, j'étais en fuite, déserteur de moi-même...

Lente lune rousse... Elle vient d'émerger du bois, sur la gauche. Je trichais aussi. Je ne sais pas vivre. Être un héros mort m'aurait bien arrangé. Le sort est tombé sur mes camarades qui n'en demandaient pas tant. Je n'ai pas regretté la séance. Une mort se vit en face.

À qui donc veux-tu que je parle de ça ? Qui comprendrait ? Lise ? C'est vrai, j'ai eu un coup de cœur pour elle. J'ai toujours un coup de cœur pour les chiens qui se noient. Le problème, ensuite, c'est de vivre avec. Tu n'en es pas capable. Alors, à quoi bon commencer ?

Lise était une bouffée de vie après trop d'horreur. Mais pourtant, tu y tiens ? Je ne sais plus. Je suis toujours sincère. Ma sincérité meurt jeune. Elle colle à mon désir, et mon désir à rien. Voilà pourquoi l'armée me convenait. Elle te prend par la main, tu n'as plus à inventer ta vie.

Pour un héros, tu sonnes salement creux. Comme l'époque... Je pourrais remplir ce creux avec n'importe quoi, comme tout un chacun. Une vie bien remplie. Je ne peux pas. Je ne suis pas une poubelle.

Tu crois que la chevalerie existe encore ? Cette blague, tu en viens. Regarde tes Libanais, tous chevaliers de la Kalache. Des veillées d'armes, ils s'en offrent chaque nuit. Rejoindre tes camarades dans les rangs de la Phalange chrétienne, avec la Vierge sur la crosse de ton arme ? Je n'y croirais pas. Leur combat est devenu fou, ils se battent pour se battre. Ce n'était pas ça, la chevalerie.

Ceux qui sont dans le vrai, ce sont nos trois salopards,

Paul et compagnie. Eux collent à l'époque, parfaitement ignobles dans un monde sans noblesse. Puisque tout est produit, ils trafiquent de tout. Le bien, c'est ce qui leur rapporte. Le mal, ce qui leur déplaît. Ce sont eux les héros de ce temps où l'argent a remplacé la valeur et l'image le réel. Tout est clair, tout se divise entre rentable et non rentable. Tout leur fait ventre.

Ils ont voulu rentabiliser ta sœur. Le goût de vivre, de risquer, le besoin d'aventure des jeunes, ils le détournent vers la défonce. La voilà, ta dernière chevalerie. Leur morale, ils l'inventent au coup par coup. Ils sont partout. Détruire ces trois-là ne changera rien. Ils sont l'avenir et la logique de cet ordre sans rigueur.

Un nuage est passé sur la lune. Il faisait frisquet, à rester sans bouger. Je suis parti marcher sur le chemin.

Et c'est quoi, la morale ? Un ensemble cohérent, avec des interdits nécessaires qui donnent du prix aux moments de la vie. Quand tout est permis, le sel perd sa saveur... Tu es récupérable, tu peux toujours te mettre curé... Une nostalgie n'est pas une foi.

Marcher m'a détendu. Vivre dans le vide, remplacer un jour par un autre, identique si possible, je connais... Mais là, tu donnes de la tête contre le réel. Un monde s'est écroulé, la poussière brouille notre vue, ne surnagent que des étoiles en carton. Les Barbares sont au milieu de nous. Nous ne savons plus rien discerner.

Nécessairement, une nouvelle chevalerie va naître sur nos décombres. À quoi les distinguer, tes chevaliers des temps modernes ? Je ne sais pas.

Si, je sais... Ils sauront dire non. Une bête a traversé le sentier, ombre dans l'ombre. J'ai reconnu la silhouette d'un renard.

Essayer de vivre... Et Lise ? Si tu te disais que ce n'est pas perdu d'avance ? Si tu apprenais à vivre en vivant ? Aimer la vie, c'est vague. Si tu commençais par un de tes semblables ?

D'accord, personne ne t'a aimé, tu n'étais pas aimable… Tout recommencer ? Nous pouvons essayer. Le plus grave, ce n'est pas de se tromper, c'est de ne rien faire.

D'un coup, j'ai eu envie de voir Lise. C'est bien. L'envie, c'est la vie ? Bien sûr. Un peu tôt malgré tout pour te répandre dans nos campagnes à la recherche de ta chevalière.

Nous attendrons, je suis remonté à la Ravine, j'ai enfin dormi. Et je me suis réveillé avant Tonton. Pas faim. J'ai repris la route avec Deuchette. Salut, paisible village. Tout reposait encore dans la pureté de l'aube. Qui pourrait penser que cet endroit est gangrené ? Trop facile de comprendre et d'expliquer. Il faut cesser de tout justifier. Un système qui détruit les gens est à détruire.

Je me suis arrêté devant le cimetière. Sans entrer. À quoi bon ? Le culte des reliques ne m'intéressait plus. Si tu étais revenu à temps, avec Anne vous vous seriez fourvoyés. Vous refusiez de voir le monde. Vous vous prépariez une vie carcérale, entre quatre moutons et deux collines. L'impasse ne peut mener qu'au mensonge et à la sclérose. Les racines de votre rêve auraient vite pourri.

Je me suis décidé. Je suis de nouveau passé entre les tombes. Sur celle de ma sœur trônait un magnifique pot de chrysanthèmes en plastique. Ça, c'était signé Tonton.

Anne… Qui sait ? Nous aurions pu parler, échapper au mensonge ? Je ne crois pas. J'avais perdu contact avec sa folie. La mienne prenait l'eau.

Un coq a chanté… Je ne reniais rien. J'essayais de sortir de ce naufrage immobile… Trop tard pour elle. Restait Lise.

Route de Remuze. Ce n'est qu'à mi-chemin que je me suis rendu compte de mon erreur. Tu es si pressé d'aller au rendez-vous ? C'est un coup de Deuchette, elle fonctionne au pilotage automatique.

À Digne, j'ai bu un café dans un café. Le monde est bien

fait. J'ai acheté des croissants brûlants, et un chat en pâte d'amandes. À la réflexion, j'ai échangé le chat contre un canard, bien jaune. Un canard plus canard que nature. Et j'ai foncé sur Vorages.

Le soleil effleurait la chapelle. Il lui faut un sacré temps pour escalader la barre des Dourbes. J'ai enfilé la rue obscure, je me suis garé sur la place.

La fontaine babillait. C'était comme un premier matin. Il me semblait que la vie existait, qu'elle était belle et bonne, et... Tu vois, tu l'as eue, ta veillée d'armes. J'ai attendu ma demoiselle sur le banc.

Foxy est venu me saluer. Je lui ai offert un croissant. Erreur absolue : tu transformes un sentiment pur et désintéressé en assistanat. À présent, quand ce chien te verra, il ne pensera plus : Amour et Fidélité. Il pensera : viennoiserie.

Lise est arrivée, encore tiède de sommeil. Elle avait reconnu la mélodie poussive de la Deuche. Elle s'est serrée contre toi. Tu lui as fait part de tes doutes concernant l'usage des croissants. Si je lui en offrais, qu'allait devenir mon image ?

Nous nous sommes embrassés, nous avons dévoré nos croissants, la soif est venue et il n'y a pas de café à Vorages. Lise a dit :

— Ne bouge pas.

Elle est revenue deux minutes plus tard avec une petite cafetière et un grand bol. Nous avons essayé de boire ensemble. Foxy s'est éloigné. Plus de croissants, plus d'animal. Ce chien est un chien. J'ai donné le canard à Lise. Elle m'a souri.

— Tu es gentil.

— Tu ne le manges pas ?

— Tu es fou. Jamais. Tu sais, quand tu es venu, la première fois, tu as été gentil. Je n'avais pas l'habitude. Je ne savais pas que ça existait encore.

— Tu es en train de faire quoi, Lise, une méthode

Assimil ? « Tu es gentil… Tu as été gentil… » C'est quoi, la suite ? Tu seras gentil ?

La suite, c'est qu'elle t'a embrassé. Ce qui existe a toujours raison. Je me suis réveillé, j'ai dit :

— C'est pour demain.

— À Remuze ?

— Oui, comme prévu.

— Je viens.

— Surtout pas. Ne t'en fais pas, je serai avec Moune. Tu la connais, c'est quelqu'un.

J'ai eu un doute. J'ai demandé :

— Tu savais que c'était la sœur de Marc ?

Elle m'a regardé, ahurie.

— Qu'est-ce que tu racontes ? Bien sûr que non. Je me suis toujours demandé ce qu'il pouvait y avoir entre eux.

— Cela ne se voyait pas ?

— Ce n'était pas net. Ça aurait aussi bien pu être d'anciens rapports amoureux, tu vois le genre ? Pourquoi cachaient-ils leur parenté ?

— Une idée à elle. Pour le protéger. C'est une histoire de tordus, Lise. Tu sais, je voudrais qu'on se parle, qu'on ne devienne pas comme tout le monde, que ce soit bien…

— Qui nous empêche ?

La vie a commencé. Je veux dire, au village. Les premières radios, la vrille d'un moulin à café électrique, des cris de bébé… La vie, c'est le bruit.

Tout un troupeau de moutons a débouché de la rue sombre. Ils se sont dirigés sur notre gauche, dans une friche envahie de chardons. La bergère avait l'âge canonique et un tricot. On sentait la professionnelle. Foxy a voulu jouer les utilités, il s'est fait rabrouer par ses deux congénères de service.

Nous avons attendu que le tumulte s'éloigne. Parler de chevalerie ? Nous avions le temps. Il vaudrait mieux essayer le fusil de Tonton. Étudier le terrain…

T'inquiète, je le connais. Pas de présomption. Sous-estimer l'adversaire est le premier pas vers la défaite. J'ai dit :

— Je me sauve. Je t'appelle ce soir.

— Demain, c'est pour quand ? Tu ne m'as rien expliqué.

— Pour le matin, 11 heures. Attends-moi, je monterai dès que ce sera fini.

— Qu'est-ce que vous allez faire ?

— Le ménage. Salut, à ce soir.

Je n'avais pas envie de quitter Lise. Je suis parti en courant. Deuchette a pris un temps fou pour démarrer. J'ai ramené son journal à Tonton, vérifié le fusil... Il portait légèrement sur la droite, mais à bout portant, ça irait.

Monter à Remuze ? Aucun intérêt. L'ange gardien, s'il existe, ne viendra sans doute que demain. De toute façon, d'ici, tu vois la route.

À moi la garde... Moutons, un spécimen rare vous salue, un berger-chevalier. Ça ne leur a pas coupé l'appétit.

Le soir, j'ai foncé chez Ginette. Pas question d'appeler de chez Moune. Elle dit quoi ? Que je suis bien fier ?

— Mais non, Ginette, pas du tout. Juste dans la lune.

La susceptibilité de ces braves gens n'a pas de limites.

Ça a sonné. Une fois, Cinq. Dix... Ce n'est pas possible. Elle est passée à l'heure d'été ou quoi ? Quelqu'un a décroché. J'ai reconnu la voix de Joseph au bois.

— Vous voulez qui ?

— Lise.

— Ah, je vous reconnais, vous êtes le jeune de l'autre matin. Bougez pas, je vais voir chez elle.

Attente... Une voix de femme, inquiète :

— Qu'est-ce qui se passe ? Dites-le-moi, je vous en prie.

— Je voudrais parler à Lise.

— Elle est partie.

— Comment ça ?

— Je n'en sais rien. Elle ne m'a pas prévenue. Une voisine l'a vue en voiture avec deux messieurs.

— À quelle heure ?

— En début d'après-midi. Dites, qu'est-ce qui arrive ? Vous ne pouvez pas me le dire ? Pourquoi elle ne me prévient jamais ?

— C'est sûrement une course urgente, elle va revenir.

— Vous croyez ? Et vous, qui vous êtes ?

— Un ami.

J'ai raccroché.

Ils l'ont eue. Retourner à Digne ? Inutile, elle peut être n'importe où.

Bon. Posons les choses à plat. Ils l'ont prise parce qu'elle est le maillon faible. Ils n'ont aucun intérêt à la liquider, ils peuvent encore l'utiliser. Ils attendent les retombées de l'affaire Marc. Si demain tout se passe bien, ils en déduiront que leur circuit peut reprendre... Ils la relâcheront.

La nuit s'annonçait blanche. J'ai prévenu Tonton que j'avais des problèmes de sommeil. Il m'a préparé une tisane miracle, un concentré de je ne sais trop quelles plantes.

C'était amer. J'en ai pris deux bols. Surtout ne pas penser... Pourquoi toucheraient-ils à Lise ? Si tu l'avais ramenée... J'ai fini par gagner la chambre d'Anne. J'ai mis Mozart. Requiem... J'ai fini par décrocher.

Au matin, le temps était couvert. Et s'ils ne venaient pas ? Si Lise avait parlé, les avait prévenus ? Nous verrons.

Je suis passé chez Moune. Elle se trouvait sur pied de guerre, robe noire et veste en imprimé panthère. En temps ordinaire, j'aurais tiqué. Elle a remarqué :

— Tu en fais une tête.

— Je me demande s'ils viendront.

— C'est leur intérêt.

Elle avait rangé quelques bouteilles, dans un panier. Elle comptait monter vers 9 h 30, préparer un feu…

— L'ambiance, c'est important, Jean.

Sa voiture ? Elle la garerait près de la maison. Et moi ?

— Je viendrai à pied, par le raccourci.

— Tu m'as l'air bien nerveux.

— C'est d'attendre… J'en ai vu d'autres. Tu seras armée ?

— Surtout pas. Sauve-toi, il faut encore que je me maquille. Ah… Prends ça.

Elle m'a tendu un rouleau de sparadrap. Du large. Je l'ai laissée. Il ne me restait pas des masses de temps. Il faut une bonne heure pour gagner Remuze par le raidillon. Il coupe la route à deux endroits. L'avantage, c'est qu'on y est pratiquement invisible.

Attention à Tonton. S'il te voit filer avec son fusil, il va rameuter le département…

Je lui ai signalé qu'une de ses poules paraissait mal en point. Du temps qu'il vérifie, j'ai planqué le fusil dans les buissons, trois cents mètres plus bas. Tu y vas comment ? En paysan, c'est le meilleur camouflage.

Tonton est revenu en râlant :

— Tu as des visions ? Elles sont toutes impeccables, ces poules. C'est la dernière fois que je me dérange, je ne marche plus.

— Bon, je vais faire un tour, puisque tu le prends comme ça.

— Allez, va, dégage, bon vent.

J'ai filé, récupéré le fusil et renvoyé Tutuss.

— Non, chien, tu es sympa, mais ce sont de drôles de moutons, cette fois.

Pentu, le chemin. Je l'ai pris posément. J'ai eu du mal à garder un train modéré. Une sorte d'exaltation m'avait empoigné. Cette fois, enfin, cette fois. Mon entraînement allait me servir. Je n'était plus une cible offerte dans du béton. J'allais régler mes comptes.

Pourvu qu'ils viennent... Il le fallait. Pour Anne... Pour Lise... Brusquement, un départ sec, dans l'herbe, à dix pas... Un gros lièvre gris et roux fuyait en diagonale. Le sol lui a manqué, il a boulé, rebondi, disparu dans les genévriers.

Je ne sentais pas la fatigue. J'avalais la pente avec allégresse. Doucement... Pense qu'il te faut rester inaperçu. J'ai marqué une pause, inspecté les environs, à l'affût d'une silhouette, d'un bruit, d'un éclat de lumière... Rien. L'appel rauque d'une corneille en maraude. Et des chants d'oiseaux.

D'où j'étais, je distinguais l'ancien abri sous roche d'Anne... Ils l'avaient guettée à loisir, elle était restée à leur disposition mois après mois sans le savoir. Et Lise... Pourtant, elle se méfiait. Nous allons voir s'ils sont si forts que ça.

Toute la vallée paraissait servie comme sur le plat de la main. J'ai vu Tonton se diriger vers ses cochons en chaloupant. La R4 jaune du facteur a poussé jusque chez Moune.

Le calme... Trop, à mon gré. Remuze se rapprochait comme une forteresse. Tu entends ? Une moto... J'avais prévu large, il était 10 heures à peine passées, j'étais à mi-chemin. Écoute, ta moto s'arrête.

J'ai accéléré. Vingt minutes plus tard, j'étais sur la route, un peu avant l'embranchement et la fontaine. Un gros cube noir reposait sur sa béquille, près de l'oratoire. Et le gars ? Un jeune, en cuir, assis sur le rebord de la fontaine, casque à côté. Un touriste ? Belle tête de frappe. Il ne semble pas s'affoler, tant mieux.

Pas question de défiler sous son nez avec mon arbalète. Ni non plus de l'abandonner... Cela m'obligeait à faire un détour sur la droite, de façon à rejoindre Remuze par le champ de lavande.

L'ennui, c'est que Motard risque de te voir, s'il lui prend fantaisie de se retourner... Attends. Il fouille dans son cuir, en extirpe un cahier de bandes dessinées. Le voilà plongé dedans, l'air concentré. Parfait.

Jusqu'à la butte, ça allait, j'étais à couvert. Une fois la route traversée, j'avais quatre cents mètres en terrain nu. Courir ? Non. J'ai adopté le pas pensif du plouc pas pressé. La terre est silencieuse, Motard n'a pas bronché.

Une fois sur le chemin, j'ai forcé l'allure. J'ai atteint la maison des gardiens. La R5 rouge était bien là. Moune m'attendait sur le seuil. Elle m'a fait signe d'entrer.

Pas mal... le feu, l'apéritif tout prêt sur la table... Elle avait déblayé le plus gros du foutoir. J'ai remarqué l'album sur la cheminée. J'ai dit, à voix basse :

— Tu as vu le motard ?

— Oui.

— Nom de Dieu...

Un doute :

— Et s'il n'est pas venu seul ?

Moune y avait pensé.

— Rassure-toi, Jean. J'ai attendu un moment, tout en bas. Je l'ai vu passer. Il était bien seul. Quand j'ai pris le chemin, il redescendait, nous nous sommes croisés. Il est allé vérifier qu'il n'y avait pas d'autre voiture.

— Tu penses à tout.

— Il faut bien qu'il y en ait une. Viens voir.

Elle m'a montré la deuxième chambre. L'espagnolette était levée. J'ai remarqué :

— Le plancher craque.

— J'ai pris un poste, je mettrai de la musique. File.

Je me suis d'abord dirigé vers la vieille tour. De là, je pouvais voir à la fois la route et mon gars. Il lisait toujours, tranquille. Pour lui, tout baignait. Il avait fait son job. La femme attendue se trouvait là, et papa allait venir lui donner son sucre. Arf... Qu'est-ce qu'on en fait ? On attend les papas.

Ça n'a pas été long. À 11 h 10, j'ai vu s'amener la merveille, la Range métallisée dont parlait Ginette. Au bruit, Motard a rangé sa lecture et s'est planté au bord de la route, jambes écartées, mains dans les poches de son blouson, à la fois martial et relax.

La Range s'est arrêtée à sa hauteur. Bref conciliabule. Le monstre s'est engagé dans le chemin, et Fiston est resté en faction.

Je me suis replié, de façon à voir arriver la voiture et à pouvoir dégager sans problème. Parce que si un des trois mousquetaires allait à son tour monter la garde, cela pouvait me compliquer la vie.

Voilà... Ils se tenaient tous trois devant, Paul au volant. À ses côtés, j'ai reconnu Victor à sa moustache. Celui près de la portière devait donc être Mike. Il a sauté à terre le premier. Massif. Genre boxeur qui a raccroché les gants et accroché du lard. Toison grise, frisée serré. L'air d'un taureau vertical.

Moune est allée à leur rencontre, très hôtesse prévenante. On entendait des bouffées de musique douce. Paul a fait les présentations et Mike a baisé la main de Moune. Ils sont entrés. Rideau.

Pas de temps à perdre. J'ai ripé, planqué le fusil dans le fossé, traversé le champ de lavande, et je me suis amené, tranquille, sur la route. Le bouseux juste sorti du milieu de nulle part...

Motard farfouillait dans le moteur de sa mécanique, accroupi, dos à la fontaine. C'est quoi, ce rock ? C'est sa bécane. Il est fou ? Non, c'est un mélomane confiant. Alors, on cause ?

Tu vois, sous ce vieil amandier ? J'ai ramassé une branche solide. Motard ne m'a pas entendu approcher. J'ai levé la branche à deux mains, visé la nuque. Il s'est écroulé avec sa moto, sans interrompre le concert.

L'ensemble faisait négligé. J'ai redressé le gros cube, coupé le son, traîné Fiston par les épaules de l'autre côté de la route... Pourvu que personne passe... Je l'ai laissé glisser doucement sur la pente. J'étais en train de l'arrimer à un jeune pin quand il a gémi, ouvert les yeux. Allons, dodo… Je lui ai cogné le crâne contre le tronc. Deux fois, trois… Et s'il piaule, dans dix minutes ? Je me suis tâté les poches. Le sparadrap de Moune… Pour la bonne bouche.

L'opération m'a pris un quart d'heure. J'ai foncé, pas le temps de finasser. Récupéré le flingue. Parcours du combattant…

Maison en vue. J'ai tendu l'oreille. On entendait toujours de la musique. Oui, avec accompagnement de voix. Les Chœurs de l'Armée rouge ? Non, juste du dialogue, Le ton monte…

J'ai poussé la fenêtre, posé le fusil, enjambé. Ce n'était pas exactement l'entente cordiale. J'ai reconnu la voix de Paul :

— Enfin, qui vous êtes ? Parce que c'est un peu gros, nous déranger pour votre collection de rossignols, ma bonne dame.

Moune a répondu posément :

— Je vous l'ai dit. Maintenant, si mon offre ne vous intéresse pas, c'est parfait. Quittons-nous bons amis. Il n'y a pas de quoi se fâcher.

— Oh, mais si… Vous ne croyez tout de même pas nous posséder ? Vous travaillez pour qui, hein ?

— Pour moi, et pour vous, si cela vous intéresse.

— Ne nous prenez pas pour des imbéciles. Vos photos, c'est du flan, ça ferait rigoler même des rois nègres. Alors, vous vous décidez ?

Moune devait trouver le temps long. Elle s'accrochait. Elle a expliqué, gentiment :

— Vous ne m'écoutez pas. Je n'ai jamais prétendu que ces photos étaient récentes, mais simplement que je pouvais vous mettre en contact avec quelques-unes de ces personnes, c'est tout.

Victor a posé son grain de sel :

— Elle s'imagine qu'on travaille pour le musée Grévin !

Moune a insisté :

— Qu'est-ce que ça vous coûte d'essayer ?

Paul a ricané :

— Ça nous coûte que nous on préfère le produit frais. Les maisons d'abattage, ça n'est pas notre rayon.

— Mes amies peuvent vous indiquer ce que vous cherchez.

— Parlez pas d'amies. Vous tombez du ciel, comme une fleur. Parlons de vous. D'abord, d'où vous nous connaissez ?

— Vous plaisantez, tout le monde vous connaît.

Une autre voix, cette fois, basse, froide. Mike se manifestait :

— Nous ne plaisantons pas. Donnez-nous un nom.

Un moment de silence, puis Moune a dit :

— Marc.

— Il ne nous a jamais parlé de vous.

— J'étais un peu sa maman, il préférait ne pas s'en vanter. Ces jeunes gamins sont orgueilleux.

Paul a dit :

— C'est pas net. Qui nous prouve que vous n'êtes pas un flic ?

Mike n'a pas laissé à Moune le temps de répondre :

— Assez joué. On va la faire parler. Ça suffit.

C'était bien mon avis. J'ai ouvert la porte d'un coup de pied. Ils se sont retournés. Victor tenait déjà Moune par l'épaule. Elle s'est dégagée. Je les ai braqués.

Côté surprise, c'était correct. Je ne correspondais pas à leur idée du truand bien-aimé. Paul a froncé les sourcils.

— C'est quoi ce guignol ?

Il a fait un pas vers moi. Un de trop. Un coup de crosse en pleine gueule. Il s'est écroulé. J'ai lancé :

— Au suivant.

Victor ne pavoisait pas. Mike avait un rictus de mauvais aloi, mais il s'est tenu sage. Parfait. D'abord les détails pratiques.

— Moune, fouille-les.

Elle a palpé Victor. Une matraque en caoutchouc. Paul n'avait rien. Et Mike ne m'inspirait décidément pas confiance. J'ai passé le fusil à Moune, je m'en suis occupé moi-même.

Ah, tout de même... Un 7,65. Et un très beau portefeuille en croco... C'était agréable de se retrouver en famille. Paul se tenait la mâchoire.

J'ai aboyé :

— Allongez-vous sur le ventre, la tête devant la cheminée.

Ils se sont regardés. Ils n'ont pas bronché. Paul s'était relevé. Autant continuer par lui. Un bon coup dans les côtes. Il a basculé. Je l'ai pris par les cheveux et le col, je l'ai balancé où je souhaitais. Moune braquait toujours les deux autres. Je me suis approché de Victor. Il a saisi. Il est allé s'étendre près de son collègue. Mike se tenait contre le mur, l'air mauvais, un vrais bloc de tête de lard. Il attendait la coupure.

J'ai tendu la main. Moune m'a passé le flingue. J'ai épaulé.

— Tu as trois secondes.

J'ai visé son bas-ventre. Il s'est allongé.

Je suis allé faire une bise à Moune. Nous l'avions bien mérité. Elle m'a préparé un whisky. Ce n'était pas de refus. J'ai remarqué :

— Ces grands garçons commençaient à te donner du souci… Ça va bientôt devenir des hommes, pas vrai.

Ils semblaient assez comiques, vautrés dans la poussière avec leurs beaux affûtiaux. On aurait juré des scarabées sur le dos. À part qu'ils étaient sur le ventre, mais je me comprenais.

Paul n'avait pas le moral. Il grognait. Qu'il grogne… Mike écartait ses ailerons, crispé, comme s'il se préparait à se relever. J'ai balancé un bol d'olives noires dans sa direction. Il s'est fracassé contre la cheminée, les olives sont retombées en pluie dans la tignasse du copain. C'était joli, ma foi. J'ai ricané :

— Bouge et je t'assaisonne, beauté.

Victor s'est décidé. Il nous a regardés, tête de côté, la voix étranglée par sa position :

— Vous voulez quoi ?

Leur peau… J'ai dit à Moune :

— Je reprendrais bien un whisky, léger. Et toi ?

Elle se tenait bras croisés, près de la porte. Elle s'est rapprochée du trio pour nous servir. Je me suis déplacé, de façon à pouvoir surveiller la fenêtre et nos invités.

Nous avons bu. Puis Moune a demandé :

— Qui a vendu son dernier sachet à Marc ?

Silence. Soyons patients. J'ai attendu presque trois secondes, le temps de leur laisser digérer le message. J'ai de nouveau tendu le fusil à Moune, en lui indiquant la fenêtre. Elle m'a fait signe qu'elle comprenait... Le grand méchant loup et les trois petits cochons. Par lequel commencer ? Paul... Autant qu'il sache une bonne fois que ce monde est cruel.

Je me suis accroupi près de lui. J'ai pris les pincettes, sélectionné une grosse braise. Je l'ai approchée du visage pas mal abîmé de ce brave. Ses yeux se sont écarquillés.

— Arrête. Fais pas ça. C'est nous.

Je serrais trop fort. La braise s'est effritée. Paul a eu un mouvement de recul. Il paraissait à point. Victor, pas tout à fait. Il a lancé :

— D'abord, qu'est-ce que ça peut vous foutre ?

La voix de Moune, glaciale :

— C'était mon frère.

Je les sous-estimais. Ils crânaient encore. L'habitude... On ne reste pas caïd vingt ans impunément. Victor l'a ramenée :

— Maman, Mike, nous sommes tombés dans une réunion de famille !

J'avais les bûches à portée. L'une d'elles est partie toute seule. Elle lui a mis la joue à vif. Mike s'est de nouveau tout raidi. Déjà, je tenais une autre bûche. Il a préféré renoncer. Son regard n'avait rien de tendre. Moune s'est approchée, fusil pointé. Il lui a demandé :

— Votre terreur, qui c'est ?

— Le frère de la bergère.

— Elle était plus gironde que lui.

J'ai levé la main pour lui balancer mon cadeau. C'est ce qu'il attendait. Il s'est projeté en avant, bras en appui pour se redresser. Pas assez leste... J'ai visé son poignet. Il s'est écroulé, fauché net.

Victor a tourné la tête. Il a regardé son partenaire, puis la fenêtre. J'ai remarqué :

— N'attendez pas votre garçon de courses. Il fait la sieste.

Je suis allé m'asseoir un instant. Baisse de tension, et cette sensation d'écœurement... Moune a repris sa place en retrait. J'ai demandé :

— On fait quoi ?

— Ne sois pas si pressé, ils ont des amis, ils vont nous en parler. Pas vrai, Victor ?

— Va te faire foutre.

— Alors, des familles ? Tu vois, Jean, si tu les attachais, nous pourrions continuer cette conversation plus tranquillement.

Pourquoi pas ? J'ai commencé par Mike. Un genou dans les reins, pour le clouer. J'ai saisi son poignet gauche. Il était foulé ou cassé, en tout cas Mike a hurlé.

— Allons, allons, un dur comme toi ! Si tes fiancées te voyaient !

Il a tenté de se dégager. J'ai tiré net. Craquement. Il est devenu tout mou, j'ai pu achever le travail sans mal. Bien serré.

Victor n'a pas bronché. Avec sa face en sang et ses cheveux dans les yeux, il faisait série B petit budget. Quant à Paul, une poupée gonflable. Dégonflée.

Je les ai fouillés, lui et Victor, pour récupérer leurs portefeuilles. Moune les a vidés sur la table, avec celui de Mike. Des cartes bleues, quelques photos de filles, des tickets de tiercé, pas mal d'argent, des cartes de visite... À leurs noms. Quoi d'autre ? Rien de personnel. Pas même une violette séchée.

Ah, les permis de conduire... Amusant : ils portaient tous les trois l'adresse d'un bar des Accoules, à Marseille. Sans doute leur QG.

Moune devenait perplexe.

— Alors ?

— Rien de très intéressant.

— Il faudrait qu'ils parlent, Jean.

— Tu as envie de torturer des rats, toi ?

— Qui parle de torture ?

Elle a posé le fusil contre la cloison, s'est éloignée dans le couloir. Quand elle est revenue, elle tenait une seringue. Paul n'a pas regardé. Il n'était plus tout à fait parmi nous. Victor a blêmi. Mike a crispé les mâchoires. Tiens, ils nous avait rejoints. J'ai suggéré :

— Victor me paraît une âme sensible.

Moune a souri.

— C'est bien mon avis. Tu préfères quoi, Victor ? Pastis ou whisky ? Je vais te faire une injection dans l'œil. Tu choisis...

Elle s'est dirigée vers la table. Victor a protesté que non, que nous ne ferions pas ça, que nous étions des ordures. Pas mal, bien que contradictoire.

Moune l'a interrompu :

— Disons whisky.

Elle a penché la bouteille, empli la seringue.

— Pas besoin d'éther. Tiens-le-moi, Jean.

J'ai bloqué Victor aux épaules, écrasé sa tête contre le plancher. La seringue s'est approchée. Ça l'a révulsé. Il a juré qu'il allait parler. Je l'ai calmé :

— Pas la peine de hurler comme ça, enfin. Pour une petite piqûre... Reste digne.

Moune s'est assise sur Paul. Je maintenais toujours solidement Victor. C'est qu'il en pleurait, l'animal.

— Je vous jure, tout ce que vous voulez, mais écartez ça...

Moune a laissé retomber son bras.

— Jean, prends le carnet dans mon sac. Tu trouveras aussi un feutre.

Exact. Je me suis installé sur une chaise. Victor a parlé. Moune notait.

Marc ? Ils n'avaient plus confiance en lui, il avait essayé, comme tous, de les doubler, de monter son propre réseau de petits dealers. Ils lui avaient donc offert une dose corsée.

La bergère ? Une erreur. Ils s'en étaient rendu compte

trop tard. Elle n'était pas utilisable. Ensuite ils avaient paniqué. Préféré se faire oublier un moment.

Leurs familles ? Ils étaient bien pourvus. Moune a enregistré des adresses, des numéros de téléphone, des âges et des prénoms de gosses…

Les amis ? Des relations d'affaires. Là, ça devenait plus difficile, tout ça devait rester cloisonné pour des raisons de sécurité.

Admettons… S'ils comptaient retravailler dans la région ? Cette blague… L'appel de Moune les avait intrigués. S'ils s'attendaient à un coup fourré ? Plutôt à une proposition de concurrents. Ils ne redoutaient rien de bien sérieux, ils connaissaient assez le coin pour ça. Mais ils souhaitaient en avoir le cœur net et obliger Moune à parler. Ils ne s'attendaient pas à…

Mike a lancé :

— Victor, tu parles trop.

Pas ravi, Victor. Il te l'a ramassé copieusement. Les terreurs, il n'en avait plus rien à foutre. La bergère, c'était encore une bonne idée à Mike, pour ce que ça leur avait rapporté… Lui, Victor, il avait compris. Promis juré, les Alpes, fini… Les emmerdements, il n'était pas preneur. Enfin, un numéro convaincant. Presque. J'ai apprécié :

— Dommage que les crêpes existent déjà, tu aurais pu les inventer.

Il n'a pas pu retenir un sale regard. Il s'est vite repris :

— Je ne suis pas fou. Je ne vous ai rien caché, demandez-leur. Vous voulez quoi ? De l'argent pour vous dédommager ? On n'a rien contre, on s'est mal comportés. Puisqu'on vous dit qu'on le reconnaît…

J'ai soupiré. J'ai dit à Moune :

— Excuse-moi, mais c'est un cachottier. Passe-moi le fusil.

J'ai saisi l'engin par le canon, à deux mains. Je me suis préparé à le lever :

— Alors, Victor, Vorages ?

Touché. Sa bouche s'est ouverte d'ahurissement.

— Cette fille ? C'est rien, elle est chez elle. On lui a juste donné un petit calmant.

— En attendant quoi ?

— De revenir d'ici. Selon…

Il s'est arrêté. J'ai levé le fusil.

— Selon quoi ?

— On n'avait rien décidé. Il fallait voir si on pouvait la reprendre en main. Je vous jure, on n'y a pas touché. C'est Dédé qui la gardait jusqu'à ce matin.

— Dédé ?

— La moto… Oh, puis, vous commencez à me…

La crosse s'est abattue. C'est fragile, une mâchoire. Victor a gargouillé. Pas joli à entendre. Ni à voir.

Mike a compris que cela tournait mal. Un dur, Mike, sans imagination, pourtant. Il a lâché :

— Vous le paierez.

Le cogner ? Plus envie. J'étais écœuré. Je me demande encore si Mike était inconscient ou suicidaire, parce qu'il a entrepris de m'expliquer en détail ce qu'il avait fait à ma sœur… J'ai commencé par des coups de crosse dans les reins. Puis j'ai continué en remontant le long du dos. Il a hurlé. Un dernier, sur la nuque. Ça l'a détendu. Et moi avec.

Moune m'a tendu un verre, en a pris un. Nous nous sommes regardés. Nous nous posions la même question : en faire quoi, de ces déchets ? Elle a constaté :

— Tant qu'ils seront là, ils ne nous lâcheront pas.

— Tout ce que tu veux, je suis crevé.

— On ne peut pas les laisser repartir.

Elle avait raison, mais… je ne sais pas, j'étais découragé. J'avais juste envie de retrouver Lise. J'ai dit :

— Il n'y a pas un vide-ordures ?

— Secoue-toi.

Soit. Je n'allais pas lui laisser tout le sale boulot. J'ai vidé mon verre, ce n'était qu'un mauvais moment à passer, après tout. Pour eux aussi. Commençons par Paul… Je me suis accroupi, j'ai empoigné son cou… Moune m'a secoué.

— Tu es fou, Jean !

— Je coupe l'arrivée d'air.

— Laisse-moi faire.

Elle a de nouveau filé dans la salle d'eau, en est revenue avec des ampoules. Une piqûre à chacun… Elle a expliqué :

— Un sédatif, il vaut mieux ne pas les laisser attachés dans la voiture.

Une fois les copains out, je les ai désaucissonnés. Les clefs de la Range se trouvaient sur Paul. Nous l'avons placé sur la banquette avant, les deux autres à l'arrière.

Bon, la maison. Nettoyer ? À quoi bon ? Moune a récupéré ses bouteilles, les portefeuilles, les ampoules vides, la seringue. Moi le fusil.

Le reste ne déparait pas le décor. Ah, un détail :

— J'ai endormi le nommé Dédé près de la fontaine, Moune.

— Tu l'as laissé comment ?

— Contre un arbre.

Elle a réfléchi un moment. Son visage est resté figé.

— Lui comme les autres.

Pauvre Dédé. Le défendre ? Est-ce qu'il avait défendu Lise ? Moune ne m'avait rien demandé à ce sujet. Elle n'a pas tort. Moins on en sait, moins on en parle.

J'ai pris la Range en main, Moune suivait dans la R5. Une fois à la fontaine, j'ai garé au plus près du bord. Un coup d'œil : Dédé prolongeait son repos… Je l'ai fouillé. J'ai récupéré la clef de Lise dans son blouson. Allons-y…

C'est lourd, ces petites bêtes. Moune m'a fait signe que personne ne venait. Elle a ouvert la portière arrière, nous avons balancé Dédé avec le reste…

Puis non, ça ne passait pas.

— Moune, ce type est probablement un salaud, seulement je le trouve trop jeune.

— Il t'a vu ?
— Non.
— Tu as envie de prendre des risques ?
— Ils sont faits pour.
— Comme tu veux.

J'ai renvoyé Dédé dans la nature. À sa place, je serais dégoûté du camping pour un moment. La moto ? Qu'elle reste. Une moto solitaire ne le demeure jamais longtemps sous nos latitudes. Les gens ont bon cœur. Si ce n'est pas Dédé, ce sera le premier chien coiffé.

Je suis reparti. Les gus derrière se sont répandus. Paul a valdingué sur le plancher. Je descendais lentement... L'endroit le plus convenable se trouvait dans le grand virage en épingle, plus bas. Pas de parapet, juste un large chêne tordu, trapu, qui retenait la chaussée sur ses épaules.

J'ai braqué à gauche, placé la Range tout contre le vide. Point mort. Frein à main. Je suis descendu. J'ai mis un caillou sous la roue arrière. Moune s'est garée derrière moi, elle est venue voir le travail.
— Ça te convient, ma grande ?
— Ça devrait aller.

Je n'avais pas coupé le contact. J'ai regardé le niveau d'essence : plus qu'à moitié. D'ici, on donnait en plein sur la maison de Moune. La Ravine restait marquée par l'épaulement. Quand la Range sera plus bas, on la verra de chez Tonton, ne sois pas jaloux.

Allons-y. J'ai desserré le frein à main, sauté en vitesse. Inutile de retirer le caillou, la Range est partie seule. Son avant a plongé, elle a piqué, percuté le talus, s'est retournée, a rebondi comme un énorme jouet... L'écho répercutait sa chute. Elle s'est crashée en fin de course contre un bloc. Explosion... Des flammes, une fumée grasse... Je n'avais pas l'impression de voir, mais de revoir... Ça, c'est le cinéma, mon petit, la virginité n'est plus ce qu'elle était.

Nous avons regardé un moment... La colline ne brûlait

pas. Dans ce coin, il ne reste pas grand-chose à brûler. Par contre, Tonton risquait de s'affoler… Un accident de plus. La route tue… Moune s'est ressaisie la première :

— Attends-moi là, j'ai oublié quelque chose.

Elle est repartie vers Remuze. Je me suis adossé au tronc du chêne. Oublié quoi ? D'un coup, j'ai saisi… Elle est revenue au bout de cinq minutes. J'ai dit :

— Dédé ?

— Il le fallait.

— Et la moto ?

— Elle lui tient compagnie. Il a eu un accident.

Elle avait probablement raison. J'ai remarqué :

— Ce carnet, tu n'en as plus besoin.

— On ne sait jamais.

Comme elle voulait.

R5. Nous avons traversé le Blanchard. Rien à signaler. Ce n'est qu'à l'entrée du chemin de la Ravine que l'on distinguait une colonne de fumée, en bas de la colline. Ça pouvait être n'importe quoi. Quelqu'un qui s'offre une fricassée de châtaignes sur un vieux pneu, par exemple.

Moune s'est arrêtée. Elle m'a souri.

— Jean, je remonte à pied, je te laisse la voiture. Salut.

Je ne lui avais jamais connu cette expression. Une sorte de sérénité. C'était comme si elle venait de passer de l'autre côté d'une porte invisible pour déboucher dans des solitudes inconnues…

Je suis reparti vers Digne. Vers Lise. La fatigue s'était évanouie, elle avait plongé avec la Range.

C'est somptueux, une R5, par rapport à la Deuche. J'ai regretté quand même ce lent balancement de méhari…

Pourquoi n'as-tu pas filé quand Victor a parlé de Lise ? Tu rêves. Je ne pouvais pas abandonner Moune. Et si ce type t'a raconté des histoires ? Un peu tard pour te le demander.

Le monde est petit, j'avais besoin de retrouver Lise. Le seul espace qui nous reste, c'est d'être ensemble avec quelqu'un. Tu crois ?

Tu peux toujours essayer. Lise en avait bavé sa bonne part, ce serait inutile de nous raconter des histoires. Elle doit connaître pas mal de raccourcis. Je veux dire, il ne s'agit plus de parcourir des épopées ou des continents, le cinéma est mort. Juste de traverser quelques années. Contre quelqu'un.

Au bout d'un moment, j'en ai eu marre de la position du fœtus contracté, j'ai reculé le siège. Au virage du viaduc de la voie ferrée, un tas de boue a débouché complètement à gauche. J'ai choisi le fossé. On bascule ? Non, ça tient. C'était Tonton. Il ne m'a pas reconnu, ça ne l'a nullement empêché de m'insulter au passage.

Gassendi. J'ai garé le plus près possible, en interdiction, dans des clous. L'Allemagne paiera. J'ai foncé.

Les étages… La chambre… Volets tirés. La forme de

Lise, recroquevillée sur le matelas. J'ai entendu sa respiration lourde. À côté d'elle, un verre d'eau, un tube. Du neuroleptique costaud... Ça va, le tube n'était pas vide...

Et Lise ? Bien partie. Je l'ai secouée. Pas de réaction. Dans ces cas-là, on procède comment ? Lavage d'estomac, faire boire. Perfusion, peut-être... Un coup d'œil à ses bras. Pas de traces de piqûres récentes.

Inutile de lui faire courir des risques. Elle est habillée ? Tout à fait. Elle a même des socquettes. Je l'ai prise dans mes bras, j'ai redescendu l'escalier. Une mémé suspicieuse a entrebâillé sa porte. Quand elle a vu la procession, elle est sortie. C'est quoi, une martienne ? Non, des bigoudis. Elle s'est exclamée :

— Monsieur, qu'est-ce que vous faites ?

Ça se voyait, non ? J'ai expliqué :

— J'ai gagné le quatorzième lot de la tombola de l'archevêché, madame, je l'emmène.

Le temps qu'elle reprenne son souffle, j'étais en bas. Quelques passants pensifs nous ont accordé un coup d'œil. Sans intervenir. Non-ingérence dans les affaires intestines. En route pour l'hôpital.

La fille de l'entrée m'a reconnu. Elle n'a pas osé me demander si j'amenais une cousine. J'ai dit :

— C'est une amie, un abus de somnifères.

Une infirmière a pris le pouls de Lise. Un chariot est arrivé, Lise s'est éloignée, la fille a voulu me faire remplir une fiche de renseignements. Il paraît que c'est la tradition. Ce que je savais tenait en quatre lettres. Un prénom... Elle a insisté :

— Vous ne connaissez pas son nom de famille ?

J'ignorais.

— C'est une amie de ma sœur, elle vous renseignera elle-même.

— Ce n'est pas très régulier.

— Certes.

J'ai suggéré :

— Il vaut mieux une fille sans nom qu'un nom sans fille, vous ne trouvez pas ?

Elle a pris un air perplexe, du moins quant à mon état mental. Je me suis éloigné pendant qu'il en était temps.

En sortant, j'ai entendu le frais tintamarre des pompiers. Tu crois que c'est pour la Range ? Ils y ont mis le temps… On les suit ? Surtout pas, c'est le plus sûr moyen de se faire repérer.

Comme tu veux. Le plus simple, c'est encore d'aller chez Moune. Vous serez aux premières loges.

Moune se trouvait sur sa terrasse. J'ai pris place à côté d'elle. Ils avaient mis le paquet… Un camion rouge, deux véhicules légers, sans compter ces messieurs de la gendarmerie. Ils s'étaient arrêtés à l'endroit le plus commode, avant le virage. Les gars étaient descendus. Ils s'agitaient, tendaient les bras, couraient… Alors, ça commence quand ? Ne restait qu'un mince fil de fumée.

La carcasse de la Range reposait sur le côté, toit aplati. À côté, des écailles métalliques, capot, portières… Et les artistes ? J'ai vu un corps accroché à mi-pente par un arbuste. En bas, regarde, cette saucisse noire, juste à l'arrière de l'épave.

Un véhicule est reparti un peu plus haut. C'est bien, les pompiers, leur casque permet de les suivre de loin.

Trois types sont allés récupérer le pantin perché. Toute une file casquée serpentait vers la Range. Ils portaient des brancards roulés. Spectacle sur très grand écran.

La file est arrivée la première, la pente jouait en leur faveur. Il ont posé la saucisse sur un brancard. En ont retiré une autre, encore plus noire, du cadavre mécanique. Puis ils ont aspergé ce qui fumait encore d'une mousse blanche…

Leurs concurrents sont parvenus à décrocher le pantin. Ce devait être Mike. Les trois pompiers l'ont placé dans un sac, ils ont préféré le faire descendre. Une demi-douzaine de leurs camarades se sont portés à leur rencontre. Ils ont fini par se regrouper.

Le son portait bien. On entendait comme si on était beaucoup plus près qu'en réalité. Des ordres, des exclamations de pitié… Une saine ambiance d'agitation méridionale.

Je me suis demandé s'ils avaient découvert Dédé. Apparemment non. Ce sera pour une autre occasion.

Un barattement familier. Enfin, presque… L'hélico, le bleu. Il a piqué sur l'objectif en décrivant une ample courbe, a paru hésiter un moment, cabré… Posera, posera pas… Le terrain n'est pas fameux, semé de blocs. L'hélico s'est trouvé une place plus bas, près du torrent. Deux gendarmes ont débarqué. Le pilote a laissé tourner le moulin. Et Deuchette s'est amenée, dans le chemin de Moune.

Tonton a jailli, furibard. D'une, il était persuadé que Moune avait cherché à l'emplafonner en voiture, pas plus tard que tout de suite. De deux, ce qui se passait l'excitait comme un boisseau de puces :

— Vous m'avez un peu vu cet accident ? Oh pauvre… C'est un tank, je crois bien. Pourquoi vous allez pas voir ?

Moune a constaté :

— On voit tout d'ici.

— Oui, mais savoir qui ça peut être… Et si c'est des collègues ?

J'ai demandé :

— Tu as des collègues blindés, mon oncle ?

— Toi, tu es un sans-cœur, on ne plaisante pas avec ces choses-là, surtout quand on sait pas. Vous m'énervez. Qu'est-ce que ça veut dire de rester plantés là comme si… Moi j'y vais.

Il a tenté de claquer la portière de Deuchette en signe de protestation. Plus on la claque, plus elle rebondit. Pas évident d'être digne avec un engin aussi bas de gamme.

Du temps, l'hélico embarquait les deux saucisses et le

pas cuit. Surcharge, non ? Non, les gendarmes sont restés. Un gendarme vaut deux saucisses, environ... Le reste de l'équipe a trafiqué encore un moment. Ils ont examiné les débris, la pente, tout très bien.

Et Tonton ? Deuchette s'est arrêté sur le pont du torrent, le temps de constater qu'on ne voyait strictement rien. Tonton ne vaut pas tripette comme crapahuteur. Deuchette a donc fait demi-tour avec ses soubresauts habituels de jeune fille offusquée. Tonton est revenu, il a maugréé :

— Je m'excuse pour tout à l'heure.

J'ai approuvé :

— Comme ça, nous n'aurons pas à le faire.

Il n'a pas compris. Trop technique. Moune est allée chercher du saucisson, de l'andouille et une bouteille de rosé. C'est vrai, je n'avais aucune idée de l'heure. C'est agréable de manger, non ? Tonton ne s'est pas joint à nous, il boudait encore. Il ne nous pardonnera jamais sa patte folle, l'animal...

En bas, quelques voitures de curieux se sont garées le long de la route. D'autres sont montées vers Remuze. Du coup, ça a remis Tonton en appétit. Il a redécollé presque en même temps que l'hélico.

Les pompiers regagnaient leurs véhicules. Une poignée de supporters les attendaient, de ceux qui commentent tous les coups à haute voix. Tonton s'est joint à eux. Le spectacle s'est assez rapidement résorbé. Bruits de portières, de moteurs, exclamations, manœuvres... Les santons ont regagné leurs crèches.

Moune n'a pas fait de remarques. Moi non plus. Tonton est revenu s'en charger. Impressionné :

— Vous les auriez entendus, paraît qu'ils étaient drôlement amochés... Pas tant celui en noir mais l'autre, le costaud. Et l'odeur de cramé, on la sentait encore sur les pompiers... Dites, si ça vous intéresse pas vraiment, ce que je raconte, je peux m'arrêter.

Moune l'a rassuré, lui a proposé de manger un morceau. J'ai demandé :

— C'était quoi, finalement ?

— Un accident, que veux-tu que ce soit ? En plus, on sait qui c'est, cette voiture, tu penses bien, on l'a eu vue tout l'hiver, il paraît. Il s'agit de ces Marseillais que je te disais, de ceux de Remuze.

— Pourtant, ils devaient connaître la route ?

— Au plus tu connais, au plus tu te plantes, mon ami. C'est tellement vite fait, l'accident, tu confonds les pédales et ça y est. Tu y as droit. Surtout avec des machines pareilles. On ne m'ôtera pas de l'idée que quand une machine est trop puissante, tu la tiens plus. Forcément…

Il a émis des considérations fondamentales sur ce thème. Moune a joué le jeu. Pas moi. J'aurais voulu avoir des nouvelles de Lise. Ça peut attendre demain, non ? Non.

J'ai dit à Moune :

— Je prends la R5, je peux ?

— Bien sûr.

Tonton s'est inquiété :

— Où tu vas encore ?

— M'engager dans les pompiers.

Chez Ginette, une poignée de badauds commentaient. En gros, ils s'alignaient sur les positions de Tonton, pratiquement dans les mêmes termes. Avec un rien de fierté : un très bel accident, de catégorie nationale. Géographiquement, il aurait dû revenir à Remuze, mais comme il n'y avait personne, le Blanchard pouvait se l'attribuer.

Ginette m'a fait fête :

— On vous voyait plus, vous étiez fâché ? Dites, vous croyez pas, vous avez vu ce massacre…

— J'ai vu. Et votre bras ?

— Mon bras ?

— Il vous a lancé ces derniers temps ?

— Qu'il est méchant... C'est vrai que chez vos sauvages, vous avez dû rencontrer pire, pas vrai ?

— Plus pire.

Après un échange décent, j'ai obtenu l'appareil et l'hôpital. L'infirmière m'a rassuré :

— Pour un peu, je vous aurais presque reproché de l'avoir amenée pour rien. C'est pas tant ce qu'elle a pris, cette gamine, c'est qu'elle n'est pas très solide. Il faudrait la requinquer.

Elle peut sortir quand ?

— En principe demain.

— Et ce soir ?

— Il faudrait venir le plus vite possible alors, à cause de la prise en charge.

Je n'ai pas épilogué. Quand je suis arrivé, Lise m'attendait dans l'entrée. La fille habituelle a encore fait un vélo pour les papiers, mais pas bien grand cette fois. Je lui ai dit de m'envoyer la note. Nous sommes partis...

Sur le seuil, j'ai regardé Lise. Elle était pâle. Elle m'a souri. Je lui ai caressé le visage.

— C'est vrai qu'il va falloir te remplumer, fille. Tu ne vas jamais pouvoir garder dans cet état. Les moutons ne marcheraient pas.

— Sois gentil, Jean, ne me secoue pas. On va où ?

— Voir ton troupeau, puisque te voilà bergère. Et puis Tonton.

Elle m'a pris le bras.

— Il ne voudra jamais de moi, c'est un vieil ours.

— Il va t'adorer, oui. Laisse-lui une chance. Et puis ne discute pas, ton destin est dans la poche.

— La tienne ?

— Bien sûr.

— Alors je veux bien.

À la Ravine, Tonton était rentré. Cela s'est passé comme un charme. Lise a le don d'écouter, c'est le plus sûr chemin vers le cœur de mon oncle. De plus, comme il a d'énormes retards de solitude à rattraper, il s'est mis à la tontonner comme un fou. Les chiens lui ont fait fête. L'oncle l'a installée dans la chambre d'Anne, comme si c'était la chose la plus naturelle du monde...

Le lendemain, j'ai prévenu Moune de l'installation de Lise. Elle a dit :

— Ce sont tes affaires.

— Tu veux des explications ?

— Inutile, je comprends. Mène-la quand tu veux. Je te le dis de bon cœur.

— La guerre est finie ?

— J'espère.

Cette fin de mois a été pluvieuse et fraîche. Une semaine plus tard, des promeneurs ont découvert le corps d'un motard, juste au-dessous de Remuze. Mais pas sa moto... Ginette a remarqué que les accidents, c'était comme le reste, cela venait souvent par séries, pas vrai ? Elle paraissait blasée.

— Prenez ce massacre de l'autre fois, ces Marseillais, ça n'a pas fait tellement de foin. Il y a tellement de catastrophes de partout, maintenant...

J'attendais les gendarmes au tournant. Je les attends encore. Il est probable que cet accident, celui de la Range, les arrangeait. Autant de dossiers classés. Ils n'en étaient pas à un règlement de comptes maquillé près... Quant à tirer l'affaire au clair, ils faisaient confiance au temps. Et à leurs sources impures.

Je me suis tout de même interrogé... Tu crois que Moune, dans la fin du vieux berger... ? Le hasard a bon dos. Qu'il le garde...

Je vais rester à la Ravine, pour le moment. Pas tant pour moi, pour Lise...

Ce n'est pas vrai, ce que je dis. Je ne sais ni où aller, ni que faire de ma peau. Puis honnêtement, on ne s'ennuie pas ici, la Ravine existe, et Lise aussi, et les moutons, et

Tonton… Et Tutuss. Ne pas oublier Tutuss… J'ai besoin qu'ils existent pour exister.

À nous tous, nous parviendrons peut-être à tenir le terrain. Le temps que le temps passe… Assez de temps pour les souvenirs. Assez de temps pour les projets. Assez de temps pour faire de nos solitudes un commencement de famille…

Pour les
lecteurs du Club
en espérant que ce
livre leur donnera
tant le plaisir que
leur souhaite
Claude Courchay

FICHE D'IDENTITÉ

NAISSANCE :
Claude Courchay est né le 5 novembre 1933 à Dakar (Sénégal)

SITUATION DE FAMILLE :
Divorcé.

ÉTUDES :
Études de Lettres et d'Histoire à Aix-en-Provence.

PROFESSION :
Écrivain. Entre autres métiers, avoue avoir été marin, maçon, manœuvre, serveur (à Londres), professeur, caissier (dans un « porno ») et critique littéraire (au *Monde*).

LOISIRS :
De son propre aveu, Claude Courchay voyage en lisant, lit en voyageant, court après son ombre et marche dans les Basses-Alpes.

LITTÉRATURE :
Claude Courchay est l'auteur de nombreux romans : *Les Américains sont de grands enfants, Demain la veille, Retour à Malaveil* (Prix RTL Grand Public 1982), *Un ami de passage, Un chemin de repentance, Quelque part, tout près du cœur de l'amour*.
Il est également l'auteur de chroniques : *La vie finira bien par commencer, La soupe chinoise, Chroniques pour un cochon malade, N'oubliez pas la lutte des classes, Les matins célibataires*. Il a enfin publié plusieurs récits : *Avec des cœurs acharnés, Une petite maison avec un grand jardin, L'angoisse et le bleu de l'enfance* (histoire du « Point-Mulhouse »).

UNE VENGEANCE DANS LE PLUS BEAU PAYS DU MONDE...

À l'origine d'*Avril est un mois cruel* se trouve ce besoin jamais épuisé de raconter une histoire. Chaque fois, le même troupeau de questions têtues pointe ses tignasses obstinées : Quelle histoire ? Voyons. En gros, il existe trois thèmes : le cœur, l'argent, la vengeance...

L'argent. L'auteur n'est pas spécialiste. Restent le cœur et le ressentiment. Ce sera la vengeance, parce que le cœur est meurtri.

Bien. Cette histoire, quand la situer ? À notre époque. Elle en vaut une autre. Et où ? Dans les Basses-Alpes, c'est le plus beau pays du monde, mais n'allez pas le répéter, sa beauté tient à son caractère sauvage.

Et maintenant, le héros. Ce sera un jeune, inadapté. Forcément. S'il s'était résigné, il ne lui arriverait rien. Et là, il va lui arriver la chose la plus simple du monde, le malheur. Un malheur bête comme la souffrance et la mort. La mort, précisément, de tout ce qu'il aime, sa jeune sœur.

Cette mort paraîtra normale. Justement, il faut qu'elle ne le soit pas. Sinon, où serait l'histoire ?

Voilà, l'auteur vient d'appuyer sur un bouton. Le moteur ronronne. Il a trois mois devant lui. Ou quatre. Il va s'y mettre.

D'abord, il fait le vide. Adieu la vie, adieu l'amour ? Enfin, presque. Écrire est un engagement à temps complet. Il ne s'agit pas seulement de trois ou quatre cents pages à noircir. Ce sont deux mille ou trois mille petits faits qu'il faut connecter entre eux. C'est long et c'est fatigant et c'est fantastique, et d'abord, il faut un plan.

L'auteur va prendre une feuille de carton. Le mieux, c'est encore celles utilisées pour la pub des revues, dans les kiosques. Il va la diviser en trente ou quarante cases, autant qu'il y aura de chapitres. Chaque chapitre fera dix pages. Et bon, il va remplir ces cases en imaginant ce qui va se passer dans chacune.

L'inspiration ? Il n'y croit pas. C'est une boiteuse qui a besoin de béquilles. Il faut l'aider. Le livre à venir est comme une rivière à traverser à sec, à pied sec… Le mieux, c'est de sauter de pierre en pierre. Chaque case est une pierre, elle renferme une histoire complète, elle constitue un temps fort. Vous suivez ?

Ces cases sont numérotées. À tout moment, l'auteur sait exactement où il en est. De plus, il peut ajouter des chapitres, ou les contracter. Mettre une case 26 *bis*. Ou fondre ensemble la 17 et la 18.

Et maintenant, il peut y aller. Le matin, il se lève avec le jour, avale son thé. Quel que soit son état, il travaillera.

Supposez que la veille au soir, il ait picolé, qu'il se sente aussi frais qu'une rose en fer forgé. Aucune importance, il a signé, il doit payer.

À TOUT MOMENT, UNE SURPRISE…

Premier jour, démarrage à froid. Ensuite, l'avantage du système, c'est que la veille, il aura écrit ses dix pages. Il les relit. Il est dans le bain. Et il sait ce qui l'attend. C'est, mettons, le treizième jour. Il va s'attaquer à la treizième case. Dix pages doivent tomber, pas question de s'arrêter avant. Parfois, il suit ce qui est indiqué. Parfois, il s'échauffe, décolle, s'écarte. Il tombe sur des trouvailles. Il lui vient des idées qu'il lui faudra insérer plus loin. Hop, un ajout dans le plan… Il rame. Il est heureux.

Heureux ? Vite dit. Il a des doutes, l'impression qu'il se fout vraiment du monde… Que son histoire, c'est quand même léger. Une bergerade, fin XXe siècle, il faut le faire. Et pourquoi pas un chevalier errant ?

D'autant que le même soir, il a vu un excellent film de Capra ou d'Aldrich. Ou d'Altman. Décidément, il ne fait pas le poids, autant arrêter le massacre tout de suite. Il en sera quitte pour déchirer ce qui est déjà tapé. Refaire un plan. Inventer. Repartir à zéro…

Ce genre de scrupules intervient toujours juste avant la page cent. L'auteur le sait. Il doit se cramponner, content pas content. S'il recommence, il n'en finira jamais parce qu'il ne sera jamais satisfait. Soit. On continue. On ferme les écoutilles et on plonge. Après la page cent, le récit aura atteint sa vitesse de croisière. Il prendra soin de lui-même. Les états d'âme, basta.

Quand, ses dix pages bouclées, l'auteur descendra faire une razzia chez M. « Tout cuit », son traiteur (s'il est encore ouvert), la rue lui semblera irréelle. Un décor bizarre, pas évident. La réalité, c'est ce qu'il vient de quitter. C'est ce qu'il retrouvera demain. C'est ce qui le fait se relever nuit après nuit, pour noter que Jean doit à tout prix aller au Chafaut, et que Ginette…

Bien sûr, ce n'est pas si simple. L'histoire qui prend

forme n'est pas précisément celle qui est prévue. Le récit dérape jour après jour. À tout moment, une surprise peut surgir. Il faut décider, très vite, choisir, trancher… Au nom de quoi ? Cette question ! Au nom de l'évidence. Les personnages sont assez grands.

L'auteur les connaît. Il a rempli des fiches sur leurs biographies, leurs goûts, leurs tics de langage. Il sait à quoi ils ressemblent. Ginette, c'est la patronne du café de… Il s'en est déjà servi, il s'en resservira sans doute. Alors, tout est vrai ? Oui. Et tout est inventé. Comme pour la saucisse…

Pardon ? Le roman est à la vie ce que le saucisson est au cochon. Si vous préférez, c'est la vie passée à la moulinette et mise en forme. Essayez donc de manger du cochon vivant, sur pied de guerre !

La ferme du Tonton appartient à des amis qui élèvent des chèvres et font du fromage, du bon. Parce que vous ne pouvez parler que de ce que vous connaissez bien.

D'ailleurs, les amis lisent les livres de l'auteur en gardant leurs chèvres. Et l'auteur mange de leurs fromages en tapant son texte. Ces biquettes, il les a accompagnées, il a aidé à les garder, il a vu le chat de la maison se pourlécher de l'écume qui reste, après la traite. Il a dévoré les jeunes cabris rôtis (pas tous, quand même…). Et quand sur Paris le ciel est gris comme il sait l'être, c'est bon de retourner là-bas, chaque matin, sur son clavier. Même s'il faut se cramponner pour ne pas sauter dans le premier train.

Mais pourquoi diantre rester à Paris ? Parce qu'il y fait gris. Un temps pareil est juste bon pour travailler. S'il résidait dans ses Basses-Alpes, l'auteur préférerait marcher à travers le paysage. S'il le faisait, il n'écrirait pas, il aurait des remords, on n'embrasse bien que ce qu'on tient à distance.

Parce que la mémoire… Vu de loin, le brin ne cache pas le pré. Ce pré, vous le voyez, avec les haies qui le cernent, l'épaule de la colline et ce ciel lavé par la tramontane. Avec toute votre nostalgie aussi. Tout se décante au regard de l'exil volontaire.

Alors l'auteur poursuit sa navigation, il ne veut voir que

l'horizon de sa tâche. Ne penser à rien d'autre. Ne s'occuper de rien d'autre, et surtout, surtout, ne s'inquiéter de rien.

L'ÉCRITURE : UNE FOLIE SOLITAIRE

C'est que c'est une drôle de folie, l'écriture. À quoi bon ? Il y a déjà tant et tant de livres. Un de plus, un de moins... Et puis, ce nouveau bouquin, qui va s'en soucier ? Nos critiques croulent sous les piles. Vos libraires ne savent plus où déposer la marchandise. Et même, à supposer que ce livre, son livre, soit lisible, est-ce qu'il va marcher ? Telles sont quelques-unes des questions qu'il vaut mieux éviter de se poser.

L'écriture est une folie solitaire. L'auteur, un funambule qui tricote son petit saut périlleux dans le vide et l'indifférence. S'il réussit, parfait. Au suivant... S'il échoue, qui va pleurer ?

C'est là que réside tout l'intérêt. Dans le caractère hautement improbable de cette voltige. Essayer à partir de rien, d'un peu de vie, de faire quelque chose qui se tienne.

À partir d'un mot. D'avril, par exemple... Parce qu'il vous traîne depuis beau temps dans un coin de mémoire, ce début de poème... « Avril est un mois cruel »... Vous avez oublié la suite, vous avez tout oublié. Seule reste l'émotion que vous procurent ces mots. Cela ferait ma foi un bien joli titre...

Ce n'est pas l'avis de tout le monde. Ce titre, vous l'avez déjà proposé à un éditeur, lors d'un précédent bouquin. Pas question ! L'éditeur a refusé, net. Vous avez insisté, vous avez fait valoir l'allitération, ce mystère aigu suspendu à un souffle... L'éditeur vous a répondu tarare, il savait vendre, lui, il connaissait la musique. Avec un titre pareil, il ne répondait de rien. Vous n'alliez tout de même pas mettre sur la paille une honnête maison !

Non, tudieu ! Vous avez donc adapté un titre parfaitement banal, genre : « Le carrefour des pimprenelles », ou « La croisée des couettes »... Vos pimprenelles ne se sont pas mieux vendues pour autant, mais au moins vous avez sauvé votre avril.

Et vous avez changé d'éditeur, comme le serpent change de peau, le moment venu. Votre titre, vous pouvez vous en resservir. Vous avez déjà la saison, il ne reste plus qu'à écrire le reste.

Un miracle, chaque matin...

Écrire... On en revient toujours là. Pour son plaisir. Pour le plaisir des autres, vous l'espérez. Écrire aussi parce qu'on ne peut tout lire, ni lire toujours. Parce que l'écriture est aussi une autre lecture. Vous déchiffrez jour après jour ce texte qui n'existe pas encore, ce texte inconnu et que pourtant vous connaissez, ce texte à venir que vous souhaitez lire. À force de fixer le vide, à force d'efforts, il va naître. Le miracle va s'accomplir. Il s'accomplit chaque matin quand, fixé à votre machine, vous sentez que ce n'est pas ça. Et pourtant, dix pages vont surgir, vous le savez. Le texte va mûrir, bientôt, il se détachera.

Ce ne sera jamais qu'une histoire de plus, bien sûr. Vous n'avez rien voulu d'autre. Et ceux qui vous diront que, au fond, c'est facile, hein, auront raison. Tant mieux. Vous ne prétendez pas délivrer un message, la poste est là pour ça. Mais vous savez pourtant ce que vous a coûté cette facilité.

Au reste, vous vous en moquez. Tout ce que vous demandez, c'est que le lecteur soit content, c'est que quelque part quelqu'un oublie un moment ses soucis.

À présent, vous désirez souffler. Vous voilà sonné, vidé, comme un marsouin échoué. Respirer un grand coup... Aller marcher dans vos Basses-Alpes. Retrouver le thym en fleur dans les hauteurs autour de Digne, et la couleur des lavandes sur le plateau de Valensole, et les marchés, les petits chemins, la netteté des couchants. Vous refaire en touchant terre. Jusqu'à ce qu'un jour, dans six mois, un an, une vague inquiétude vous poigne de nouveau. Comme une gêne... Vous vous surprenez à caresser quelques idées dans le sens du poil, à les laisser filer... Vous n'êtes plus tout à fait là. Vous refusez de plonger, c'est encore tôt, non ?

Alors ? Tu ne vas pas reparler des Basses-Alpes, ça commence à bien faire, il y a d'autres sujets. Certes. Nous verrons.

L'écriture ? Imaginez, vous êtes pieds nus sur une plaque brûlante et vous dansez d'un pied sur l'autre pour échapper à…. Pas question. Personne n'échappe. C'est déjà beau de pouvoir supporter sa folie et cette vie qui n'en finit pas de s'étirer, comme de la pâte à berlingots, mais la saison des pères Noël est passée, révolues les révolutions, il ne reste que le temps, ce temps même, et cet effort pour le maîtriser, et… Gardez vos questions, merci j'ai donné.

On se calme. En mai, fais ce qu'il te plaît. Bientôt l'auteur se remettra au travail. Merci encore d'avoir voyagé sur nos lignes, gardez vos ceintures attachées jusqu'à l'arrêt de l'appareil.

Claude Courchay

« AVRIL EST UN MOIS CRUEL » ET LA CRITIQUE

On ne lui résiste pas

« Il y a un univers Courchay qu'on retrouve de livre en livre et c'est ce qui fait leur charme. Outre le fait qu'il est un vrai conteur, avec un langage bien à lui. L'action de ses livres dépasse rarement le périmètre des Basses-Alpes, on y roule en "deuche" et on y rencontre des personnages au cœur énorme. [...] Pas d'états d'âme. De l'action. Claude Courchay passe d'un registre à l'autre avec une habileté consommée. On ne lui résiste pas. »

Danièle Mazingarbe, *Madame Figaro*

L'image véridique d'un pays

« L'auteur ne se contente pas d'une intrigue habilement ficelée, avec des personnages hauts en couleurs et sympathiques — ce qui ne serait déjà pas si mal. Une fois de plus, comme dans *Retour à Malaveil,* qui lui avait valu le prix RTL Grand Public, il raconte avec amour une région rude, brûlée par le soleil, avec sa terre aride et ses paysans rugueux. Courchay, on le savait par ses premiers livres de chroniques, comme *La Soupe chinoise,* a l'œil vif et le don de saisir au vol des morceaux de réalité. Il les dispose ensuite comme une mosaïque et restitue l'image véridique d'un pays ou d'une époque.

Avril est un mois cruel devrait séduire tous les amoureux de la Provence.

Jean-Pierre Enard, *VSD*

Des personnages attachants

« Voilà un livre qui se laisse dévorer comme un bon policier. Sous sa plume vive et acérée, l'auteur fait vivre une kyrielle de personnages attachants : Tonton le radoteur, Moune la coquette, Lise l'effarouchée... Mais le texte de Claude Courchay vaut aussi par une certaine "poésie de la rue" : une familiarité qui dissimule beaucoup d'émotion, et derrière laquelle se profilent des "vérités vraies". Un polar métaphysique ? »

France-Soir

ACHEVÉ D'IMPRIMER LE 6 JUILLET 1987
SUR LES PRESSES DE L'IMPRIMERIE HÉRISSEY
POUR LE COMPTE DE FRANCE LOISIRS
123, BOULEVARD DE GRENELLE, PARIS

N° d'imprimeur : 43089
N° d'éditeur : 12719
Dépôt légal : juillet 1987

Imprimé en France